Alice Gray (Hrsg.):

Pflaster fürs Herz

Storys für Teens

Über die Autorin

Alice Gray ist in den USA eine beliebte Rednerin. Sie illustriert ihre Ansprachen schon seit über 20 Jahren mit warmherzigen, inspirierenden Geschichten aus aller Welt, die sie in verschiedenen Büchern veröffentlicht hat. Alice lebt mit ihrem Mann Al in Arizona.

Alice Gray (Hrsg.)

Pflaster fürs Herz

Storys für Teens

GerthMedien

Published by Multnomah Books a division of Random House, Inc.
12265 Oracle Boulevard, Suite 200
Colorado Springs, Colorado 80921 USA
All non-English language rights are contracted through:
Gospel Literature International
P.O.Box 4060, Ontario, California 91761-1003 USA
This translation published by arrangement with
Multnomah Books, a division of Random House, Inc.

Aus dem Amerikanischen übersetzt von Karoline Kuhn.

1. Auflage der Jubiläumsausgabe 2009
Bestell-Nr. 816 393
ISBN 978-3-86591-393-7

Umschlaggestaltung: Immanuel Grapentin
Satz: Die Feder GmbH, Wetzlar
Druck und Verarbeitung: CPI Moravia

Inhalt

Familie

Neue Einsichten

Leuten in die Augen zu schauen ist ein Ausdruck von Respekt,
meine Oma ist für mich wie eine Freundin,
Erinnerungen sind Schätze, die man festhalten muss,
und ich will mich niemals zu erwachsen fühlen,
um mich nicht mehr von meinem Vater
in den Arm nehmen zu lassen.

Anonym

Opfer der Liebe

Auf eine Privatschule zu gehen war nicht immer leicht. Voller Neid sah ich die Kids aus reichen Elternhäusern, die mit schicken Sportwagen zur Schule fuhren oder sich darüber unterhielten, wo sie ihre Designer-Klamotten kauften. Ich wusste, dass ich nie eine Chance haben würde, mit ihrem Wohlstand zu konkurrieren. Und genauso wusste ich, dass es fast schon ein Verbrechen war, das gleiche Outfit zweimal im selben Monat zu tragen.

Wenn du aus einer Familie mit fünf Kindern kommst, musst du halt genau rechnen und da bleibt wenig übrig für Trendfummel. Aber das heißt nicht, dass ich meine Eltern nicht trotzdem damit genervt hätte, mir coolere Sachen zu kaufen.

Meine Mutter fragte mich dann immer: „Brauchst du das wirklich?"

„Ja", sagte ich. „Ich brauche es."

Also gingen wir dann einkaufen. Meine Mutter wartete vor der Umkleidekabine, während ich die coolsten Sachen anprobierte, die wir uns leisten konnten. Ich kann mich noch gut an einige dieser „Brauch-ich"-Trips erinnern. Meine Mutter beschwerte sich dabei nie, probierte auch nie selbst was an, obwohl ihr bestimmt manches gefiel.

Als wir eines Tages wieder daheim waren, probierte ich mein neues Outfit an und lief wie auf einem Laufsteg vor dem Spiegelschrank meiner Eltern auf und ab. Als ich noch darüber nachdachte, welche Schuhe wohl am besten dazu passen würden, fiel mein Blick auf den Kleiderschrank, der halb geöffnet war. Mir schossen die Tränen in die Augen. Drei Blusen hingen auf der Seite des Schranks, der meiner Mutter gehörte. Drei Blusen, die sie schon unendlich lange getragen hatte und die entsprechend alt und ausgeblichen aussahen. Ich öffnete den Schrank ein wenig mehr, um einige der Arbeitshemden zu sehen, die mein Vater schon seit Jahren trug. Es muss Lichtjahre her gewesen sein, dass sie sich selbst irgendwas gekauft hatten, obwohl sie es viel dringender gebraucht hätten als ich.

Dieser Anblick öffnete mir die Augen für die Opfer, die meine Eltern über Jahre hinweg erbracht hatten. Opfer, die mir ihre Liebe stärker zeigten als es Worte je hätten tun können.

Kathi Kingma

Neun Wörter

Vergiss niemals die neun wichtigsten
Wörter in einer Familie:
Ich liebe dich.
Du bist toll.
Bitte vergib mir.

H. Jackson Brown, Jr.

Großmutters Geschenk

In der neunten Klasse war Dave der Kleinste an seiner High School. Aber mit seinen 1,50 m und nur 45 kg Gewicht war er ein nahezu perfekter Kandidat für die leichteste Gewichtsklasse des Ringer-Teams an seiner Schule.

Dave fing zunächst als Reserveringer an, kam aber schnell ins Team, als einer der Jungs in eine andere Stadt zog.

Leider war Daves erstes Jahr nicht unbedingt eins für das Guinness-Buch der Rekorde, denn bei seinen sechs Wettkämpfen wurde er sechsmal auf die Matte gelegt.

Dave träumte davon, eines Tages so ein guter Ringer zu sein, dass er die Sportler-Auszeichnung erhielt. Die Sportler-Auszeichnung bestand aus einem Aufnäher mit dem Schulwappen drauf, der allen Sportlern verliehen wurde, die sich durch besondere Leistungen hervorgetan hatten. Diejenigen, die das Glück hatten, diese Auszeichnung zu erhalten, trugen sie stolz auf der Jacke ihrer Schuluniform.

Doch wann immer Dave seinen Traum von dieser Auszeichnung jemandem erzählte, wurde er von seinen Teamkollegen und Freunden ausgelacht. Diejenigen, die Dave aufmuntern wollten, sagten dann Dinge wie: „Na ja, es kommt ja eigentlich nicht darauf an, ob du gewinnst oder verlierst ... Dabei sein ist alles", oder: „Komm, so wichtig ist diese Auszeichnung doch gar nicht." Und trotzdem war Dave fest entschlossen, hart an sich zu arbeiten und als Ringer besser zu werden.

Jeden Tag ging Dave nach der Schule in den Fitness-Raum, um an seiner Kraft zu arbeiten. Oder er rannte im Stadion Runde um Runde, um mehr Ausdauer zu bekommen. Und nicht selten ging er außerdem noch auf die Matte, um seine Technik zu verbessern.

Die einzige Person, die in dieser Zeit an Dave glaubte, war seine Großmutter. Immer wieder erinnerte sie ihn daran, was man durch Gebet und harte Arbeit erreichen kann. Sie riet ihm, dass er sein Ziel stets fest vor Augen haben solle, und außerdem zitierte sie Bibelverse, wie zum Beispiel: „Ich vermag alles durch Christus, der mir Kraft gibt" (Philipper 4,13).

Am Tag, bevor die nächste Saison begann, starb Daves Großmutter. Er war am Boden zerstört: Falls er jemals sein Ziel erreichen und die Auszeichnung erhalten sollte, würde seine Großmutter es nicht mehr erleben.

In dieser Saison sahen sich Daves Gegner einem neuen Menschen gegenüber. Sie hatten einen gewohnt leichten Sieg über ihn erwartet, doch stattdessen bekamen sie einen beinharten Kampf geliefert. Dave gewann 9 seiner ersten 10 Kämpfe in diesem Jahr.

Nach der Hälfte der Saison rief ihn sein Trainer zu sich und bat ihn in sein Büro, um ihm mitzuteilen, dass er die Sportler-Auszeichnung erhalten würde. Dave konnte es kaum fassen. Aber er hätte sich noch besser gefühlt, wenn er diesen Augenblick mit seiner Großmutter hätte teilen können. Wenn sie das nur hätte erleben können!

Sein Trainer lächelte und übergab Dave einen Umschlag. Auf dem Umschlag stand Daves Name in der Handschrift seiner Großmutter. Er öffnete ihn und las:

Lieber Dave,
ich wusste, dass du es schaffst! Im Umschlag sind 100 Dollar, damit du dir für den Aufnäher eine neue Jacke kaufen kannst. Ich hoffe, dass du sie mit Stolz tragen wirst und dich immer daran erinnerst: „Du kannst alles durch Christus, der dir Kraft gibt!"

Glückwunsch,
deine Großmutter

Als Dave zu Ende gelesen hatte, griff der Trainer hinter sich und zog eine brandneue Jacke hervor, auf der bereits der Aufnäher angebracht und Daves Name eingestickt war.

Wayne Rice

Valentinstag einmal anders

Als Teenager arbeitete ich als Kellnerin in einem Restaurant namens „COCO's" in Südkalifornien. Obwohl kalifornische Nächte normalerweise warm sind, wehte an diesem besonderen Februartag eine steife Brise und es zog durch die Eingangstür. So gegen neun Uhr abends wurde es im Lokal langsam ruhiger und ich fing an, mich selbst zu bemitleiden. Alle meine Freundinnen waren im Kino und ich musste bis Ladenschluss arbeiten.

Da betrat ein Mann das Restaurant, dem ich jedoch keine besondere Beachtung schenkte, denn ich war gerade dabei, frischen Kaffee zu kochen. Auf einmal packte mich meine Kollegin am Arm.

„Das ist echt verrückt“, flüsterte sie. „Da ist dieser Mann mit dem weißen Schnurrbart da drüben, siehst du? Der sagt, er wird hier nichts essen, wenn er nicht von dir bedient wird.“

Ich seufzte tief. „Oh nein. Schon wieder ein Spinner?“

„Sieh selbst“, sagte sie.

Wir blinzelten vorsichtig durch einen Vorhang auf den geheimnisvollen Mann in der Ecke. Langsam nahm er die Speisekarte runter und es kamen dichte weiße Haare, silberblaue Augen und ein breites Grinsen unter seinem weißen Schnurrbart zum Vorschein. Er hob die Hand und winkte uns zu.

„Das ist kein Spinner“, sagte ich. „Das ist mein Vater.“

„Du meinst, er kommt her, um dir bei der Arbeit zuzusehen?“, fragte meine Kollegin. „Das ist ziemlich seltsam, wenn du mich fragst.“

Ich fand das gar nicht seltsam. Ich fand es sogar ziemlich süß. Aber das ließ ich mir nicht anmerken. Armer Papa! Ich verhielt mich stattdessen reichlich unfreundlich, bot ihm kurz angebunden die Suppe des Tages an und nahm seine Bestellung auf, bevor jemand sehen konnte, wie er zärtlich meinen Ellbogen drückte und sagte: „Danke, Kleines.“

Wenn du diese Geschichte liest, möchte ich, dass du eins weißt, und zwar das, was ich seit diesem Abend niemals vergessen habe. Seine Anwesenheit bedeutete mir tausend Dinge. Während er mir beim Saubermachen der Tische und Nachfüllen der Kaffeetassen zusah, konnte ich seine unausgesprochenen Worte hören: „Ich unterstütze dich. Ich bin stolz auf dich. Du machst einen prima Job. Mach weiter so. Du bist meine Tochter. Ich liebe dich.“

Das war mein schönster Valentinstag.

Robin Jones Gunn

Der Unterschied zwischen Gas und Bremse

Als ich eines Tages in einem weißen 60er Ford Pick-up zur Schule fuhr, sah ich diese süße kleine Flötenspielerin, die im Schulorchester immer in der ersten Reihe saß. Jeannie war 14 und behauptete, sie hätte ziemlich viel Erfahrung im Autofahren. Ich nahm an, dass ich sie tierisch beeindrucken konnte, wenn ich sie „meinen" Truck auf dem Schulparkplatz fahren ließ. Jeannie fuhr auf diese Idee total ab. Und ich fuhr total darauf ab, dass sie so darauf abfuhr. Was für eine super Idee, um eine im Entstehen begriffene Beziehung zu beflügeln!

Es gab dabei nur zwei Probleme: Erstens gehörte „mein" Truck eigentlich meinem Vater. Und zweitens war das Einzige, von dem Jeannie in Bezug aufs Autofahren „ziemlich viel" hatte, leider lediglich ihre Fantasie. Ihre tatsächlichen Erfahrungen im Autofahren beschränkten sich auf eine kurze Runde mit dem Automatikwagen von irgendwem.

Nach ein paar hastigen Erklärungen über die Eigenschaften der einzelnen Pedale folgte sie meinen Anweisungen und streckte ihr kurzes linkes Bein aus, so weit es ging. Zitternden Fußes hielt sie die Kupplung gedrückt. Mit dem anderen Fuß kam sie gerade so an das Gaspedal. Der Motor heulte auf, als sie den Zündschlüssel umdrehte. Nach meinen Anweisungen hob sie vorsichtig ihren linken Fuß von der Kupplung und begann das Gaspedal ganz langsam mit dem rechten Fuß runterzudrücken.

Das war der Augenblick, in dem alles schief zu laufen begann.

Ihre Beinarbeit wurde ein wenig unkoordiniert, als sich ihr Fuß in der Kupplung verhakte und der Wagen schneller wurde. Sie versuchte, den Fuß von der Kupplung zu ziehen, vergaß dabei aber den anderen, der bombenfest auf dem Gaspedal stand.

An meinen Sitz gepresst beobachtete ich, wie die Fenster des einstöckigen Gebäudes neben uns vorbeiflogen. Ich fühlte mich wie ein Rodeoreiter, der zum ersten Mal auf einem wild bockenden Bronco saß, als der Truck in unkontrollierten Schlingersprüngen vorwärts schoss.

In dem Versuch, cool zu bleiben, schrie ich: „Alles in Ordnung!" Wen wollte ich hier eigentlich veräppeln? Ohne Festhaltemöglichkeit wurde ich wie eine Ladung Wäsche im Trockner herumgeschleudert.

„Tritt einfach die Kupplung durch und nimm den Fuß vom Gas!", brüllte ich über den Lärm des Motors hinweg, der abwechselnd mit den Sprüngen des Wagens gequält aufheulte und erstarb.

„Welches ist noch mal die Kupplung?", schrie sie zurück. Ich schätze, meine Erläuterungen von vorher hatten sich noch nicht so richtig verfestigt.

„Ganz links", sagte ich.

„Was ist da?", fragte sie panisch. „Wo ist die Bremse?"

Wir hatten leider keine Zeit, dieses nette kleine Gespräch fortzusetzen, denn so langsam ging uns der Parkplatz aus. Gerade als ich beschlossen hatte, ohne Rücksicht auf Verluste einfach in den Leerlauf zu schalten, bemerkte ich, dass der Maschendrahtzaun uns zur Linken bedenklich nahe kam.

Dabei war es noch nicht mal der Zaun an sich, der mir Sorgen machte – es waren mehr die Autos der Lehrer, die auf dem Parkplatz dahinter standen, die mein Herz zum Rasen brachten.

Bevor ich noch Zeit hatte, den Zündschlüssel zu drehen, den Motor abzuwürgen oder zumindest das Lenkrad herumzureißen, hörte ich auch schon das hässliche Knirschgeräusch von Metall auf Metall. Die schönen, ordentlichen, geraden Aluminiumpfosten begannen sich wie Pfeifenreiniger zu verbiegen, als der schwere Wagen ein ganzes Stück vom Zaun niedermähte.

Schließlich kam der Truck durch den Widerstand zum Stehen und Stille erfüllte das Führerhaus. Ich bemerkte, dass die niedlichen Beine meiner Freundin zitterten, während sie sie halb stehend auf beide Pedale presste. Das Lenkrad hielt sie so fest umklammert, dass ihre Fingerknöchel weiß hervortraten.

„Also“, sagte ich und holte zum ersten Mal seit mehreren Minuten wieder Luft. „Das war doch gar nicht so schlecht für den ersten Versuch!“

Sie kroch über meine Beine hinweg und zur Beifahrertür hinaus, während ich den Schaden von oben aus zu überblicken versuchte. Ich konnte es kaum fassen: Der Kühlergrill des schweren alten Trucks war nur wenige Zentimeter vor der Stoßstange des Luxusschlittens unseres stellvertretenden Direktors zum Stillstand gekommen.

Mein Herz beendete seinen Bossanova und kehrte zu seinem normalen Rhythmus zurück und ich beschloss, mich den Folgen dieses Ereignisses mannhaft zu stellen. Vorsichtig setzte ich den Wagen zurück, parkte ordentlich in einer regulären Parklücke, dankte meiner zauberhaften Begleiterin für das nette Erlebnis und machte mich auf den Weg zum Direktionsbüro.

Unsere Schule war ziemlich groß und unser eigentlicher Direktor hatte mit den 5.000 Schülern so viel um die Ohren, dass er sich nur um wirklich dicke Dinger kümmerte. Der stellvertretende Direktor, auch „Gnadenloser Miller“ genannt, war derjenige, der die guten Geschichten zu hören bekam ... so wie die, die ich ihm jetzt erzählte.

Ich übernahm die volle Verantwortung für mein Handeln und die Folgen. Etwas irritiert war ich von dem breiten Grinsen, das er dabei die ganze Zeit im Gesicht hatte.

Als ich mit meiner Schreckensstory fertig war, sagte Mr. Miller: „Ich sag dir was. Ruf mal diese Nummer hier an.“ Damit gab er mir eine Visitenkarte, auf der die Adresse einer Firma stand. „Die haben den Zaun installiert, den du umgefahren hast ... und zwar gerade gestern!“

Mir wurden die Knie weich. Erst in diesem Moment dämmerte mir, wie viel Glück wir gehabt hatten. Wenn dieser wunderbare

Zaun nicht da gewesen wäre, hätten wir Mr. Millers Luxuskutsche einfach platt gemacht!

Er fuhr fort: „Erzähl dem Chef dieser Firma, was passiert ist, und dann werden wir ja sehen, ob du aus eigener Tasche für den Schaden aufkommen musst. Da der Unfall auf privatem Gelände passiert ist, müssen wir wenigstens die Polizei nicht einschalten."

Ach, am liebsten hätte ich den Mann in diesem Moment geküsst. Aber nur beinahe. Er hätte mir geben können, was ich wirklich verdiente – oder Schlimmeres! –, aber er half mir einfach nur dabei, meine Lektion zu lernen und die Verantwortung für meine Taten zu übernehmen. Die ganze Zeit über blieb er absolut ruhig.

Ich rief bei der Zaunfirma an und ein sehr netter Mann sagte: „Oh ja, ich hab schon von deinem kleinen Missgeschick gehört! Ehrlich gesagt bin ich etwas überrascht, dass du dich meldest. Einer meiner Angestellten hat mich gerade angerufen. Er konnte drei von den vier Pfosten, die du umgefahren hast, wieder hochbiegen. Der vierte ist allerdings abgebrochen. Komm doch vielleicht mal kurz bei uns vorbei und mit ... sagen wir, zehn Mäusen ist die Sache erledigt."

Den ganzen Weg zu dieser Firma sagte ich nur immer wieder: „Danke, Gott. Danke, Gott. Danke, Gott!"

Als das erledigt war, stand mir noch der übelste Teil der Sache bevor: Ich musste meinem Vater die schlechten Nachrichten überbringen.

Ich parkte den Truck so dicht wie möglich vor der Garage, mit dem linken Kotflügel weg vom Haus. Als mein Vater von der Arbeit nach Hause kam, fing ich ihn schon an seinem Wagen ab, um gleich ein bisschen positive Stimmung zu machen.

„Hallo, Paps! Wie war's bei der Arbeit?", fragte ich sehr freundlich. Vielleicht einen Tick zu freundlich ...

„Prima, mein Junge. Was ist los?" Er konnte sich schon denken, dass etwas nicht stimmte. Ich trat unruhig von einem Fuß auf den anderen und meine Stimme war eine halbe Oktave höher als sonst.

„Na ja, Papa, du wirst nie erraten, was mir heute Verrücktes in der Schule passiert ist ...", begann ich und lachte nervös.

Dann erzählte ich meinem Vater die ganze Geschichte, wobei ich die witzigsten Ausdrücke und Umschreibungen benutzte, die mir einfielen.

Er seufzte, schüttelte langsam den Kopf und legte dann eine Hand auf meine Schulter. „Dann lass uns den Wagen mal ansehen."

Ich schluckte schwer, als wir zu dem beschädigten Wagen hinübergingen und den Kotflügel betrachteten. Die Schrammen sahen gar nicht mal so schlimm aus, wenn man bedachte, was das Auto durchgemacht hatte. Diese alten Trucks waren noch solide gebaut.

Mein Vater sah sich den Schaden an, seufzte noch einmal und sagte: „Weißt du, was mir und einem meiner Brüder mal passiert ist, als wir ungefähr in deinem Alter waren?"

Plötzlich klappte das mit dem Schlucken wieder ganz gut. Zwar hatte ich mir schon öfter Gardinenpredigten von ihm anhören müssen, aber das klang doch deutlich besser als alle anderen Arten der Bestrafung. Also tat ich hochinteressiert.

„Dein Onkel und ich fanden irgendwo auf dem Feld einen alten Laster, der unserem Vater, also deinem Opa, gehörte. Wir beschlossen, ihn zu überraschen, indem wir den Schrotthaufen wieder flott machten. Dazu mussten wir ihn den Hügel hinunter und in die Scheune verfrachten."

Klang gar nicht so uninteressant. Auf jeden Fall besser als die Predigten, die ich sonst so von ihm kannte.

„Doch als wir das alte Gefährt erst mal hügelabwärts in Bewegung gesetzt hatten, machten wir eine wichtige Entdeckung: Es hatte keine Bremsen. In unserem Fall war es kein Zaun, der uns stoppte, sondern ein dicker Holzpfosten."

Ich schloss meinen Mund wieder und erwartete schon weit weniger ängstlich das Ende der Geschichte.

„Ich schätze, wenn man die Stelle hier gut abschleift und dann im Laden ein Lackspray in derselben Farbe kauft, könnte man das wieder ganz gut hinkriegen", sagte mein Vater. „Schließlich ist es ohnehin ein ziemlich alter Wagen."

Das war wirklich ein Tag der positiven Überraschungen. Dreimal war ich nicht angebrüllt worden. Ich konnte es kaum fassen.

Ich folgte Papas Anweisungen und schnell sah der alte Truck wieder ganz passabel aus. Diese Erfahrung war ein wirkliches Aha-Erlebnis für mich. Erst die Ehrlichkeit gegenüber dem Direktor, dann die Bezahlung für den Zaun und schließlich die körperliche „Buße" durch die Reparatur des Trucks. An diesem Tag hatte ich eine Menge über Freundlichkeit gelernt und darüber, wie man Söhnen, die einen Fehler gemacht haben, etwas beibringt. Die Botschaft meines Vaters saß tief, weil er Stärke mit Sanftmut verbunden hatte.

Clark Cothren

Zuhause

Die beste Art, wie man Kinder zu Hause halten kann, ist,
dieses Zuhause zu einem angenehmen Ort zu machen
... und ihnen die Luft aus den Reifen zu lassen!

Anonym

Liebesbriefe an mein ungeborenes Kind

Es war ein schwüler Sommertag im späten Juli. Ich fühlte mich kaputt und mir war ständig übel. So entschied ich mich, zu meinem Hausarzt zu gehen.

„Mrs. Hayes, ich freue mich, Ihnen mitteilen zu können, dass Sie bereits in der zehnten Woche schwanger sind", sagte mein Arzt.

Ich konnte nicht glauben, was ich da hörte. Ein Traum wurde wahr.

Mein Mann und ich waren gerade ein Jahr verheiratet. Wir arbeiteten beide und führten ein glückliches Leben. Die Nachricht von dem Baby freute uns und machte uns gleichzeitig auch ein bisschen Angst.

In meinem jugendlichen Übermut entschied ich mich, „Liebesbriefe" an unser Baby zu schreiben, um meine erwartungsvollen und freudigen Gefühle zum Ausdruck zu bringen. Damals hatte ich keine Ahnung davon, was diese Briefe einmal bedeuten würden.

August 1971

Oh, mein geliebtes Baby, kannst du meine Liebe
für dich spüren, wo du doch noch so klein bist und
in der stillen Welt meines Körpers lebst?
Dein Vater und ich wünschen dir eine perfekte Welt
ohne Hass, Kriege oder Umweltverschmutzung.
Ich kann es kaum erwarten, dich in sechs Monaten
in meinen Armen zu halten.
Ich liebe dich und dein Vater liebt dich auch,
aber er kann dich noch nicht fühlen.

September 1971

Jetzt bin ich seit vier Monaten schwanger und
ich fühle mich langsam besser.

Ich spüre, wie du wächst, und ich hoffe,
dir geht es gut und du fühlst dich wohl.
Ich habe in letzter Zeit viele Vitamine zu mir genommen
und mich gesund ernährt – für dich.
Gott sei Dank ist meine morgendliche Übelkeit jetzt weg.
Ich denke ständig an dich.

Oktober 1971

Oh, diese Stimmungsschwankungen!
Ich weine so oft wegen Kleinigkeiten.
Manchmal fühle ich mich total einsam
und dann denk ich daran, wie du in mir aufwächst.
Ich fühle, wie du strampelst und dich bewegst.
Es fühlt sich jedes Mal wieder ungewohnt an.
Deine Bewegungen erfreuen mich so sehr.

November 1971

Ich fühle mich viel besser, seit ich nicht mehr ständig müde
bin und die Übelkeit aufgehört hat.
Die intensive Hitze des Sommers ist vorbei.
Das Wetter ist einfach angenehm und erfrischend.
Deine Bewegungen kann ich jetzt ganz oft spüren.
Dauernde Hiebe und Tritte. Wie schön zu wissen,
dass es dir gut geht und dass du lebst.
Letzte Woche haben dein Papa und ich beim Arzt
deinen starken Herzschlag gehört.

2. Februar 1972, um 23:06 Uhr

Du bist geboren! Wir haben dich Sasha genannt.
Das war eine lange, anstrengende 22-Stunden-Schicht!
Dein Papa hat mir geholfen, mich immer wieder zu entspannen
und ruhig zu bleiben. Wir sind so glücklich, dich zu sehen,
dich zu halten, einfach bei dir zu sein.

Herzlich willkommen, unser erstgeborenes Kind.
Wir lieben dich so sehr!

Schnell war Sasha ein Jahr alt und krabbelte durch das ganze Haus. Dann ritt sie auf Ponys und schaukelte im Park. Unsere kleine Schönheit mit den himmelblauen Augen besuchte den Kindergarten und wurde ein intelligentes und willensstarkes kleines Mädchen. Die Jahren vergingen so schnell, dass mein Mann und ich manchmal Witze darüber machten, dass wir unsere Tochter abends als 5-jähriges Mädchen ins Bett gelegt hätten und sie am nächsten Morgen als Teenager aufgewacht wäre.

Die Jahre des Heranwachsens und der Auflehnung waren nicht einfach. Manchmal wurde meine hübsche Teenagertochter so sauer, dass sie mit dem Fuß auf den Boden stampfte und schrie: „Ich hasse dich! Du hast mich nie geliebt! Du kümmerst dich überhaupt nicht um mich und du willst auch nicht, dass ich glücklich bin!"

Diese Worte verletzten mich sehr. Was hatte ich nur falsch gemacht?

Nach einem dieser Wutanfälle meiner Tochter erinnerte ich mich an die Schachtel, in der ich die Liebesbriefe an sie aufbewahrt hatte. Ich legte sie einfach auf ihr Bett in der Hoffnung, dass sie sie lesen würde.

Einige Tage später stand Sasha mit Tränen in den Augen vor mir.

„Mama, ich habe gar nicht gewusst, wie sehr du mich wirklich liebst – schon bevor ich auf der Welt war", sagte sie. „Wie konntest du mich denn lieben, bevor du mich kanntest? Du hast mich echt bedingungslos geliebt!"

Dieser wunderbare Augenblick wurde für uns ein starker Bund, der immer noch hält. Die verstaubten alten Liebesbriefe hatten uns wieder zusammengebracht – enger als je zuvor.

Judith Hayes

Ein Vater und ein Sohn

Als ich eines Morgens auf dem Flughafen in Atlanta auf dem Weg zu meinem Abflugs-Gate war, nahm ich die Bahn, die die Passagiere vom Terminal dorthin befördert. Steril und unpersönlich fährt dieser Zug den ganzen Tag hin und her. Viele Menschen würden so eine Fahrt nicht gerade als lustig bezeichnen, doch an diesem Morgen hörte ich lautes Gelächter.

An der Stirnseite des ersten Wagens saßen ein Vater und sein Sohn. Wir hielten gerade an, um einige Passagiere abzusetzen; kurz danach schlossen sich die Türen wieder. „Weiter geht's! Halt dich gut fest", sagte der Vater. Und der etwa fünfjährige Junge lachte lauthals.

Die meisten Leute im Zug waren entweder sehr gestylt oder ganz urlaubsmäßig gekleidet. Der Vater und der Sohn hoben sich jedoch deutlich von ihnen ab; billigere Klamotten kann man wahrscheinlich nicht tragen.

„Schau mal raus!", sagte der Vater. „Siehst du den Piloten dort? Ich wette, der ist gerade unterwegs zu seinem Flugzeug." Der Junge schaute begeistert.

An meinem Zielort angekommen fiel mir ein, dass ich eigentlich noch etwas im Terminal hatte kaufen wollen, und da noch viel Zeit bis zum Abflug war, fuhr ich noch einmal zurück. Als ich dann erneut in den Zug einstieg, sah ich wieder den Vater mit seinem Sohn. Ich bemerkte erst da, dass sie überhaupt nicht wegfliegen wollten. Sie waren einfach zum Flughafen gekommen, um in dieser Bahn hin und her zu fahren.

„Willst du nach Hause?", fragte der Vater.

„Nö, ich mag noch weiterfahren."

„Noch weiter?", fragte der Vater ziemlich erstaunt, aber sehr liebevoll. „Bist du denn gar nicht müde?"

„Das macht Spaß hier!", antwortete der Sohn

„Okay, dann fahren wir eben weiter", meinte der Vater.

Es gibt Eltern, die können es sich leisten, ihre Kinder übers Wochenende nach Disneyland oder sonst wohin auf der Welt zu schicken. Manchmal kommen sie dann jedoch mit irgendwelchen unangenehmen Angewohnheiten zurück. Es gibt Leute, die wohnen in Häusern, die ein Vermögen gekostet haben, und schenken ihren Kindern Swimmingpools, schnelle Autos und teure Klamotten. Doch irgendwas geht trotzdem schief. Arm oder Reich, Weiß oder Schwarz, es geht oft so vieles daneben.

„Wohin fahren denn die ganzen Leute, Papa?“, fragte der Sohn.

„In die ganze Welt“, war die Antwort.

Die anderen Menschen am Flughafen waren unterwegs zu ihren Flügen in die weite Welt oder kamen gerade von exotischen Orten zurück. Dieser Vater und sein Sohn kutschierten dagegen nur in einer Shuttlebahn hin und her und machten daraus ein riesiges Familienerlebnis.

Es gibt so viele Probleme auf der Welt, so viele unbeantwortete Fragen.

Aber eine Antwort ist einfach: Eltern, die sich die Zeit nehmen und ihren Kindern gegenüber aufmerksam sind, geben ihr Bestes. Das kostet nichts und es ist doch das Wertvollste, was man einem Kind in dieser Welt geben kann.

Der Zug fuhr wieder los. Der Vater zeigte auf irgendetwas in der Ferne und der Sohn lachte herzhaft und schien regelrecht in seiner Aufmerksamkeit zu baden.

Es kann so einfach sein.

Bob Greene

„Komm nach Hause!"

Das kleine Haus war einfach, aber zweckmäßig. Es bestand aus einem einzigen großen Raum. Das rote Ziegeldach war eines von vielen in dieser ärmlichen Gegend am Rande eines kleinen brasilianischen Dorfes. Es war ziemlich gemütlich in diesem Haus. Maria und ihre Tochter Christina hatten alles getan, was möglich war, um dem tristen Grau der Wände etwas Farbe zu geben und den harten Steinfußboden etwas wohnlicher zu gestalten: ein alter Kalender, ein verblichenes Bild eines Angehörigen, ein Kruzifix aus Holz. Die Möblierung war bescheiden: ein paar Kisten als Schlafplätze an jeder Seite des Raumes, ein Waschbecken und ein Holzofen.

Marias Mann war gestorben, als Christina noch klein war. Damals lehnte die junge Mutter hartnäckig jede Gelegenheit ab, noch einmal zu heiraten. Sie arbeitete hart, um ihre kleine Tochter zu versorgen. Und jetzt, fünfzehn Jahre später, war das Schlimmste überstanden. Auch wenn ihr Lohn als Dienstmädchen keine großen Sprünge erlaubte, war es doch ein geregeltes Einkommen und es reichte für Essen und Kleidung. Und mittlerweile war Christina alt genug, um selbst arbeiten zu gehen und ihren Beitrag zum gemeinsamen Lebensunterhalt zu leisten.

Einige sagten, Christina hätte ihre Unabhängigkeit von ihrer Mutter geerbt. Sie wehrte sich gegen die traditionelle Auffassung, dass eine Frau jung heiraten müsse und dann für die Familie zuständig sei. Christina blieb ungebunden. Und das lag nicht an mangelnden Gelegenheiten. Ihre olivfarbene Haut und ihre rehbraunen Augen machten sie sehr attraktiv. Sie hatte eine wundervolle Art, ihr Haar nach hinten zu werfen und einen ganzen Raum mit ihrem Lachen auszufüllen. Und außerdem ging von ihr diese seltene Magie aus, bei der man sich als Mann schon wie ein König fühlt, nur weil man in ihrer Nähe ist. Aber es war ihre unbändige Lust auf Leben, auf Neues, mit der sie die Männer auf Sicherheitsabstand hielt.

Sie sprach oft davon, irgendwann in eine Großstadt zu ziehen. Sie träumte davon, ihre ärmliche Gegend gegen die erleuchteten Straßen und das pulsierende Leben einzutauschen.

Allein der Gedanke daran machte ihrer Mutter schon Angst. Maria bemühte sich dann immer schnell, Christina auf die Gefahren der Stadt aufmerksam zu machen. „Die Leute kennen dich dort nicht. Es gibt wenig Arbeit und das Leben ist hart und grausam. Was für ein Leben würdest du dort führen?"

Maria wusste genau, was Christina dort für ein Leben führen würde – beziehungsweise was sie dort tun müsste, um zu überleben. Deswegen brach es ihr auch das Herz, als sie eines Morgens das Bett ihrer Tochter leer fand. Maria ahnte sofort, wohin ihre Tochter gegangen war. Sie wusste auch, was sie tun musste, um sie zu finden. Sie packte schnell einige Kleidungsstücke in ihre Tasche, nahm ihr ganzes Geld und rannte aus dem Haus.

Auf ihrem Weg zur Bushaltestelle hielt sie kurz an einem Kaufhaus an, um eine letzte Sache zu erledigen. Sie setzte sich in eine Fotokabine und machte so viele Bilder von sich selbst, wie sie bezahlen konnte. Mit ihrem Portemonnaie voller kleiner Schwarz-Weiß-Bilder von sich selbst setzte sie sich in den nächsten Bus nach Rio de Janeiro.

Maria wusste, dass es für Christina in der Stadt keine Möglichkeit gab, auf ehrenhafte Weise Geld zu verdienen. Aber sie wusste auch, dass ihre Tochter zu eigensinnig war, um einfach aufzugeben und zurückzukommen. Andererseits dachte sie daran, was passieren kann, wenn ein stolzer Mensch in eine Notlage gerät: Er tut Dinge, die er vorher nicht für möglich gehalten hätte.

Mit diesen Gedanken im Hinterkopf begann Maria ihre Suche. In Bars, Hotels, Nachtclubs, einfach an allen Orten, an denen sich Gestrandete oder Prostituierte aufhalten könnten. Sie ging überall hin. Und überall hinterließ sie ihr Bild – an Toilettenspiegeln, auf schwarzen Brettern in Hotels, an Telefonzellen. Auf die Rückseite von jedem Bild schrieb sie eine Nachricht.

Es dauerte nicht lange, bis sie keine Bilder und auch kein Geld mehr hatte. Maria musste zurück nach Hause. Voller Sorgen fuhr sie wieder in ihr kleines Dorf.

Einige Wochen später ging Christina die Treppen eines Hotels hinunter. Ihr junges Gesicht sah müde aus. Ihre braunen Augen funkelten nicht mehr wie vorher, sondern in ihnen spiegelten sich Schmerz und Angst wider. Ihr Lachen war gebrochen. Ihr Traum war zu einem Alptraum geworden. Tausende von Malen hatte sie sich gewünscht, die vielen fremden Betten gegen ihre einfache Holzkiste zu Hause einzutauschen. Und jetzt war ihr kleines Dorf irgendwie Lichtjahre von ihr entfernt.

Als sie die letzte Stufe erreicht hatte, fiel ihr Blick auf ein vertrautes Gesicht. Sie schaute noch einmal hin, und richtig – dort am Spiegel in der Hotellobby hing ein kleines Foto ihrer Mutter. Christinas Augen brannten und in ihrem Hals zog sich alles zusammen, während sie hinging, um das Bild abzunehmen. Auf der Rückseite des Fotos stand folgende Einladung: „Egal, was du getan hast, ganz gleich, was und wie du geworden bist, es macht nichts. Bitte komm nach Hause!"

Christina folgte der Einladung.

Max Lucado

Freudentränen

Es war mein vorletztes Jahr auf der High School und alles in meinem Leben war cool. Ich war auf einer riesigen Schule und meine größte Sorge bestand darin, den Raum für die nächste Unterrichtsstunde zu finden.

Eines Tages änderte sich das alles schlagartig.

Das perfekte Leben meiner Familie wurde total erschüttert. Mein Vater wachte in einer Nacht mit schrecklichen Schmerzen auf. Wir fuhren sofort ins Krankenhaus und die Untersuchungen ergaben, dass er Krebs hatte. Die Ärzte sagten uns, dass er lange Zeit im Krankenhaus bleiben müsse. Dann begannen sie mit der Chemotherapie und es ging ihm bald noch schlechter.

Das Krankenhaus war ziemlich weit von zu Hause entfernt und da ich zur Schule musste, konnte ich ihn nur an den Wochenenden besuchen. Ich schrieb ihm jeden Tag eine Karte, die meine Mutter ihm immer mitnahm. Ich vermisste ihn schrecklich und legte mir nachts ein Bild von ihm unter mein Kopfkissen. Manchmal, wenn ich nicht einschlafen konnte, drückte ich sein Bild an mein Herz und weinte.

Dann endlich konnte Papa wieder nach Hause, aber er musste weiterhin zweimal pro Woche zur Chemotherapie ins Krankenhaus. Er war sehr blass und es sah so aus, als würde es ihm jeden Tag schlechter gehen. Außerdem fielen ihm wegen der Behandlungen die Haare aus.

Ich werde nie den Tag vergessen, als ich von der Schule nach Hause kam und mein Vater eine Baseballkappe trug. Er nahm die Kappe ab und fragte mich, was ich von seinem neuen Haarschnitt hielt. Es seien so viele Haare ausgefallen, dass er sich entschieden hätte, sie einfach abzurasieren.

Ich wollte seine Gefühle nicht verletzen und so sagte ich, dass ich es total cool fand. Aber es brach mir fast das Herz, ihn so zu sehen.

Es gab noch einen Tag, den ich nie vergessen werde. Einige Wochen später setzten sich meine Eltern mit mir zusammen und sagten mir unter Tränen, dass Papa wahrscheinlich nicht mehr lange zu leben hätte. Ich kann diesen grausamen Augenblick nicht beschreiben. Es war so, als würde eine wilde Bestie ihre Klauen in meine Seele schlagen. Ich war so traurig, dass mein Papa nicht dabei sein würde, wenn ich mein Abschlusszeugnis erhalten würde. Er würde mich auch nicht zum Altar führen, wenn ich mal heiratete. Er würde niemals meine Kinder im Arm halten können.

Das war für mich wie ein Schlag auf den Kopf und ich spürte, wie etwas in mir starb. Ich dachte: Wie kann ich mein Leben weiterführen, während mein Papa gerade seins verliert?

Mein ältester Bruder, der auch noch ein Teenager war, tat sein Bestes, um meinen Vater zu „vertreten". Mein kleinerer Bruder war einfach noch zu jung, um zu verstehen, was passierte. Aber meine Mutter, die die beste Freundin ist, die ich auf der Welt habe, tat alles, um uns zu trösten. Obwohl sie selbst tieftraurig war, gab sie die Hoffnung auf ein Wunder nicht auf. Ganz gleich, welche Seelenqualen sie durchmachte, sie war für Papa, meine Brüder und mich da. Wie sie das geschafft hat, weiß ich nicht. Ich glaube, nur Mütter kennen dieses Geheimnis.

Nach einigen Monaten passierte etwas Unglaubliches: Unsere Gebete wurden erhört – Papa ging es besser! Seine Haare wuchsen erneut. Es kam wieder Farbe in sein Gesicht und er konnte auch wieder lachen. Wir spürten, wie Gott unsere zerschlagenen Leben und Herzen wieder anfing zusammenzusetzen – Stück für Stück.

Vor kurzem habe ich meinen Schulabschluss gemacht. Als ich bei der Feier vor meinen Mitschülern und deren Familien stand, um eine Abschiedsrede zu halten, sah ich meinen Vater und meine Mutter im Publikum. Ich sah die Tränen in Papas Augen und musste an den Tag zurückdenken, an dem er mir gesagt hatte, dass er meinen Schulabschluss wahrscheinlich nicht mehr erleben würde. Auch mir schossen Tränen in die Augen – aber dieses Mal waren es Freudentränen.

Sundy Arrants

Vaters Segen

Wenn ich an meine Kindheit zurückdenke, erinnere ich mich vor allem an die frühen Morgenstunden, in denen ich durch die Dunkelheit zu unserem Jeep tappte, im Wagen wieder einschlief und irgendwann in den Wäldern Louisianas vom surrenden Motorengeräusch wieder aufwachte. Ich erinnere mich sogar an die Zeit zurück, in der ich noch zu klein war, um mich selbst anzuziehen und trotzdem schon im Morgengrauen mit meinem Vater auf die Jagd ging. Mein Papa war zu dieser Zeit der wichtigste Mensch in meinem Leben.

Eines Morgens vor etwa 10 Jahren war ich wieder mit ihm in den Wäldern zur Jagd unterwegs. Mittlerweile war ich erwachsen und hatte selbst eine Familie. Was ich nicht ahnte, war, dass dies für mich kein Morgen wie jeder andere sein würde. Es war der Morgen, an dem ich herausfand, dass mein Vater mit mir einverstanden war. An diesem Morgen würde er mir seinen Segen geben.

Als wir in den Jeep stiegen und er den Zündschlüssel umdrehte, erklang Musik aus dem Kassettendeck seines Autoradios. Die Musik war mir nur zu vertraut, nur war ich total überrascht, sie hier zu hören. Es waren meine neuesten Studioaufnahmen, die die morgendliche Stille überlagerten. Ich fühlte mich ein wenig hilflos und sagte: „Ich hatte keine Ahnung, dass du diese Kassette überhaupt hast. Hörst du sie manchmal?"

Seine Antwort erstaunte mich. „Ich höre nichts anderes." Ich schaute mich um und es war wirklich die einzige Kassette, die ich im Jeep sehen konnte.

Er sagte: „Das hier ist mein Lieblingssong."

Ich war total platt!

Wir fuhren zu unserem Jagdrevier und ich grübelte immer noch über das nach, was gerade passiert war. Im Nachhinein sieht es wie eine Nebensächlichkeit aus – nur ein paar Worte. Aber mir schien, als wäre da noch etwas mehr in der Luft. Ich fühlte mich in meinem Sitz auf einmal größer. Und als ich meinen Vater von der Seite anschaute, musste ich an zwei Schlüsselerlebnisse in unserer Beziehung denken.

Eines ereignete sich während meiner Zeit auf dem College. Damals machte es mir sehr zu schaffen, dass mein Vater mir nie gesagt hatte, dass er mich liebte. Ich wusste, dass er mich liebte, aber ich konnte mich nicht daran erinnern, es einmal von ihm gehört zu haben. Das war irgendwie nicht sein Ding. Doch für mich war es damals sehr wichtig, es von ihm persönlich zu hören. Ich wusste natürlich, dass er es nicht von sich aus sagen würde. Als wir Sommerferien hatten und ich nach Hause fuhr, beschloss ich, ihm einfach zuerst zu sagen, dass ich ihn liebe, und ihn dadurch quasi zu „zwingen", es auch auszusprechen. Das wäre einfach. Nur drei kleine Wörter.

Aber Einfaches ist nicht immer auch leicht. Der erste Tag kam und verging und ich dachte, dass ich es ihm ganz sicher morgen sagen würde. Der nächste Tag kam und verging. So vergingen 12 Wochen und viel zu bald war der letzte Tag meiner Semesterferien angebrochen. Ich war total frustriert, dass ich diese drei kleinen Wörter nicht über die Lippen gebracht hatte.

Mein Auto war bereits beladen und ich schwor mir, dass ich nicht losfahren würde, bevor ich nicht meine Aufgabe erledigt hätte. Für jemanden, der eine gefühlsmäßig offene Beziehung zu seinem Vater hat, klingt das Ganze vielleicht ein bisschen krankhaft, aber für mich war es eine ernste Angelegenheit. Meine Hände waren feucht und meine Kehle trocken. Auch meine Knie wurden immer weicher.

Schließlich konnte ich nicht länger warten. Ich umarmte meine Mutter, meinen Bruder und meine Schwester zum Abschied und dann suchte ich meinen Vater.

Ich ging zu ihm, schaute ihm in die Augen, holte tief Luft und sagte: „Ich liebe dich, Paps."

Er lächelte, legte mir seinen Arm um die Schulter und sagte das, was ich unbedingt hören wollte: „Ich liebe dich auch, mein

Sohn." Mir kam es so vor, als hätten sich zigtausend Volt in der Luft entladen, während wir uns umarmten. Es war so eine Kleinigkeit, aber es änderte für mich alles!

Von diesem Zeitpunkt an endeten alle unsere Gespräche mit: „Ich liebe dich, Vater."– „Ich liebe dich auch, mein Sohn." So komisch das klingt, aber von da an befand sich eine neue Herzlichkeit in der Beziehung zwischen mir und meinem Vater.

Ein anderes Schlüsselerlebnis ereignete sich für mich nach meinem College-Abschluss. Auf einem Seminar hatte ich eine Menge darüber gelernt, wie man sein Gewissen bereinigt und sich bei den Menschen entschuldigt, bei denen man Fehler gemacht hat. Das war total neu für mich, meine Fehler anzuerkennen und Vergebung von denen zu erhalten, die darunter gelitten hatten.

Daraufhin bat ich Gott, mich auf Menschen aufmerksam zu machen, bei denen ich noch etwas bereinigen musste. Und ganz klar oben auf der Liste war mein Vater.

So setzte ich mich eines Tages mit meinem Vater hin und begann mit den aus meiner Sicht schlimmsten Vergehen, bis ich zu den harmloseren Dingen gelangte. Ich sprach über alles, von dem ich annahm, dass es ihn verletzt haben könnte, sogar über Ereignisse aus meiner Kindheit. Und zum Schluss fragte ich einfach: „Papa, kannst du mir vergeben?"

So wie ich es mir schon gedacht hatte, kam es dann auch. Mein Vater war peinlich berührt und versuchte über die ganze Sache hinwegzugehen: „Hey, ist schon alles vergessen, mein Sohn."

Ich sagte: „Es würde mir sehr viel bedeuten, wenn du mir vergeben könntest."

Er schaute mich direkt an und sagte: „Es ist dir schon längst vergeben."

Und wieder einmal änderte sich alles. Von da an behandelte mich mein Vater mit einer neuen Art von Respekt. Seit diesem Zeitpunkt begann er auch, mir wie einem Erwachsenen zu begegnen – wie einem Freund.

Ich hatte keine Ahnung gehabt, wie wertvoll mir dieser Segen meines Vaters einmal sein würde. Nur eine Woche, nachdem wir wieder nach Hause gefahren waren, erhielt ich einen Anruf von meinem Bruder Tommy. Er sagte mir, dass Papa ganz plötzlich an einem Herzinfarkt gestorben sei. Er war noch sehr jung gewesen – erst 49 Jahre alt – und kerngesund. Das war der dunkelste Tag in meinem Leben.

Auch wenn meine Familie und ich lange trauerten, hatte ich doch viel Grund zur Dankbarkeit. Ich hatte 30 schöne Jahre mit meinem Vater gehabt – und einige davon hatten wir als echte Freunde erlebt.

Auch wenn mein Vater jetzt nicht mehr da ist, hat er mir doch in diesen Morgenstunden auf dem Weg durch die Wälder etwas von bleibendem Wert mitgegeben – den Segen eines Vaters.

Morgan Cryar

Inspiration

Neue Einsichten

Bücher sind wie Freunde,
die etwas ganz Persönliches mit dir teilen,
Veränderungen sind notwendig,
Schokokekse schmecken besser als Mürbeteig,
und du solltest nie zu lange damit warten,
jemandem zu sagen, warum du ihn liebst.

Anonym

Triumph nach der Tragödie

Mein letzter Tag an der High School war ein schwüler Samstagnachmittag im Mai. Mit 400 Leuten aus der gleichen Stufe saßen wir vor einer Freilichtbühne und mir war unter meinem Umhang und mit meiner Kappe brüllend heiß.

Ich hatte diesen Tag schon seit Monaten herbeigesehnt. Die letzten vier Jahre an der *Columbine High School* in *Littleton, Colorado*, waren schnell vergangen. Ich hatte viel um die Ohren gehabt mit Lernen, als Klassensprecherin, in unterschiedlichen Arbeitsgruppen an der Schule und natürlich mit meinen Freunden. Heute feierten wir das Erreichte. Eigentlich feierten wir das Leben selbst.

Ich hörte den unterschiedlichen Rednern auf dem Podium zu, die über die Zukunft sprachen und sich auch über die Vergangenheit ausließen. Ich musste schmunzeln, als ich sah, wie ein Ball als Symbol von einer Person zur nächsten weitergereicht wurde – durch die ganze Menge. Für einen Augenblick – nur für einen Augenblick – war mein Abschlusstag genau so, wie ich ihn mir immer vorgestellt hatte.

Doch dann sah ich, wie die Eltern meiner Freundin Lauren zur Bühne gingen. Stolz nahmen sie das Schuldiplom für ihre Tochter entgegen. Und wieder einmal spürte ich, wie dieser grauenvolle Tag vor vier Wochen alles verändert hatte.

Mein Leben und das von Tausenden anderen war am 20. April 1999 schlagartig anders geworden. Ich war an diesem Morgen gerade in die Bibliothek gegangen. Wie üblich in diesem Halbjahr traf ich mich dort mit fünf anderen Mädchen aus meinem Englischkurs. Manchmal lernten wir zusammen; manchmal quatschten wir auch einfach nur.

Ich setzte mich hin und las in einem Buch, während meine Freundinnen an einem Englischprojekt arbeiteten. Plötzlich kam ein Lehrer in die Bibliothek gerannt und schrie: „Alle auf den Boden! Da läuft ein Typ mit einer Waffe rum und schießt um sich!"

Wir dachten zuerst, das sei so eine Art verspäteter Aprilscherz. Doch dann hörten wir aus dem Stockwerk unter uns Schreie und Schüsse. Der Boden bebte, als würden Bomben unter unseren Füßen explodieren. Meine Freundinnen und ich versteckten uns unter einem Tisch. Neben mir kauerte Lauren. In unserer Angst nahmen wir uns an den Händen und hielten uns ganz fest. Ich betete im Stillen und bat Gott um Hilfe.

„Alles wird gut", sagte Lauren immer und immer wieder, während wir uns gegenseitig umklammert hielten.

Dann hörten wir, wie die Schützen – wie wir später erfuhren, handelte es sich bei ihnen um zwei Jungs von unserer Schule – in die Bibliothek kamen. Sie lachten, während sie wahllos auf Schüler schossen. Ich weinte und verbarg mein Gesicht hinter einem dicken Balken, der den Tisch von unten zusammenhielt. Ich betete immer verzweifelter.

Auf einmal spürte ich einen brennenden Schmerz, als mich mehrere Schüsse trafen. Die Wucht des Aufpralls schleuderte mich nach hinten.

„Gott, hilf mir!", schrie ich und schaute nach oben – direkt in die Gesichter der Schützen.

„Glaubst du an Gott?", fragte mich einer von ihnen.

Zuerst hatte ich zu viel Angst, um Ja zu sagen, aber ich wusste, dass ich nicht lügen konnte.

„Ja", sagte ich also.

„Warum?", fragten sie spottend.

Ich murmelte, schon halb im Schock: „Das haben meine Eltern mir beigebracht. Und ich glaube auch daran."

Danach kroch ich wieder unter den Tisch, geschwächt durch den Blutverlust und in der Hoffnung, dass sie mich in Ruhe lassen würden. Wie durch ein Wunder drehten sie sich um und verließen die Bibliothek.

„Lauren!", sagte ich und stieß meine Freundin an, die immer noch unter dem Tisch lag. „Wir können aufstehen. Sie sind weg!"

Aber Lauren bewegte sich nicht.

„Komm, steh auf!", versuchte ich es noch einmal. „Sie sind weg."

Sie antwortete nicht.

Vielleicht ist sie ohnmächtig geworden, dachte ich. Dann sah ich, wie viele Schüler zum Notausgang liefen.

Ich war mit Blut überströmt und ich wusste, dass es mich schlimm erwischt hatte. Ich knüllte das Ende meines T-Shirts zusammen und drückte es gegen meine Bauchdecke, um die Blutung zu stoppen. Ich musste hier raus! In der Hoffnung, dass irgendjemand kommen würde, um Lauren zu holen, nahm ich alle Kraft zusammen und schleppte mich hinaus. Ich schaffte es bis zum Polizeiwagen, der neben dem Gebäude stand. Ein Polizist und einige Schüler versteckten sich hinter dem Wagen. Irgendwie kroch ich auf die Grünfläche dahinter und brach dann zusammen.

Ein anderer Schüler bemerkte mich dort. Obwohl er selbst verletzt war, kam er rüber zu mir.

„Hallo", sagte er. „Du bist doch aus der Abschlussklasse, oder? Wohin gehst du nächstes Jahr aufs College?"

Ich versuchte zu antworten, aber ich krümmte mich vor Schmerzen zusammen, als er sein Sweatshirt gegen meine blutende Bauchdecke drückte.

„Schlaf nicht ein!", befahl er mir.

Endlich wurde ich ins Krankenhaus gefahren. Ich hatte schreckliche Angst und wollte nur, dass meine Eltern bei mir sind. Und nach einer Weile kamen sie dann auch. Die Ärzte berichteten, dass ich neun Schusswunden und verschiedene Splitterverletzungen erlitten hatte. Sie konnten kaum fassen, dass ich noch lebte, und sie meinten, Gott müsse wohl seine Hand über mich gehalten haben.

Es war ziemlich schwer, mit den Schmerzen und dem grausamen Schock umzugehen. Aber meine Eltern taten ihr Bestes, um mich zu trösten. Sie beschützten mich vor zusätzlichen Belastungen, indem sie mir die Presse und das Fernsehen vom Leib hielten.

Berühmte Leute kamen, um mit mir zu sprechen und mich zu trösten. Ich bekam Blumen und Grußkarten aus aller Welt. Es hat mich sehr berührt zu sehen, wie viele Menschen mit mir mitempfunden haben. Aber für mich war es der größte Trost, meine Eltern, meine zwei jüngeren Schwestern und meine Freunde um mich zu haben.

Langsam begann die Heilung. Ich kämpfte schwer damit, meinen Glauben nicht zu verlieren und mit meinen Verletzungen klarzukommen. Vier Tage nach dem Amoklauf fragte ich meine Mutter und eine Freundin: „Wie geht es eigentlich Lauren?"

Sie schwiegen. Ich konnte die Antwort auf ihren Gesichtern ablesen und brach in Tränen aus. Lauren war in der Bibliothek gestorben.

So viel ging an diesem Tag an unserer Schule kaputt. Lauren und zwölf weitere Unschuldige starben, bevor die beiden Mörder sich selbst umbrachten.

Ich verbrachte eine Woche im Krankenhaus und erholte mich schnell von den Operationen, aber die seelischen Wunden saßen viel tiefer. Fragen über Fragen, die mir durch den Kopf jagten. Warum haben sie es getan? Warum mussten Unschuldige sterben? Warum musste Lauren sterben und ich lebe noch?

Und nun saß ich bei der Abschlussfeier und sah, wie die Familie von Lauren ihr Diplom entgegennahm. Ich wusste, es gab keine Antworten auf meine Fragen. Zwei andere Mädchen, die mit mir in der Bibliothek gewesen waren, waren auch verletzt worden. Sie nahmen jetzt ihre Diplome entgegen und begannen mit einem neuen Abschnitt ihres Lebens.

Schließlich war ich an der Reihe, mein schwer verdientes Stück Papier entgegenzunehmen. Als mein Name aufgerufen wurde und ich mein Zeugnis bekam, war ich überrascht von der Lautstärke des Applauses. Ich drehte mich um und sah, dass alle

Leute aufgestanden waren und sich mit mir freuten über diesen Augenblick, über meine Genesung und meine zweite Chance im Leben.

Ich weiß, dass ich an diesem Tag an meiner Schule vieles verloren habe, aber es war nur ein Tag. Es gab so viele andere, wertvolle Erinnerungen für mich auf dieser Schule. Und auch wenn es schwierig war, werde ich immer dafür dankbar sein, dass ich zumindest die letzten drei Tage meiner Schulzeit wieder in die Schule gehen konnte. Das war meine Art, mir das zurückzuholen, was mir geraubt worden war – meine guten Erinnerungen an eine tolle Zeit in meinem Leben.

Mein Glaube an Gott ist seit dem Tag stärker worden. Ich weiß nicht, warum diese Schießerei passiert ist, aber ich glaube, dass es einen Grund dafür gibt, dass ich verschont wurde. Gutes kann Böses überwinden und jetzt konzentriere ich mich auf das, was ich mit meinem Leben anfangen kann.

Bald werde ich aufs College gehen, um Lehrerin zu werden. Ich bin fest entschlossen, anderen Menschen zu helfen. Ich will nicht vergessen, aber ich will für Veränderungen kämpfen. Vielleicht bin ich eines Tages die Person, die einem Menschen in Not helfen kann. Vielleicht kann ich dabei helfen, das Leben eines anderen positiv zu verändern.

Valeen Schnurr

Die Liebe einer Mutter

Ich arbeite als Feuerwehrmann in New York. Feuerwehrmann zu sein hat seine Schattenseiten. Wenn du mit ansiehst, wie das Haus oder das Geschäft von jemandem zerstört wird, kann es dir das Herz brechen. Du siehst jede Menge Zerstörung und Leid und manchmal sogar Tote.

Aber der Tag, an dem ich Scarlett fand, war anders. Das war ein Tag des Lebens und der Liebe.

Es war ein Freitag. Wir reagierten auf einen frühmorgendlichen Alarm wegen eines Werkstattbrandes in Brooklyn. Während ich am Einsatzort den Schutzanzug überzog, hörte ich lautes Katzengejammer. Ich konnte mir darüber zunächst keine Gedanken machen, denn erst würde ich mich um das Feuer kümmern müssen.

Es war ein Großbrand und so waren viele Feuerwehreinheiten am Einsatzort. Uns wurde berichtet, dass alle Menschen im Gebäude unverletzt herausgekommen seien. Ich hoffte, dass das stimmte, denn die ganze Werkstatt stand in Flammen und es wäre tödlich gewesen, jetzt noch einen Rettungsversuch zu unternehmen. Es dauerte lange und viele Feuerwehrleute waren damit beschäftigt, die Riesenflammen endlich unter Kontrolle zu bringen.

Schließlich hatte ich Gelegenheit, nach den Katzen zu schauen, deren Maunzen ich weiterhin hören konnte. Die Rauchentwicklung war immer noch sehr stark und aus der Werkstatt drang eine unglaubliche Hitze herüber. Ich sah nicht viel, aber ich folgte einfach dem unüberhörbaren Miauen. Etwa zwei Meter von der Haupteingangstür der Garage entfernt saßen auf dem Bürgersteig drei kleine, verängstigte Kätzchen und weinten erbärmlich. Dann fand ich noch zwei in der Nähe. Sie mussten im Gebäude gewesen sein, denn ihr Fell war ziemlich angesengt. Ich rief nach einer Kiste und irgendjemand reichte mir eine. Dann legte ich die Katzenkinder in die Kiste und brachte diese auf die Veranda des Nachbarhauses schräg gegenüber. Anschließend machte ich mich auf die Suche nach der Katzenmutter. Es war offensichtlich, dass sie immer wieder in die Werkstatt geeilt sein musste, um ihre Kätzchen einzeln vor dem Feuer zu retten. Fünf lange Wege durch die sengende Hitze des Feuers und den tödlichen Qualm – eine grausame Vorstellung. Dann hatte sie wahrscheinlich versucht, sie einzeln über die Straße zu bringen, aber sie hatte ihre Aufgabe nicht zu Ende bringen können, denn nur ein Kätzchen hatte ich auf der anderen Straßenseite gefunden und eines mitten auf der Straße. Was konnte ihr wohl passiert sein?

Ein Polizist erzählte mir, dass er beobachtet hatte, dass eine Katze auf einen freien Parkplatz gelaufen sei, ganz in der Nähe der Stelle, wo ich das fünfte Kätzchen gefunden hatte. Dort fand ich die Katze dann auch. Sie war schrecklich verbrannt und wimmerte nur noch leise, zu schwach, um sich noch zu bewegen. Ich ging langsam zu ihr hinüber und sprach leise und ruhig auf sie ein, um sie nicht noch mehr zu verschrecken. Als ich sie hochnahm, schrie sie laut auf, aber sie wehrte sich nicht. Das arme Tier stank entsetzlich nach verbrannter Haut und Haaren. Sie schaute mich nur an und entspannte sich, so gut es ihr möglich war, in meinen Armen. Als ich so ihr Vertrauen spürte, zog sich meine Kehle zusammen und ich musste weinen. Doch ich war fest entschlossen, diese mutige Katze und ihre Familie zu retten. Ihr Leben lag wortwörtlich in meinen Händen.

Also legte ich die Katzenmutter in die Kiste zu ihren Kindern. Sobald sie in der Kiste lag, stupste die Katzenmutter, trotz ihres miserablen Zustands und obwohl sie offensichtlich nichts sehen konnte, jedes Kätzchen einzeln mit ihrer Nase an, als wollte sie sicherstellen, dass auch alle da waren. Und ich spürte eine Art Erleichterung bei ihr, nachdem sie sich vergewissert hatte, dass ihre Kätzchen vollzählig waren.

Die Katzen brauchten sofortige tierärztliche Hilfe, weshalb ich bei einer mir bekannten Tierklinik anrief, um unser Kommen anzukündigen. Ich hatte immer noch meinen verrauchten Schutzanzug an und fuhr den Feuerwehrwagen, so schnell es ging.

Während ich auf die Tierklinik zusteuerte, sah ich schon Tierärzte und Helfer auf dem Parkplatz stehen, die auf mich warteten. Schnell brachten sie die Katzen in einen Behandlungsraum.

Selbst ziemlich erschöpft von der Arbeit stand auch ich im Behandlungszimmer, immer darauf bedacht, niemanden bei seiner Arbeit zu stören. Aber irgendwie konnte ich auch nicht einfach gehen. Nach einer langen Zeit meinten die Tierärzte, dass sie die Katzenmutter und die Kätzchen über Nacht dort behalten wollten; aber sie waren nicht sehr zuversichtlich, dass die Mutter durchkommen würde.

Am nächsten Tag fuhr ich wieder hin und wartete und wartete. Ich hatte schon jegliche Hoffnung verloren, als einer der Tierärzte zu mir kam. Mir wurde die gute Nachricht mitgeteilt: Die Kätzchen hatten überlebt.

„Und die Mutter?“, fragte ich, obwohl ich die Antwort nicht wirklich hören wollte. Sie lebte noch, aber es ging ihr sehr schlecht.

Ich fuhr jeden Tag wieder hin und es war immer dasselbe: Sie wussten nicht, ob sie durchkommen würde.

Etwa eine Woche nach dem Brand fuhr ich in einer komischen Stimmung zur Tierklinik. Ich dachte, wenn die Katzenmutter es schaffen sollte, dann würde es ihr doch inzwischen besser gehen. Wie lange sollte sie noch zwischen Leben und Tod schweben?

Als ich die Klinik betrat, grüßten mich die Tierärzte mit einem breiten Grinsen im Gesicht und zeigten mit dem Daumen nach oben! Es ging ihr nicht nur besser – sie konnte sogar wieder sehen.

Jetzt brauchte sie auch einen Namen. Einer der Tierarzthelfer kam auf den Namen Scarlett wegen ihrer rötlich verbrannten Haut.

In dem Wissen, was Scarlett für ihre Kätzchen durchgemacht hatte, ging mir das Herz über, als ich sie wieder bei ihren Kleinen sah. Und was tat die Katzenmutter als Erstes? Sie zählte ihre Kleinen wieder durch! Sie hatte ihr Leben riskiert, nicht nur einmal, sondern fünfmal – und es hatte sich bezahlt gemacht. All ihre Kleinen hatten überlebt.

Als Feuerwehrmann sehe ich jeden Tag Heldentaten. Aber was Scarlett an diesem Tag getan hat, war die größte Heldentat – das ist der Mut, zu dem nur die Liebe einer Mutter fähig ist.

David Gianelli

Träume dein Ziel

Streck dich weit aus,
denn in deiner Seele sind Sterne verborgen.
Träume tief,
denn ein Traum geht jedem hoch gesteckten Ziel voraus.

Anonym

„Schau her, Papa!"

Lou Little war Footballtrainer an der Universität von Georgetown. Der Universitätsrektor kam eines Tages zu ihm, nannte einen Namen und fragte ihn: „Lou, kennst du diesen Studenten?"

„Na klar", sagte Lou. „Er trainiert seit vier Jahren in meiner Mannschaft, aber er hat bisher noch an keinem einzigen Spiel teilgenommen. Er ist zwar ganz gut, aber ihm fehlt einfach jegliche Motivation."

„Hör zu", antwortete der Rektor. „Wir haben gerade die Nachricht erhalten, dass sein Vater gestorben ist. Könntest du ihm das wohl mitteilen?"

Der Trainer ging zu seinem Spieler, sagte ihm, was geschehen war, und meinte dann: „Es tut mir sehr Leid. Wie wär's, wenn du dir eine Woche freinimmst?"

Das war am Dienstag. Am Freitag darauf ging der Trainer in die Umkleidekabine und war überrascht, den betroffenen Studenten dort schon wieder zu sehen, der sich gerade für das Training umzog.

„Warum bist du denn schon wieder zurück?“, fragte ihn Little.

„Die Beerdigung war gestern, Trainer. Und dann bin ich gleich zurückgekommen, denn morgen ist doch das große Spiel und ich muss unbedingt spielen.“

Little antwortete darauf: „Einen Augenblick, Junge. Du weißt doch, dass du bei mir noch nie gespielt hast.“

„Aber ich weiß, dass Sie mich morgen spielen lassen werden, und Sie werden es nicht bereuen“, entgegnete der Student gelassen und selbstbewusst.

In Anbetracht der Situation wollte der Trainer ihm entgegenkommen und sicherte ihm zu, dass er beim ersten Spielzug dabei sein würde. Er dachte sich, bei einem einzigen Spielzug würde schon nichts ins Auge gehen.

Doch zu seiner Überraschung ging der Student während des ersten Spielzugs ab wie eine Rakete. Der Trainer war mehr als irritiert und ließ ihn auch während der nächsten Spielzüge auf dem Feld. Es war unglaublich – er blockte, passte, rannte, setzte gute Tacklings an, es stimmte einfach alles. Er blieb bis zum Spielende auf dem Feld und trug zum Gewinn seines Teams erheblich bei.

In der Umkleidekabine fragte ihn sein Trainer sichtlich irritiert: „Junge, was ist passiert?“

Der junge Mann sagte: „Trainer, Sie haben meinen Vater nie kennen gelernt. Er war blind und heute war es das erste Mal, dass er mich beim Spielen sehen konnte!“

Robert Harold Schuller

Sichere Landung

Ziel auf den Mond
und selbst wenn du vorbeischießt,
landest du immer noch zwischen den Sternen.

Les Brown

Der wahre Sieg

Das ist verrückt, dachte ich, während ich meine verkrampften, steifen Beinmuskeln dehnte. Da war ich nun als Neuntklässlerin kurz davor, mein erstes Wettschwimmen über die verhassten 800 Meter zu schwimmen. Zu Beginn meines ersten Wettkampfjahres sollte ich also 32 verdammte, endlos lange Bahnen zurücklegen. Ich, die ich bei Mannschaftsspielen immer bis zum Schluss übrig blieb. Die so unsportlich war, dass ich mich nie getraut habe, jemandem meine Sportnoten zu verraten. Zum Saisonstart nannte mich mein Trainer (wahrscheinlich liebevoll gemeint) „die Nichtschwimmerin" und schloss heimliche Wetten mit seinem Assistenten ab, wie lange ich wohl im Team bleiben würde. Die beiden waren sich sicher gewesen, dass ich nach ein paar Tagen aufhören würde. Trotz ihres „unerschütterlichen" Glaubens an mich blieb ich dabei. Und nun war ich also kurz davor, den härtesten Wettkampf meines Lebens zu schwimmen!

Mit dem Ausgang des Wettkampfes würde ich natürlich nichts zu tun haben. Es war überhaupt ein Zufall, dass ich am Start war. Eine ältere Teamkollegin hatte sich verletzt und der Trainer fragte mich spontan, ob ich die 800 Meter schwimmen wollte. Ich muss einen zeitweiligen Stromausfall im Hirn gehabt haben, das ansonsten ganz gut funktionierte, denn ich sagte Ja. Vielleicht wollte ich beweisen, dass ich trotz meiner Schlaksigkeit kein Totalversager war. Vielleicht wollte ich auch nur das verdutzte Gesicht meines Trainers sehen, nachdem ich zugestimmt hatte.

Jetzt wärmte ich mich also für den Wettbewerb auf. Plötzlich erklang aus der Stadionanlage genau die Durchsage, die ich so gefürchtet hatte: „Mädchen. 800 Meter Freistil. Schwimmerinnen auf ihre Plätze!"

„Das war's dann wohl", murmelte ich in mich hinein, während ich auf den Startblock stieg.

Auf Wiedersehen, schöne Welt, dachte ich, während ich mit meinen Fingern die Metallschiene auf dem Startblock fest umklammerte. Bis der Startschuss fiel, hörte ich meinen Herzschlag klar und deutlich. Bäääääng! Der Startschuss durchbrach die Stille und ich drückte mich mit aller Kraft vom Startblock ab. Trotzdem tauchte ich etwa einen halben Meter vor den anderen Mädchen wieder auf.

Die plötzliche Berührung mit dem eiskalten Wasser belebte mich. Langsam fand ich meinen Rhythmus und mein Zutrauen wuchs mit jedem Zug. Meine einzigen Gedanken waren: „Zug-zwei-drei-vier, ausatmen, Zug-zwei-drei-vier ..." Nach einiger Zeit war ich richtig gut drin.

Die ersten zwei Bahnen sprinteten wir alle durch und waren deshalb noch relativ nah beieinander. Aber schon bald zogen die schnelleren Schwimmerinnen auf und davon und ich fiel immer weiter zurück. Von da an bekam ich von den anderen nichts mehr mit. Ich sah nur die Beckenwand vor mir und die erbarmungslose Anzeigetafel, auf der ich ablesen konnte, wie viele Bahnen ich noch zurückzulegen hatte. Ich war erst 10 Bahnen geschwommen und es kam mir vor wie tausend.

Mach dir keine Gedanken. Schwimm einfach weiter! Du schaffst es!, munterte ich mich in Gedanken selbst auf. Plötzlich fühlte ich mich wieder frisch, als wären meine Batterien neu aufgeladen worden. Ich hatte auf einmal mehr Kraft in meinen Zügen und meine Beinschläge wurden stärker. So etwa bei der 20. Bahn ging es mir super – fast zu gut. Ich fühlte mich unbezwingbar und hatte den Eindruck, dass ich Wände einreißen könnte. Es war, als würde ich den Ärmelkanal durchschwimmen oder besser noch gleich den Atlantik.

Doch von einem Augenblick auf den anderen spürte ich, dass ich keinen einzigen Schwimmzug mehr machen konnte. Schmerzen und Panik überlagerten meine Gedanken. Meine Beine schmerzten, meine Lunge brannte und ich fand keinen Rhythmus mehr. Mein einziger Gedanke bestand darin, das Becken so schnell wie möglich zu verlassen und nicht mehr zurückzukommen.

Gib einfach auf!, sagte ich zu mir selbst, während ich mich durch das trübe Wasser kämpfte, das mir auf einmal so zäh wie Schlamm vorkam. Ich dachte daran, wie schön es wäre, einfach aus dem Becken zu steigen und lange und heiß zu duschen.

Doch dann sagte ich mir, wie erniedrigend es sein würde, jetzt aufzugeben. *Ich gebe doch nicht einfach auf!* Dieser Gedanke machte mich stark. Ich würde das Rennen zu Ende führen – ganz gleich wie!

Langsam fand ich wieder zu meinem Rhythmus. Ich hörte einfach auf zu denken und kämpfte nur noch gegen meine Schmerzen an. Irgendwann waren die anderen im Ziel und die Tafel zeigte nichts mehr an. Ich musste nur noch eine letzte Bahn zurücklegen. Als dann das Beckenende zum letzten Mal vor mir lag, fühlte ich mich, als würde mich ein Engel umarmen.

Mit letzter Kraft erreichte ich den Beckenrand und ging auf wackligen Beinen zu meinem Handtuch. Halbherzig versuchte ich mich abzutrocknen und brach dann ohnmächtig zusammen.

Als ich wieder zu mir kam, wurden der Schmerz und meine Erschöpfung nach und nach durch Stolz und Freude über meine Leistung ersetzt. Ich hörte meinen Trainer, wie er der Siegerin gratulierte.

Und ich dachte: *Du gratulierst einfach der falschen Person. Ihr Rennen wird erst noch kommen, bei den Landesausscheidungen und weiteren Wettkämpfen, bei denen sich die Leute von ihrer Stärke und ihrem Talent überzeugen werden. Dies hier aber war mein Rennen und ich habe es gewonnen.*

Ich hatte über meine eigene Unsicherheit, meine Schmerzen, meine Schwäche und die Zweifel der anderen gesiegt.

Amanda Cornwall, 14 Jahre

Dieses breite Grinsen

Manchmal lernt man Dinge von Leuten, von denen man es am wenigsten erwartet hätte. Mein kleiner Bruder Jimmy ist zwölf Jahre alt. Er ist geistig und körperlich behindert. Vor seiner Geburt hat er einen Schlaganfall erlitten und deshalb haben sich Teile seines Gehirns und Körpers nicht richtig entwickelt. Zum Beispiel fehlen ihm die Zehen.

Aber obwohl dies alles nicht ganz so ist, wie es sein sollte, macht Jimmy es mit seinem Herzen mehr als wett. Wenn wir zusammen unterwegs sind, starren uns viele Leute blöd an oder weichen uns aus, weil sie vor meinem kleinen Bruder Angst haben.

Ich habe Kinder von vielleicht vier Jahren gesehen, die ihm die Zunge rausstreckten und ihm Fratzen schnitten, als ob er kein menschliches Wesen wäre. Aber Jimmy wird nie sauer. Er schlägt nicht um sich oder hasst die Leute für ihr Verhalten. Er schenkt ihnen nur dieses breite Grinsen.

Es ist erstaunlich, das zu beobachten. Zuerst beginnen seine großen braunen Augen zu funkeln und seine Mundwinkel zu zucken. Dann schieben sich seine kleinen weißen Zähne zwischen seinen Lippen hervor wie die Sonne, die durch die Wolken bricht.

Manche Leute sagen, dass ihnen Jimmy Leid tut und dass es schade ist, dass er nicht „normal" ist. Aber weißt du was? Ein bisschen wünschte ich, dass alle Menschen so wären wie mein Bruder. Denn egal, wie gemein die Leute zu ihm sind, er hat immer ein Lächeln für sie übrig.

Wenn also heute Menschen fies zu mir sind oder mich veräppeln oder so, dann schenke ich ihnen einfach dieses breite Grinsen. Denn ich habe von meinem Bruder gelernt, dass es nicht darum geht, ob ich ein besonders gut entwickeltes Gehirn oder zehn Zehen habe, sondern darum, wie stark mein Herz ist und wie breit ich grinsen kann.

Ann Tait (14)

Schätze

Jeder Tag ist wie eine Schatzkiste gefüllt mit Geschenken Gottes,
die nur geöffnet werden muss.
Du wirst darin Vergebung finden,
verziert mit einer Schleife der Freude.
Und du wirst die Liebe finden,
eingebettet in funkelnde Edelsteine.

Joan Clayton

Unglaublich!

1970 gelang dem Football-Spieler Tom Dempsey ein unglaubliches 63-Yard-Tor, das die gesamte Sportwelt erstaunte. (63 Yards liegen weit vor der eigenen Mittellinie – ein Football-Feld ist 100 Yards lang, Anm. d. Übersetzers)

Tom wurde mit einer deformierten Hand und einem nur halb entwickelten rechten Fuß geboren. Er hatte tolle Eltern, die ihm trotz seiner Behinderung alle Bestätigung und Förderung gaben, die nur möglich waren. Deshalb machte Tom auch genau das, was alle machten. Wenn seine Pfadfindergruppe 10 Meilen wanderte, ging Tom mit. Warum nicht? An ihm gab es nichts auszusetzen. Er konnte alles genauso gut machen wie jeder andere Junge auch.

Dann wollte er Football spielen und hatte den Wunsch, in einem Bereich dieser Sportart so gut wie möglich zu werden. Und es dauerte nicht lange, bis er herausfand, dass er den Football weiter schießen konnte als jeder andere in seinem Team, er war also ein idealer „Kicker". Um diese Fähigkeiten zu verfeinern, wurde ihm ein besonderer Schuh angefertigt. Ohne je über seine Behinderungen nachzudenken, ging er zu einem Probetraining bei einer Profimannschaft und bekam einen Vertrag bei den *San Diego Chargers*.

Der Trainer dort versuchte ihm jedoch so höflich wie möglich mitzuteilen, dass er „nicht die Veranlagungen hätte, die man im Profi-Football brauche". Und er versuchte ihn dazu zu bringen, doch lieber etwas anderes auszuprobieren. Schließlich bewarb Tom sich bei einem anderen Team, den *New Orleans Saints*. Auch der Trainer dieser Mannschaft war voller Zweifel, aber er war gleichzeitig vom Selbstvertrauen des Jungen tief beeindruckt und entschied sich deswegen für ihn.

Zwei Wochen später war sein Trainer noch beeindruckter, als Tom bei einem Freundschaftsspiel mit einem 55-Yard-Schuss punktete. Seitdem war er der Kicker der *Saints* und in seiner ersten Saison holte Tom 99 Punkte für sein Team. Dann kam der große Augenblick. Das Stadion war mit 66.000 Zuschauern ausverkauft. Der Ball lag 63 Yards vom gegnerischen Tor entfernt und es waren nur noch wenige Sekunden zu spielen. Damit war nur noch Zeit für einen Spielzug. Toms Trainer rief ihm zu: „Schnapp dir den Ball und hau ihn rein, Dempsey!"

Als Tom zum Ball ging, dachte er daran, dass der längste verwandelte Schuss in einem Punktespiel bei 55 Yards lag, geschossen von Bert Rechichar bei den *Baltimore Colts.*

Tom Dempsey vergrub förmlich seinen Fuß in den Ball. Die Flugbahn war perfekt. Der Ball flog wie an einer Schnur gezogen geradeaus, aber würde es reichen? Die Zuschauer im Stadion hielten den Atem an. Der Linienrichter in der Endzone hob seine Arme und zeigte damit an, dass das Tor gültig war. Der Ball war nur um Haaresbreite über die Stange geflogen. Toms Team gewann 19:17. Die Leute rasteten aus, völlig hingerissen vom längsten Torschuss aller Zeiten. Und das von einem Spieler mit einem halben Fuß und einer missgebildeten Hand!

„Unglaublich!", schrie jemand. Aber Tom Dempsey lachte nur. Er erinnerte sich an seine Eltern. Sie hatten ihm immer erzählt, was er alles erreichen könnte. Und so drückte es Tom nach seiner Höchstleistung auch aus: „Meine Eltern haben mir nie gesagt, dass ich etwas nicht schaffen würde."

Norman Vincent Peale

Zwölf Fünf-Dollar-Scheine

Der 13-jährige Dameon Sharkey hatte mit seinen ganz eigenen Schwierigkeiten und nicht gerade wenigen Herausforderungen des Alltags zu kämpfen. Dameon war ein Einzelgänger. Dazu trug sicher auch bei, dass er sich anders als alle seine Mitschüler kleidete: keine schwarze Hose, kein weißes Hemd, keine Krawatte.

Er hatte keine Freunde, kämpfte sich mühsam durch seine Schulzeit und vermittelte wirklich nicht den Eindruck, als ob ihn die Welt um ihn herum irgendwie interessieren würde. Und doch wurde er in seiner Stadt eines Tages so eine Art Held und vor allem für eine Familie, die ein besonders schweres Schicksal hatte.

Jeff Leeland, Dameons Sportlehrer, und seine Frau Kristi hatten eine schreckliche Nachricht erhalten: Bei ihrem 6 Monate alten Sohn Michael, ihrem vierten Kind, war Leukämie diagnostiziert worden. Um sein Leben retten zu können, würde es erforderlich sein, dass er eine Knochenmarkstransplantation bekam.

Zu allem Übel weigerte sich Jeffs Krankenversicherung, für die Kosten der Operation in Höhe von 175.000 Dollar aufzukommen. Doch es gab auch eine gute Nachricht: Die Ärzte stellten fest, dass die sechsjährige Tochter Amy das passende Knochenmark für Michael hatte. Aber was nützte das, wenn die Operation für die Leelands unbezahlbar war?

Die Zeit für Michael lief langsam ab. Wenn nicht sehr bald die Knochenmarkstransplantation durchgeführt wurde, musste er sterben.

Es schien ausweglos. Jeff Leelands Sohn lag im Sterben und er konnte einfach nichts daran ändern. Jeff fühlte sich machtlos und verletzt. Das Einzige, was er tun konnte, war beten. Im Gebet erfuhr er eine gewisse Beruhigung und spürte, dass Gott die Situation in seine Hand genommen hatte.

Jeff Leeland war der Lieblingslehrer von Dameon und der Junge hielt es einfach nicht mehr aus, mit ansehen zu müssen, wie sein Lehrer litt. Also ging Dameon zur Bank und hob seine gesamten Ersparnisse ab: 60 Dollar. Dann ging er in Jeffs Büro, um ihm seine Spende zu übergeben.

„Mr. Leeland", sagte der Junge zu seinem Lehrer, „Sie sind mein Freund. Und weil es Ihrem Baby schlecht geht, möchte ich gern helfen." Dameon streckte seine Hand aus und hielt dem verwunderten Lehrer zwölf 5-Dollar-Scheine entgegen.

Nachdem Jeff den Jungen umarmt und ihm für seine Großzügigkeit gedankt hatte, ging er ins Büro des Rektors. Die beiden beschlossen, die Spende von Dameon als Beginn der „Michael-Leeland-Stiftung" einzusetzen.

Schnell begannen auch andere Klassenkameraden Dameons Beispiel zu folgen. Sie dachten sich eigene Möglichkeiten aus, um Spendengelder zu sammeln. Sie schrieben Briefe, telefonierten, stellten Spendenkästen auf und alarmierten die Lokalpresse. Das Problem von Michael Leeland wurde für die Kinder der *Kamiakin-High School* mehr als eine Spendenaktion. Es wurde zu ihrer persönlichen „Mission der Herzen".

Kurze Zeit nach Dameons Spende kamen weitere Gelder herein. Die Stiftung erhielt alle möglichen Einzelspenden zwischen einem und 10.000 Dollar. Ein Mann, der selbst hoch verschuldet war und gerade seinen Arbeitsplatz verloren hatte, spendete 10 Dollar; ein Gefängnisinsasse schickte 25 Dollar. Ein Achtjähriger brachte eine Tüte mit Pennys aus seinem Sparschwein mit, ein Vierzehnjähriger verkaufte seine Wertpapiere für 300 Dollar und spendete das Geld der Stiftung.

Bereits eine Woche nach der ersten Spende waren 16.000 Dollar eingegangen. Die Spendenflut wuchs stetig an und nach vier Wochen hatte die Michael-Leeland-Stiftung erstaunliche 220.000 Dollar zu verzeichnen – mehr als notwendig gewesen wäre, um die Kosten der Operation zu bezahlen.

In diesem Sommer musste der kleine Michael 12 Tage Chemotherapie überstehen, bevor die Knochenmarkstransplantation durchgeführt werden konnte. Es war eine sehr schwere Prüfung für Michael und seine Familie. Doch an seinem ersten Geburtstag erhielten sie die gute Nachricht, dass die Menge an weißen Blutkörperchen die kritische Grenze überschritten hatte. Die Operation war gelungen.

Vier Jahre sind seitdem vergangen und Michael ist ein kräftiges Kind geworden. Er spricht oft davon, ein großer Sportler zu werden und dank der Großzügigkeit von Dameon und den Anstrengungen seiner Mitschüler wird er seine Chance erhalten.

Die Michael-Leeland-Stiftung war nicht nur in der Lage, Michaels lebensrettende Behandlung zu ermöglichen, sondern auch noch viele andere Projekte zu sponsern. Heute läuft die Hilfsinitiative unter dem Namen „Sperling-Stiftung“ und unterstützt Jugendliche in Schulen, Kirchen und Jugendorganisationen, die es sich zum Ziel gemacht haben, kranken und hilfsbedürftigen Menschen zu helfen.

Und dies alles ist ursprünglich der Großzügigkeit und Herzlichkeit eines einzigen Teenagers zu verdanken. Dameon Sharkey hatte nicht viel einzubringen, aber das, was er hatte, gab er von Herzen.

Und das war letztlich mehr als genug.

Jeff Leeland & Tracy Sumner

Spuren

Geh nicht dorthin,
wo alle anderen sind.
Geh stattdessen dorthin,
wo noch niemand war
und hinterlass dort deine Spuren.

Anonym

Für meine Schwester

Da gab es einmal diesen kleinen Jungen, dessen Schwester dringend eine Bluttransfusion brauchte. Der Arzt erklärte dem Mädchen, dass sie die gleiche Krankheit habe, von der sich ihr Bruder vor zwei Jahren wieder erholt hatte. Ihre einzige Heilungschance bestand darin, eine Blutspende von jemandem zu erhalten, der die Krankheit bereits gehabt hatte, weil in dessen

Blut schon Antikörper dagegen waren. Da die beiden Kinder die gleiche seltene Blutgruppe hatten, war ihr Bruder ein idealer Spender.

Also fragte der Arzt den Jungen: „Würdest du Mary dein Blut geben?"

Johnny zögerte ein wenig. Seine Unterlippe fing an zu zittern. Dann rang er sich ein Lächeln ab und sagte: „Na klar, für meine Schwester schon."

Bald darauf wurden die beiden in den OP gerollt. Mary war blass und schmal. Johnny sah gut aus und war kerngesund. Keiner von beiden sagte ein Wort.

Als die beiden die Bluttransfusion fast überstanden hatten, unterbrach Johnnys zaghafte Stimme die Stille.

„Herr Doktor, wann muss ich denn jetzt sterben?"

Erst da verstand der Arzt, warum Johnny zuvor gezögert und warum seine Lippe gezittert hatte, als er seine Zustimmung zur Blutspende gab. Er hatte gedacht, wenn er sein Blut an seine Schwester weitergab, bedeutete das, er müsse sterben. Und für seine Schwester war er sogar dazu bereit.

David C. Needham

Mehr vom Leben

Wes, wie seine Freunde ihn nannten, hat das, was John Wayne als „Biss" bezeichnete. Bei den Top-Gun-Piloten würde man es als „Nerven wie Drahtseile" bezeichnen. Und Vince Lombardi nannte es einfach „das Zeug zum Gewinnertypen". Und die Bibel bezeichnet es als „Ausdauer". Wie man es auch nennt – Wesley White hat genau das. Seine Lebensgeschichte würde in Hollywood verfilmt bestimmt ein Kassenschlager werden und als Roman auf allen Bestsellerlisten erscheinen.

Als Wes 18 Monate alt war, diagnostizierten die Ärzte bei ihm Diabetes. Tägliche Insulinspritzen sind schon allein ein Alptraum für ein Kleinkind, aber die Insulinschocks, die er immer wieder bekam, waren viel schlimmer als die Nadelstiche.

Und als wäre das alles nicht genug gewesen, stellte ein anderer Arzt außerdem bei ihm im Alter von zweieinhalb Jahren eine noch schwerwiegendere Krankheit fest: Wesley war Epileptiker. Beide Krankheiten lösten sich gegenseitig immer wieder aus, weshalb Wes die folgenden sechs Monate auf der Intensivstation verbringen musste. Dort litt er an schrecklichen Anfällen, die ihn im Minutenabstand befielen. Aus diesem Grund musste er ständig einen Helm tragen, um seinen Kopf zu schützen. Schließlich teilten die Ärzte seinen Eltern mit, dass Wes nie normal wachsen würde, dass er immer bettlägerig sein und vermutlich bleibende Hirnschäden davontragen würde.

Doch die Ärzte hatten sich mit ihrer Einschätzung getäuscht. Sie konnten einfach nicht wissen, was für einen starken Lebenswillen Wesley hatte. Sein Wille ließ Wes nicht nur zu einem ganz normalen Jungen, sondern zu einem außerordentlichem Mann heranwachsen.

In der sechsten Klasse begann er mit dem Boxen. Im Rückblick auf seine drei Jahre im Ring musste Wes schmunzelnd anmerken: „Das war eine echte Herausforderung. Ich ging gerne in den Ring und wartete ein paar Minuten, in denen ich beobachten konnte, wie mein Gegenüber mich auf den Boden befördern wollte. Ich wollte nie meinen Gegner k.o. schlagen, ich wollte einfach nur gewinnen." Und er gewann oft. Er boxte sich durch bis zu den Landesmeisterschaften, die er ebenfalls gewann.

Als Wes dann auf die High School kam, widmete er sich dem Football – trotz Diabetes und epileptischer Anfälle. Wes war nur knapp 1,60 m groß und wog dabei gerade mal 60 Kilo. Welche Position spielte er wohl? Er spielte Tackle in der Abwehr! Sich einem 100-Kilo-Koloss gegenüberzusehen war für ihn keine Seltenheit. Doch Wesley hatte sich an große Hindernisse gewöhnt.

Nebenbei trat Wes auch hin und wieder als Clown beim Rodeo auf. Zusammen mit seinem Vater alberte er in der Arena vor einem 1.000-Kilo-Bullen herum, der sicher nicht zum Spaßen aufgelegt war. Wes sagte nur: „Ich liebe es, die Leute lachen zu sehen und selbst dabei meinen Spaß zu haben."

Während dieser ganzen Zeit plagten ihn seine Krankheiten weiter. Und als er gefragt wurde, wie er es schaffte, nicht zu verzweifeln, antwortete er bescheiden: „Ich mache einfach weiter. Ich sitze nicht gerne herum. Man kann Spaß haben, wenn man es wirklich will. Diese Krankheiten gehören zwar zu mir, doch ich kann trotzdem was losmachen und das Leben genießen."

Letzten Sommer „genoss er das Leben" im Kajak auf einem der wildesten Flüsse Amerikas. Und wer weiß, was er als Nächstes plant!

„Ich glaube, dass Gott mich liebt", sagt Wes. „Er ist treu. Er passt auf mich auf. Er ist mein bester Freund."

Man kann leicht erkennen, warum Wes ein Gewinnertyp ist. Mit jedem Gramm, das er hat, macht er mehr aus seinem Leben als die meisten anderen Menschen.

Joe White

Ein unvergessliches Weihnachtsgeschenk

Vor 22 Jahren lehnte er an der Tür von Raum 202, in dem ich meine Fünftklässler unterrichtete. Er trug Turnschuhe, die gut drei Nummern zu groß waren, und eine Hose, die an den Knien zerrissen war.

Daniel, wie ich ihn hier nennen werde, auch wenn das nicht sein eigentlicher Name ist, legte einen unverwechselbaren Start an unserer Schule hin. Unsere Schule befand sich in einem malerischen Städtchen am Rande eines Sees, das für seine weißen Häuser im Kolonialstil, seine Messingbriefkästen und seinen Wohlstand bekannt war.

Daniel erzählte mir, dass er vorher in der Nachbargegend zur Schule gegangen war. „Wir haben da bei der Ernte geholfen", sagte er wahrheitsgetreu.

Dieser freundliche, lächelnde Junge aus einer Einwandererfamilie hatte keine Ahnung, in welche Höhle des Löwen er geworfen worden war, in der die Jungen aus gutem Hause noch nie eine zerrissene Hose gesehen hatten. Doch wenn er spürte, dass über ihn getuschelt wurde, kümmerte er sich einfach nicht darum.

25 Kinder beobachteten Daniel ganz genau – bis zu dem Baseball-Spiel am Nachmittag. Er legte gleich bei seinem ersten Einsatz einen *Homerun* hin, womit er sich ein wenig Respekt bei seinen Kritikern aus dem Raum 202 verschaffte.

Als Nächster war Charles an der Reihe. Charles war der unsportlichste und übergewichtigste Junge in der Geschichte der Schule. Und nach seinem zweiten gescheiterten Wurfversuch war die Verärgerung seiner Mitschüler deutlich spürbar. Doch Daniel ging zu ihm hin und flüsterte ihm zu: „Vergiss die anderen, Kid. Du schaffst es."

Charles hielt sich daraufhin sichtlich besser, stand aufrechter und sein dritter Versuch saß. Und ab diesem Augenblick wirbelte

Daniel das Sozialgefüge des Oberklasse-Dschungels durcheinander, in den er geraten war. Nach und nach begann er die Dinge zu verändern – er begann *uns* zu verändern.

Zum Herbstende hatte er uns alle für sich gewonnen und wir hatten viel von ihm gelernt. Wie man Wildgänse anlockt. Wie man rausfindet, ob eine Frucht schon reif ist, ohne sie zu probieren. Wie man mit anderen richtig umgeht, nicht nur mit Charles. Er nannte uns nie beim Namen. Mich nannte er „Miss" und seine Mitschüler einfach „Kid".

Am letzten Tag vor den Weihnachtsferien brachten die Schüler immer Geschenke für ihre Lehrer mit. Es war üblich, die Geschenke gleich zu öffnen und das teure Parfum oder Halstuch oder Lederportemonnaie zu bestaunen (das natürlich die betuchten Eltern besorgt hatten) und dem Kind zu danken.

An diesem Nachmittag kam Daniel an mein Pult. „Unsere Kisten sind gestern mitgenommen worden", sagte er ohne eine sichtliche Regung. „Morgen reisen wir ab."

Als ich die Nachricht begriff, musste ich weinen. Nachdem ich mich wieder gefasst hatte, zog er einen grauen Stein aus seiner Hosentasche. Sehr bedeutungsvoll schob er ihn mir über den Tisch zu.

Ich spürte, dass dieses Geschenk etwas ganz Besonderes war, aber meine Erfahrungen mit Parfums und Halstüchern waren eine schlechte Vorbereitung für diesen Augenblick. Ich wusste nicht, was ich sagen sollte. „Der ist für Sie", sagte er und schaute mir dabei in die Augen. „Ich habe den extra für Sie poliert."

Diesen Augenblick werde ich nie vergessen.

Jahre sind seitdem vergangen. An jedem Heiligabend wünscht sich meine Tochter, dass ich ihr diese Geschichte erzähle. Es beginnt immer damit, dass sie sich den polierten Stein von meinem Schreibtisch nimmt und es sich dann auf meinem Schoß bequem macht. Die ersten Worte der Geschichte sind immer dieselben: „Das letzte Mal, als ich Daniel gesehen habe, schenkte er mir diesen Stein. Das ist schon viele Jahre her, lange bevor du auf der Welt warst."

„Er ist mittlerweile auch ein Erwachsener", schließe ich die Geschichte dann ab. Und anschließend machen wir uns gemeinsam Gedanken darüber, wo er wohl sein könnte und was aus ihm geworden ist.

„Bestimmt ist er ein ganz toller Mann geworden", sagt dann meine Tochter und fügt hinzu: „Erzähl noch das Ende der Geschichte."

Ich weiß, was sie hören will – die Lektionen der Liebe und Hingabe, die eine Lehrerin von einem Schüler lernte, der eigentlich nichts und doch alles zu geben hatte. Ein Junge, der aus Kisten lebte. Während ich den Stein in die Hand nehme, denke ich an ihn.

„Hallo, Kid", sage ich sanft. „Hier ist Miss. Ich hoffe, dass du deine Kisten nicht mehr brauchst. Und fröhliche Weihnachten, wo du auch bist!"

Linda DeMers Hummel

Freunde

Neue Einsichten

Der Sommer ist meine Lieblingsjahreszeit,
Freunde können sich auch mal streiten.
Es gibt so vieles im Inneren der Menschen,
was wir nicht sehen können,
und jeder sehnt sich nach Liebe.

Anonym

Sonnenstrahl

Die Stille war schon spürbar unangenehm. Ich war viel zu nervös, um etwas zu sagen, und die Autofahrt erschien mir unendlich lang. Gelegentlich schauten wir uns gegenseitig an und rangen uns ein Lächeln ab, aber auch das wirkte eher krampfhaft als herzlich.

Ich weiß nicht, worüber sie nachdachte, aber in mir stiegen lauter Erinnerungen auf. Ich dachte an meinen ersten Schultag, an dem ich mir vorgekommen war, als wäre ein Scheinwerfer direkt auf mich gerichtet gewesen und als hätte auf meiner Stirn in riesigen Lettern das Wort „NEU" geschrieben gestanden. Sie hatte mich an diesem Tag einfach angesehen, meine Hand genommen und gesagt: „Komm mit, ich zeig dir dein Klassenzimmer."

Und dann war da dieses Basketballspiel in der sechsten Klasse gewesen, in dem ich die Freiwürfe verschenkt habe, die meiner Mannschaft zum Sieg verholfen hätten. Die andere Mannschaft hatte mit einem Punkt geführt und pünktlich mit dem Schlusspfiff war ich gefoult worden. Wenn der erste Freiwurf gesessen hätte, hätte ich noch einen zweiten erhalten. Aber ich hatte den ersten Wurf vergeben und die andere Mannschaft hatte gewonnen. Ich war damals stinksauer auf mich selbst gewesen. Ich habe mich gefühlt, als ob ich alle im Stich gelassen hätte. Den Kopf in meinen Händen vergraben, hatte ich auf den Zuschauerrängen gesessen und plötzlich ihre Hand auf meiner Schulter gespürt, woraufhin ein warmer Schauder meinen Körper durchfahren hatte. Als ich dann aufgesehen habe, hat sie mir sofort angemerkt, wie niedergeschlagen ich war, und ihre Augen waren feucht geworden. Sie hat mich dann umarmt und mir davon erzählt, wie sie sich selbst einmal mit ihrem eigenen Hockeyschläger während eines Spiels k.o. geschlagen hatte. Daraufhin waren meine Tränen schnell durch mein Lachen verdrängt worden.

Sie ist auch da gewesen, als mein erster Freund mit mir Schluss gemacht hat. Nachdem ich damals den Telefonhörer aufgelegt hatte, habe ich gedacht, dass mich meine Tränen ersticken würden. Ich habe mich so gefühlt, als hätte mir jemand mein Herz herausgerissen. Und als sie mich dann umarmt hat, habe ich mich an sie geklammert, als wäre sie das Einzige gewesen, was mir noch in dieser Welt geblieben war.

Nachdem ich meine Zeitreise beendet hatte, bemerkte ich, dass wir fast am Ziel waren. Sie fing an, sich Strähnen ihrer Haare um den Finger zu wickeln, was sie immer macht, wenn sie nervös ist. Vom Rücksitz sah ich, wie ihr eine Träne über das Gesicht lief.

Während wir nun auf den riesigen Universitäts-Campus fuhren, ließ der Regen langsam nach. Wir gingen zu dem ihr zugewiesenen Zimmer, packten ihre Sachen aus und standen anschließend am Auto, um uns zu verabschieden. Ich konnte es einfach nicht. Ich konnte mich nicht von ihr verabschieden. Wir schauten uns an und Tränen liefen uns übers Gesicht. Eine lange Umarmung und ein Kuss auf die Wange; das war unsere Verabschiedung. Ich stieg ins Auto und schnallte mich an.

Sie sah uns hinterher, während wir auf die Straße abbogen. Ich schaute durch den Rückspiegel meine beste Freundin an, die ich auf dem College zurücklassen musste. Anschließend blickte ich noch so lange nach hinten, bis wir um eine Ecke bogen und mir die Unigebäude die Sicht auf meine Schwester endgültig versperrten. Dann schaute ich in den Himmel und zwischen den letzten Wolken sah ich einen hellen Sonnenstrahl.

Und ich wusste: Alles wird gut.

Sarah Wood

Annie

Als ich zehn Jahre alt war, hatte ich viele Freunde. Aber wenn ich jetzt zurückblicke, war meine beste Freundin ein Mädchen, von dem ich nie gedacht hätte, dass sie überhaupt meine Freundin war. Für mich war Annie eigentlich einfach nur meine Nachbarin.

Ich wusste nicht viel über Annie. Sie war vier Jahre älter als ich und besuchte damals eine Kunstschule in der nahe gelegenen Stadt. Jeden Tag, wenn ich mit meinem kleineren Bruder Kevin draußen spielte, sah ich Annie, wenn sie vom Bahnhof kam. Ich weiß noch, wie sehr ich sie dafür bewunderte, dass sie so erwachsen aussah mit ihrer schwarzen Mappe und mit ihren schönen blonden Haaren, die im Wind wehten. Ich sah ihr stets freundliches Lächeln und rannte auf sie zu, um sie zu begrüßen. Außerdem bewunderte ich ihre Sommersprossen, denn Annie war der einzige Mensch mit Sommersprossen, den ich kannte. Ich wünschte mir auch Sommersprossen und wollte endlich alt genug sein, um mit ihr zur Schule zu gehen.

An den Wochenenden dachte sich Annie manchmal Spiele für Kevin und mich aus. Wir machten uns auf Schatzsuche und führten kleine Theaterstücke auf, nachdem Annie uns die Geschichte dazu erzählt hatte. Ihre Geschichten faszinierten uns. Ich bewunderte vieles an Annie, aber am meisten liebte ich ihre Phantasie.

Wenn Kevin und ich manchmal Ärger mit unseren Eltern hatten und auf unsere Zimmer gehen mussten, schauten wir auf die andere Seite zu Annies Haus herüber. Dann guckten wir durch ihr Fenster, um zu sehen, ob sie da war. Wenn sie daheim war, hatten wir ein Morsesystem, das Annie entwickelt hatte, um uns geheime Botschaften zu senden.

Einmal zeigte uns Annie, wie sie die Wände in ihrem Zimmer gestaltet hatte. In jeder Farbe, die man sich nur vorstellen kann, hatte sie auf ihre Zimmerwände eine Vielzahl von Comic-Figuren gezeichnet. Für mich hätte auch Michelangelo keine beeindruckendere Arbeit abliefern können.

Während der Sommerferien gab es dank Annie immer etwas zu tun. Sie brachte uns verschiedene Maltechniken bei und zeigte uns, wie man Steinfiguren bastelt und bemalt. Außerdem schrieb sie spannende Theaterstücke, die wir anschließend aufführen konnten. Auf diese Weise hatten Kevin und ich bis zum Ende der Sommerferien Spione, Detektive und alle möglichen anderen Charaktere dargestellt.

Eines Tages saß ich draußen auf der Veranda. Es war mein Geburtstag, aber ich war trotzdem sehr traurig. Weswegen weiß ich nicht mehr. Wie aus dem Nichts stand plötzlich Annie vor mir mit einer Geburtstagskarte und einem Porträt, das sie einmal von mir gemalt hatte. Bis heute weiß ich nicht, wie sie sich an meinen Geburtstag erinnert hat, aber ich war unheimlich froh darüber.

Jetzt bin ich 17. Annie ist 21. Ihr freundliches Gesicht sehe ich jetzt nur noch gelegentlich, aber es trägt dann immer noch das gleiche Lächeln wie vor sieben Jahren. Ich gehe jetzt auf die High School und wenn ich vom Bahnhof komme, begegne ich Alex, dem kleinen Nachbarsjungen. Wenn ich ihn anlächle, kommt er auf mich zu gelaufen und fragt mich, ob ich mit ihm spielen möchte. Manchmal denke ich mir Spiele für Alex und seine Schwester Jenny aus. Ich zeige ihnen die Maltechniken, die Annie mir beigebracht hat, und ich sehe Alex und Jenny dabei zu, wenn sie mit ihren selbst gemachten Steinfiguren spielen. Es erinnert mich an die Zeit, als ich zehn Jahre alt war und einer der wichtigsten Menschen in meinem Leben ein Mädchen war, von dem ich niemals vermutet hätte, dass sie meine beste Freundin war.

Samantha Ecker

Das grünäugige Neid-Monster

In dem Moment, in dem meine Freundin Jenny und ich das Einkaufszentrum betraten, wurde mir klar, dass ich niemals auf diese Einkaufs-Expedition hätte mitgehen dürfen.

„Meine Mutter meinte, es wäre doch ein schönes Geburtstagsgeschenk für mich, wenn ich mit dir zusammen einkaufen gehen darf. Sie hat mir ihre Kreditkarte gegeben und gesagt, ich soll ‚vernünftig' sein", sagte Jenny grinsend, als wir den ersten Klamottenladen betraten.

Ich versuchte zu lächeln, aber ich wusste, dass meine Bemühungen ziemlich zu wünschen übrig ließen. Ich spürte, wie sich meine Kiefermuskeln bei meiner gespielten Fröhlichkeit zusammenzogen, während ich mir vorzustellen versuchte, was *vernünftig* wohl heißen mochte. *Wahrscheinlich wird sie nur drei komplette neue Outfits inklusive Schuhen und Accessoires kaufen statt fünf*, dachte ich. Bevor ich es verhindern konnte, hatte das hässliche grünäugige Neid-Monster schon seinen bösen Kopf erhoben.

Jenny und ich waren bereits seit der sechsten Klasse die besten Freundinnen. Wir machten alles zusammen – wir ließen uns gleichzeitig eine Kurzhaarfrisur schneiden, fanden sie nachher scheußlich, entdeckten gemeinsam, dass Jungs interessant sind und beschwerten uns über die Schule.

Zuerst störte es mich nicht, dass Jennys Familie viel wohlhabender war als wir. Aber jetzt, in der High School, fielen mir immer mehr Dinge auf, die Jenny hatte und ich nicht: einen proppenvollen Kleiderschrank, ein eigenes Auto, eine Mitgliedschaft im Fitnessclub. Die Liste war endlos und ich wurde immer neidischer auf ihr Leben und die Dinge, die sie hatte.

Auch diesen Einkaufstrip verglich ich mit den Geburtstagsgeschenken in unserer Familie. Wir waren zwar nicht gerade arm, aber wir waren vier Geschwister und da konnte man auch an Geburtstagen nicht mit Geld um sich schmeißen. Wir hatten zwar immer viel Spaß miteinander und jeder durfte eine tolle Party veranstalten, aber das Geschenk von meinen Eltern kostete für jeden von uns höchstens 50 Mark.

Ich erinnerte mich noch gut an meinen letzten Geburtstag. In unserer Familie ist es Tradition, dass das Geburtstagskind sich aussuchen darf, was es an diesem Tag zu essen gibt, und es darf noch eine besondere Person dazu einladen. Ich habe also mein Lieblingsessen „bestellt", mit Schokokuchen zum Nachtisch, und hatte natürlich Jenny dazu eingeladen. Es war lustig gewesen, aber natürlich nichts im Vergleich zu diesem Einkaufstrip heute.

Jenny versetzte mich wieder in die Gegenwart, indem sie einen weißen Pulli mit passendem Minirock hochhielt. „Wie findest du das?", fragte sie.

„Es ist super", sagte ich. Jenny nickte und sah sich weiter um, während ich von Kleiderständer zu Kleiderständer wanderte und die tollen Klamotten berührte.

„Ich probier das mal an", sagte Jenny und verschwand in der Umkleidekabine. Nach ein paar Minuten tauchte sie wieder in dem Outfit auf, das sie mir gerade gezeigt hatte. Es stand ihr wirklich toll.

Ich seufzte. Ein Teil von mir wollte ihr sagen, wie gut sie darin aussah, und ein anderer Teil schluckte die Worte schnell wieder runter, bevor ich sie ausgesprochen hatte. Jenny war so hübsch und fit, dass sie selbst in einem Kartoffelsack gut ausgesehen hätte. Manchmal fragte ich mich, ob es schlau von mir gewesen war, mir eine so schöne Freundin zu suchen. Warum konnte ich nicht die Reiche und Hübsche von uns beiden sein?

„Also, Teresa, was meinst du?", fragte Jenny mich wie schon so oft. „Sieht es gut aus?"

Natürlich tat es das, aber das grünäugige Monster schlug wieder zu. „Ach, weißt du, irgendwie steht es dir nicht so. Vielleicht solltest du lieber was Bunteres nehmen."

„Meinst du?“, sagte Jenny unsicher. „Hmmm.“

„Glaub mir, wir finden noch was Besseres“, erklärte ich ihr und schubste sie wieder in die Umkleidekabine. „Du kannst doch nicht gleich die erste Sache kaufen, die du siehst!“ Ich hätte alles gesagt, um Jenny aus dem Laden und weit weg von dem Outfit zu kriegen. Als wir gingen, warf Jenny dem Pulli einen letzten Blick zu.

Wir kamen an einem Eisstand vorbei und Jenny lud mich ein. „Ich habe am Samstag bei den Taylors Baby gesittet und hab ein bisschen Kohle übrig.“

Wir holten uns ein Eis und setzten uns hin. Während Jenny vor sich hin schnatterte, dachte ich über die Gefühle nach, die ich in letzter Zeit ihr gegenüber hatte. Es waren keine besonders netten Gefühle, das stand fest.

Und plötzlich begann ich Jenny in einem vollkommen anderen Licht zu sehen. Ich bemerkte, wie freundlich sie war – sie war mir gegenüber immer großzügig. Sie lieh mir Klamotten, schenkte mir häufig nette Kleinigkeiten und ließ mich ihren Wagen fahren. Auch wurde mir klar, dass dies hier kein verschwenderischer Einkaufsrausch werden würde. Jenny würde nur ein einziges Geschenk für sich kaufen. Ich hatte dem Neid gestattet, meine Sicht zu verzerren, bis das Bild, das ich von meiner besten Freundin hatte, ganz verschoben war.

Während ich über diese Gedanken nachdachte, schien das grünäugige Monster in mir zusammenzuschrumpfen.

Als wir dann unser Eis gegessen hatten, gingen wir in den nächsten Laden. „Schau mal, der rote Pulli da“, sagte Jenny. „Der würde dir mit deinen dunklen Haaren super stehen. Wie sieht's denn mit deinen Ersparnissen vom Babysitten aus? Vielleicht kannst du ihn dir ja leisten!“

Noch vor ein paar Minuten hätte ich den Teil mit dem Geld vom Babysitten überhört. Ich hätte nur gedacht, wie unfair es doch war, dass Jenny nur einmal „Bitte“ sagen musste und schon kauften ihre Eltern ihr alles. Doch diesmal hörte ich richtig. Meine beste Freundin machte mir ein Kompliment. Sie mochte mich und wollte mein Bestes. Und ich tat gut daran, ihr genauso zu begegnen.

„Weißt du was, Jenny?", sagte ich und hakte mich bei ihr unter. „Eigentlich stand der weiße Pulli mit dem Rock dir doch ganz klasse ..."

Teresa Cleary

Auswahlkriterien

In der High School habe ich gelernt,
meine Freunde nach ihrem Charakter auszuwählen
und meine Socken nach ihrer Farbe.

Kyle Sandburg

Abfahrtslauf

„Fertig? Noch zehn Sekunden!"

Ich stand in der Startposition und sah auf die nebelverhangene Rennstrecke hinab. Monatelang hatte ich auf diesen Moment hingearbeitet und jetzt war es endlich so weit. Ich war die Strecke mehrmals in Gedanken abgefahren und nun fühlte ich mich gewappnet. Es war mein erstes Rennen in dieser Saison, ein Riesenslalom-Qualifikationslauf auf dem *Mount Bachelor*. Ich war einer der Favoriten.

„Fünf, vier, drei, zwo, eins – los!", rief der Starter und ich schoss los wie ein Blitz. Gleich zu Beginn der Strecke kam ein kniffliger Abschnitt. Ich war der 92ste von 104 Teilnehmern und die Strecke war bereits ganz schön zerfahren und vereist. Um die erste Kurve kam ich ganz glatt und jetzt, wo ich unterwegs war, legte sich auch meine Aufregung. Als ich auf die zweite und dritte Kurve zu fuhr, war ich gedanklich schon beim „Wasserfall“, dem schwierigsten Streckenabschnitt. Man hatte an dieser Stelle gut hundert Stundenkilometer drauf und musste einen 3 Meter hohen Abhang hinunterspringen, der ebenfalls schon komplett vereist war. In der Luft musste man sich dann um 45 Grad drehen, um das nächste Tor richtig zu erwischen. Einige Läufer vor mir waren dort schon gestürzt, aber ich war mir sicher, dass ich es schaffen würde.

Als ich mich dem „Wasserfall“ näherte, ging ich noch einmal das Manöver im Kopf durch: Ich musste so flach wie möglich springen und dann die Linkskurve erwischen. Doch als ich mich gerade bereitmachte zu springen, traf einer meiner Ski auf eine große Wurzel, weshalb ich hochkatapultiert wurde und in einem Riesenbogen den Abhang hinunterflog. Unten schlug ich sehr hart auf und rutschte hilflos immer weiter die Rennstrecke hinunter. Mit einem meiner Skier riss ich das Tor aus seiner Verankerung. Als ich dann endlich völlig verdreht zum Halten kam, wusste ich erst gar nicht so recht, was eigentlich passiert war. Meine Beine taten mir weh, meine Arme, mein Kopf ... und vor allem war ich stinkwütend! Als ich langsam wieder zu mir kam, lag ich da auf dem kalten Boden, während die Streckenposten mir zuriefen, ob ich okay sei. Ich antwortete nicht und einer der Posten kam angefahren, um nach mir zu sehen.

„Wie heißt du, Junge?“, fragte er.

„Shaun“, sagte ich.

„Also, Shaun, das war eindeutig der spektakulärste Stunt des Tages!“, sagte er. „Was ist passiert? Aus der Spur geraten?“

„Ich weiß nicht genau. Ich glaube, ich habe eine Wurzel erwischt oder so.“

„Ja, das könnte es gewesen sein. Soll ich ein Schneemobil holen, um dich runterzubringen, oder kannst du selbst fahren?“

„Ich hätte gern das Mobil, wenn es nicht zu viele Umstände macht", sagte ich noch immer halb betäubt.

In Windeseile kam mein „Taxi" und ich stieg mühsam darauf.

„Also, Shaun, wo sollen wir dich hinbringen?"

„Eigentlich will ich einfach nur nach unten zum Zieleinlauf", gab ich zurück.

Während wir hinunterfuhren, rasten unzählige Fragen durch meinen Kopf: Was war genau passiert? Hätte ich es verhindern können? Wie sollte ich das meinen Freunden erklären, die Großes von mir erwartet hatten?

„So, da wären wir, Shaun."

„Ja, vielen Dank", sagte ich wirklich dankbar.

„Mehr Glück beim nächsten Mal", wünschte mir der Fahrer und fuhr davon.

„Danke", murmelte ich schwach.

Ich nahm meine Ski auf die Schulter und sah mir die letzten Teilnehmer an, um zu sehen, wie unser Team abschnitt. Vor der Anzeigetafel stand gerade Chris und wartete gespannt auf sein Ergebnis.

Chris und ich waren schon seit Urzeiten miteinander befreundet. Als ich hierher gezogen war, hatte ich niemanden gekannt und Chris war etwa zur selben Zeit genau gegenüber eingezogen. Seitdem hingen wir ständig zusammen, spielten Basketball, gingen schwimmen – und vor allem liefen wir Ski. Das war wirklich unsere Lieblingsbeschäftigung und nun fuhren wir schon seit einiger Zeit Rennen.

Chris war ein echt cooler Typ. Er war ziemlich dünn und klein und hatte braune Haare und blaue Augen. Eigentlich waren wir uns recht ähnlich, nur dass ich braune Augen hatte und ein bisschen größer war als er.

„Und, wie ist es gelaufen, Chris?", fragte ich ihn.

„Ganz gut. Hätte noch besser sein können, aber na ja. Aber du hattest ja vielleicht ein Pech! Was ist denn passiert?"

„Weiß ich nicht genau."

„Hey, das tut mir echt Leid. Aber für mich war es ein Glück!"

„Warum?"

„Na, weil du mich normalerweise immer schlägst und ich nie eine Chance habe. Du bist eben einfach besser als ich."

„Hm, weißt du was?", sagte ich zu ihm. „Es ist ein komisches Gefühl, keine Chance zu haben. Irgendwie habe ich das mit dem Gewinnen immer als selbstverständlich gesehen. So richtig gefreut habe ich mich schon gar nicht mehr, wenn ich wieder mal der Sieger war. Ich war's einfach immer."

„Wenn es so langweilig war, warum hast du denn dann weitergemacht?"

„Ich habe ja nicht gesagt, dass es langweilig war. Es macht mir schon total viel Spaß zu laufen und auch zu gewinnen. Ich habe nur komplett vergessen, dass das nicht selbstverständlich ist!"

In diesem Moment erschien Chris Wertung auf der Anzeigetafel. Er war Erster! Vor Freude warf er mich beinahe um.

„Shaun, ich kann's gar nicht fassen! Das ist mein erster richtiger Sieg! Bisher bin ich immer nur Zweiter oder Dritter gewesen!" Als ich sah, wie sehr er aus dem Häuschen war, wusste ich, dass er diesen Sieg einfach verdient hatte. Er war endlich auch mal an der Reihe gewesen.

„Vielen Dank, dass du gestürzt bist! Dadurch ist für mich ein Traum wahr geworden."

„Hey, wozu hat man Freunde?", sagte ich.

Wenn du ans Siegen gewöhnt bist und dann plötzlich doch mal verlierst, dann freu dich an der Belohnung, die du vorher noch nie gesehen hast: das Gesicht eines wirklich glücklichen Gewinners!

Shaun Schwartz

„Ich heiße Ike“

In meiner Kindheit war ich oft sehr einsam. Die vielen Sorgen in unserer Familie und meine große Schüchternheit hielten mich davon ab, Freundschaften zu schließen. So kam es, dass die Jagd für mich nicht nur ein Hobby war, sondern meine Rettung wurde.

Als ich etwa zwölf Jahre alt war, gab es für mich nichts anderes als Jagen und Fischen. Wenn Schule war, ging ich frühmorgens und spätabends auf die Pirsch. Und jeden Freitagnachmittag stahl ich mich in die Wälder und blieb oft das ganze Wochenende draußen.

Doch damals genoss ich die Einsamkeit dort draußen nicht, wie ich es heute kann. Denn immer, wenn ich etwas Schönes sah – einen Sonnenaufgang, einen prächtigen Hirsch –, dann hatte ich das Bedürfnis, dieses Erlebnis mit jemandem zu teilen. Aber es war einfach niemand da.

Dann traf ich Ike.

Es war ganz am Anfang der Entensaison. Ich war um 3 Uhr morgens aufgestanden und hatte mich am Fluss entlang in die Wälder durchgeschlagen. Dort kam ich im Dunkeln nur mühsam vorwärts und einmal blieb ich fast im Schlamm stecken. Schließlich kletterte ich einen Hang hoch, um auf festeren Boden zu kommen, und gerade als ich oben angekommen war, löste sich etwas aus der Dunkelheit, atmete mir mitten ins Gesicht und machte: „WUFF!“

Nicht „Wau“ oder „Knurr“, sondern „WUFF!“

Ich gefror zu Eis. Dann ließ ich mich einfach den Abhang wieder hinunterrollen und dachte unterwegs: *Das muss ein Bär gewesen sein!*

Ich durchwühlte meine Taschen nach Kugeln und lud mein Gewehr. Schon hatte ich angelegt, als mich etwas an dem Umriss des „Bären“ zurückhielt. Er saß oben am Abhang und schaute auf mich hinunter. Jetzt erkannte ich, dass es ein Hund war. Ein riesiger schwarzer Hund.

Ich ließ das Gewehr sinken und wischte mir den Schlamm aus den Augen. „Wem gehörst du denn?“, rief ich. Der Hund rührte sich nicht und ich krabbelte wieder den Abhang hoch.

„Hallo!“, schrie ich in den Wald. „Ich habe hier Ihren Hund!“

Keine Antwort.

„Dann bist du wohl ein Streuner.“ Doch Streuner waren normalerweise sehr scheu und sahen verhungert aus. Dieser Hund war ein sehr gepflegter, wohlgenährter Labrador mit glänzendem Fell, der sich gern streicheln ließ.

„Na“, sagte ich, „was mache ich denn jetzt mit dir?“ Einem Impuls folgend fügte ich hinzu: „Magst du auf die Jagd gehen?“

Dieses Wort schien er zu kennen. Sein Schwanz klopfte begeistert auf den Boden und dann sprang er auf und rannte den Fluss entlang.

Ich hatte noch nie mit einem Hund gemeinsam gejagt, aber ich folgte ihm. Mittlerweile war es zum Zielen hell genug, weshalb ich das Gewehr bereithielt. Und wir waren noch keine zweihundert Meter gegangen, als zwei Erpel vor uns aufflogen. Ich hob das Gewehr, drückte ab und einer der Vögel stürzte ins Wasser.

Wenn ich sonst Enten schoss, musste ich selbst hinterherrennen und beobachten, ob die Strömung sie irgendwo ans Ufer trieb. Diesmal war es anders. Kaum hatte ich geschossen, sprang der Hund auch schon ins Wasser und paddelte eifrig auf die Ente zu. Er nahm sie vorsichtig ins Maul und schwamm zum Ufer zurück. Dann legte er die Ente vor meinen Füßen ab, machte ein paar Schritte rückwärts und setzte sich hin.

Es war jetzt ganz hell und ich sah, dass der Hund ein Halsband mit einem Anhänger trug. Ich tätschelte ihn und er ließ mich gewähren; dann las ich die Aufschrift des Anhängers: Mein Name ist Ike.

Das war alles. Kein Name oder eine Adresse des Besitzers.

„Also dann, Ike“, sagte ich und er wedelte mit dem Schwanz, „dann danke ich dir für deine Hilfe.“

Und so fing es an.

Den Rest der Jagdsaison wartete Ike jeden Morgen auf mich, wenn ich zum Fluss ging. Nach zwei Wochen kam es mir so vor, als hätten wir schon immer miteinander gejagt.

Anschließend an unsere Ausflüge trottete er immer mit mir bis zur Brücke zurück. Dort angekommen, setzte er sich dann einfach hin und war durch nichts zu bewegen weiterzugehen. Ich blieb ein paar Mal bei ihm, um abzuwarten, wo er hingehen würde, doch er legte sich einfach nur hin und schlief. Einmal ging ich in einem großen Bogen zurück und versteckte mich, um ihn zu beobachten. Ich sah, wie er noch eine Weile wartete, sich dann umdrehte und nordwärts im Wald verschwand.

Auf diese Weise blieb sein restliches Leben ein Rätsel für mich. Doch wenn wir zusammen waren, waren wir die besten Freunde. Ich brachte ihm immer etwas zu fressen mit und wenn es keine Enten gab, setzten wir uns hin und redeten. Das heißt, natürlich redete ich. Ike legte nur seinen großen Kopf auf meine Beine und sah mich mit großen braunen Augen an, während ich ihn streichelte und ihm alle meine Sorgen erzählte.

Wenn ich das ganze Wochenende im Wald blieb, baute ich mir einen Unterschlupf und machte ein Feuer. Ike rollte sich dann immer am Fußende meiner Decke zusammen und schlief dort ein.

Es schien, als hätte Ike schon immer zu mir gehört. Doch eines Morgens war er nicht da. Ich wartete und wartete, aber er kam nicht und auch am folgenden Tag und den danach ebenfalls nicht. Ich nahm an, dass er vielleicht überfahren worden war oder dass seine Leute mit ihm weggezogen waren. Doch ich konnte nichts über ihn in Erfahrung bringen. Also betrauerte ich ihn tränenreich und vermisste ihn lange Zeit.

Ich wurde erwachsen und tat viele dumme Dinge. Später dann wandte ich mich wieder den Hunden zu; ich fuhr Hundeschlitten-

Rennen und nahm sogar am traditionsreichen *Iditarod*-Rennen quer durch Alaska teil. Anschließend kehrte ich nach Minnesota zurück, um bei meinem Sponsor, einem großen Sportgeschäft, meine Hunde und die Schlitten vorzuführen. Sie machten eine richtige Show daraus. Als ich dort erzählte, wie mir mein Leithund Cookie einmal das Leben gerettet hatte, wurden einem alten Mann in einem Rollstuhl die Augen feucht.

Nach der Veranstaltung kam er auf mich zu und schüttelte mir die Hand. „Ich hatte auch mal einen Hund wie Ihren Cookie – er hat mir ebenfalls das Leben gerettet."

„Sind Sie denn auch Rennen gefahren?"

Er schüttelte den Kopf. „Nein, es war anders. Ich habe hier in der Nähe gewohnt, als ich in den Korea-Krieg musste. Ich hatte damals einen großen schwarzen Labrador, den ich für die Jagd abgerichtet hatte. Den musste ich hier zurücklassen, als ich eingezogen wurde. Dann wurde ich im Krieg verwundet – die Beine, Sie sehen ja –, und als ich aus dem Krankenhaus zurückkam, wartete er auf mich. Er ist nie mehr von meiner Seite gewichen. Wenn ich ihn nicht gehabt hätte ... ich wäre verrückt geworden. Stundenlang habe ich ihm alles erzählt ..." Seine Stimme verklang. „Er fehlt mir immer noch!"

Ich sah ihn an und dann aus dem Fenster. Der Schnee schmolz und ich sah einen 13-jährigen Jungen vor mir, der mit einem schwarzen Labrador am Fluss saß und Enten jagte.

Hier in der Nähe, hatte er gesagt ... der Korea-Krieg. Die Zeit stimmte und der Ort auch. Deshalb war Ike also nicht mehr zurückgekommen. Er hatte eine andere Aufgabe gehabt!

„Ihr Hund", begann ich, „hieß der vielleicht Ike?"

Der Mann lächelte und nickte. „Ja ... aber woher wissen Sie das? Kannten Sie ihn?"

„Ja", sagte ich. „Er war mein bester Freund."

Gary Paulsen

Rohdiamanten

„Ich kann's kaum erwarten! Nach neun Jahren Knechtschaft ist es endlich vorbei mit der Schule! Freiheit! Süße Freiheit!", brüllte Raymond und stieß beinahe mit mir zusammen, als er die Stufen der Kirche des Heiligen Antonius hinaufstürmte. Ich schoss ihm einen zornigen Blick zu.

„Ach, komm schon, Irene, du hast hier doch auch so lange ausgehalten wie ich. Ich weiß genau, dass du dich innendrin auch total freust." Er legte einen Arm um meine Schultern und lächelte. Sein ganzes Gesicht strahlte unter dem blonden Haarschopf und seine grünen Augen funkelten. „Gestern hast du noch so sehr geweint. Du bist eben ein bisschen sentimental, was? Aber es passt irgendwie nicht zu dir, dass du weinst."

Ich versuchte, von ihm wegzukommen, doch er hatte seinen Arm fest um mich gelegt und ich kam nicht los. Dabei ging es mir auch ohne seine Neckereien schlecht genug. Erst am Tag zuvor hatte unsere Klasse die Generalprobe für die Abschlussfeier gehabt und ich war dabei in Tränen ausgebrochen. Und als ich am Abend mit einer Freundin telefonierte, hatte ich noch mal losgeheult.

Ich brachte mich wieder in die Gegenwart zurück, in der Raymond mich jetzt endlich losließ und mit den anderen Jungs nach Hause rannte. Sie warteten etwas widerstrebend auf uns und Aquiles rief: „Beeil dich, Medusa, sonst lassen wir dich hier zurück." Er nahm mich gern wegen meiner Haare auf die Schippe, die ich in Rastazöpfen geflochten trug. Ich versuchte nicht rot zu werden, aber selbst durch meine dunkle Haut hindurch konnte man es sehen.

In den letzten zwei Jahren war ich das einzige Mädchen in einer reinen Jungenclique gewesen, die immer nach der Schule zusammen nach Hause ging. Ich musste mir dann immer ihre dummen Sprüche und die langweiligen Details von Kämpfen und Filmen anhören. Manchmal hielten sie auch irgendwo unterwegs an und spielten Football.

Als ich mich ihnen näherte, hörte ich ein gekünsteltes Schluchzen, das immer lauter wurde, je näher ich kam. Ich war mir ganz sicher, dass ich diese Typen nicht vermissen würde. Den Rest des Heimwegs, der nur fünf Minuten dauerte, mir aber wie eine halbe Stunde vorkam, schwor ich mir, auf keinen Fall noch einmal vor der Feier loszuheulen. Es waren ja nur noch ein paar Stunden bis dahin.

Bevor wir am nächsten Tag zur Zeremonie in die Kirche schritten, schlossen die Jungs Wetten ab, wer als Erstes weinen würde. Ich muss wohl nicht extra erwähnen, dass sie alle auf mich gesetzt hatten.

Während der Feier sah ich zu meinen Freunden hinüber. Elisabeth mit dem roten Haar und den grünen Augen, die mich immer anspornte, mein Bestes zu geben. Marcelo, der stets mit einem guten Rat zur Stelle war, obwohl er selbst nur halb verstand, was er von sich gab. Thanh mit ihren funkelnden Schlitzaugen, die alle meine Fehler kannte und mich freundlich an sie erinnerte. Kaum zu glauben, wie schnell die Zeit vergangen war. All die Witze und Tränen, die Streitereien und der Spaß. Wir haben total verrückte Sachen angestellt und sind oft damit durchgekommen.

Einer nach dem anderen wurde aufgerufen. Einer nach dem anderen würde sich jetzt auf seinen eigenen Weg machen, wie auch immer der aussehen würde. Das wusste nur Gott.

Freunde sind irgendwie wie Rohdiamanten, die man aus dem Dreck wühlt. Man erkennt ihre Schönheit nicht, bevor man nicht ihre äußere Hülle mit Werkzeugen aus Liebe und Verständnis entfernt hat. Innendrin erwartet einen dann etwas überraschend Schönes – eine Freundschaft, die die Bindungen von Angst, Rassismus und Schmerz mit ihrem hellen Licht durchtrennen kann. Dieses Licht enthält das ganze Spektrum aller Farben und ich kann sagen, dass ich damit überreich beschenkt worden bin.

Irene Sola'nge McCalphin

Geliebter Rivale

Die dramatische Begegnung zwischen einem afroamerikanischen und einem deutschen Athleten ist eine der vielen schönen Geschichten, die sich 1936 während der Olympiade in Berlin hinter den Kulissen abspielten. Der Diktator Adolf Hitler und seine Anhänger missbilligten die Teilnahme schwarzer Sportler an der Olympiade, denn sie hielten sie für Menschen zweiter Klasse. Hitler hoffte, die Spiele würden eindeutig beweisen, dass „arische" Athleten die besseren Sportler waren.

Doch Jesse Owens bewies dem größenwahnsinnigen Diktator das Gegenteil. Er gewann gleich vier Goldmedaillen; doch ohne Lutz Longs selbstlosen Einsatz hätte er zumindest die im Weitsprung nicht erringen können.

Jesse Owens war für das Zweihundert-Meter-Rennen und den Weitsprungwettbewerb gemeldet, obwohl beide Wettkämpfe beinahe zeitgleich stattfanden. Zuerst lief er die beiden Ausscheidungsrennen für den Zweihundert-Meter-Lauf. Dann joggte er zum Wettkampfort in der Stadionmitte hinüber, wo der Weitsprung stattfand.

Da er dort so spät ankam, war Jesse nicht bewusst, dass der eigentliche Wettkampf bereits begonnen hatte. Deshalb machte er auch einen eher halbherzigen Übungssprung und zu seinem Schrecken wurde dieser als Fehlversuch für einen der drei Qualifikationssprünge gewertet.

Total geschockt und noch immer außer Atem von den Zweihundert-Meter-Sprints gab er sich bei seinem zweiten Versuch ein bisschen zu viel Mühe, wodurch er die Absprungmarke übertrat – wieder ein Fehlversuch! Dabei musste er an diesem Tag eigentlich gar nicht so weit springen – nur 7,05 Meter –, denn sein Weltrekordsprung Anfang desselben Jahres war viel weiter gewesen: 8,02 Meter. Doch jetzt war er nur noch einen Sprung von einer Disqualifikation entfernt!

In diesem Moment tippte ihm der große blonde Deutsche auf die Schulter und stellte sich in gutem Englisch als Lutz Long vor. Er selbst hatte sich bereits für den Weitsprung-Wettbewerb qualifiziert. Sie unterhielten sich eine Weile und Long, der nichts von Hitlers absurden rassistischen Theorien hielt, bot Jesse seine Hilfe an.

„Etwas muss Sie doch belasten", sagte er. „Bei Ihrem Können müssten Sie sich eigentlich mit verbundenen Augen qualifizieren können!"

Owens erklärte ihm seine zwei missglückten Sprünge.

„Da die Weite für Sie eigentlich kein Problem ist, sollten Sie für sich selbst gut eine Fußlänge vor der Absprungmarke eine Markierung machen", riet Long dem Schwarzen. „Wenn Sie dann dort abspringen, gehen Sie ganz sicher, dass Sie nicht noch einmal über die Markierung treten werden."

Owens dankte seinem Konkurrenten und tat, was er vorgeschlagen hatte. Minuten später flog er bei seinem dritten Sprung durch die Luft und schaffte locker die erforderliche Weite.

Doch damit war das Drama noch nicht vorüber.

Am Nachmittag legten die beiden Weitspringer ein klassisches Duell um die Goldmedaille hin. Owens stellte mit seinem ersten Sprung einen olympischen Rekord auf: 7,64 Meter und steigerte sich beim nächsten Versuch noch um 12 Zentimeter. Doch Long hielt zur Begeisterung seiner Landsleute locker mit. Dann war Jesse wieder an der Reihe und legte einen Sprung von 7,89 Meter hin. Long würde übernatürliche Kräfte brauchen, um das zu überbieten. Aber bei seinem letzten Versuch übertrat er die Absprungmarke. Jesse Owens hatte bereits die Goldmedaille gewonnen!

Dennoch machte er seinen letzten Sprung und weil er so aufgepowert war, sprang er sogar 7,93 Meter, womit er den olympischen Rekord dreimal hintereinander gebrochen hatte.

Während Adolf Hitler grimmig von seinem Ehrenplatz herunterschaute, war der Erste, der Owens herzlich zu seinem Sieg gratulierte, Lutz Long.

Jahre später schildert Jesse diesen Moment so: „Man hätte sämtliche Goldmedaillen und Pokale einschmelzen können und der Goldklumpen wäre trotzdem nichts gewesen gegen die 24-Karat-Freundschaft, die Lutz und mich in diesem Moment verband!"

Long und Owens blieben anschließend gute Freunde und schrieben sich regelmäßig, auch während des 2. Weltkriegs, in dem Lutz in der Armee diente. In dem letzten Brief, den Owens 1943 von Long erhielt, schrieb dieser: „Ich hoffe, dass wir trotz der Differenzen unserer Heimatländer immer Freunde bleiben werden." Nur Tage später fiel Lutz Long in einer Schlacht.

Selbst nach dem Tod seines Freundes hielt Jesse den Kontakt zu Longs Familie und viele Jahre nach dem Krieg erhielt er einen Brief von Lutz Sohn Peter, der inzwischen 22 Jahre alt war. In dem bewegenden Brief schrieb Peter, dass er bald heiraten werde.

„Da mein Vater an diesem Tag nicht bei mir sein kann,
weiß ich, wen er als seinen Vertreter hätte dabeihaben wollen.
Jemanden, den er und seine Familie bewunderten und
respektierten. Er hätte gewollt, dass Sie an seiner Stelle
bei mir sind, und ich wünsche mir das auch."

Und so flog Jesse nach Deutschland und stand während der Trauung stolz an der Seite von Lutz Longs Sohn – dem Sohn eines Mannes, dem Fairness und Sportsgeist wichtiger gewesen waren als der Sieg.

Bruce Nash & Allan Zullo

Was ist denn schon dabei?

Wer hätte gedacht, dass mir ausgerechnet ein Exemplar des Buches „Vom Winde verweht“ eine Lektion zum Thema Ehrlichkeit und Respekt erteilen würde? Doch genau das geschah, als ich das Buch meiner besten Freundin Christine auslieh.

Es war ein Erbstück von meiner Oma und schon sehr alt. Widerstrebend gab ich es Christine, ermahnte sie aber gleichzeitig, dass sie vorsichtig damit umgehen sollte. Denn mit meinen Büchern bin ich echt pingelig und Christine sah das viel lockerer.

In den nächsten Tagen erzählte sie mir immer, wo sie gerade war: „Scarlett hat gerade diesen Idioten von Charles geheiratet“, sagte sie, als wir in den Schulbus stiegen. „Wie konnte sie nur!“

„Pass gut auf das Buch auf“, gab ich nur immer zurück, wenn sie so etwas erzählte. Sie nickte, schien mich aber nicht besonders ernst zu nehmen.

Sie hielt mich nicht nur über ihre Fortschritte mit dem Buch, sondern auch über den neusten Klatsch der Schule auf dem Laufenden.

„Woher weißt du nur immer dieses Zeug?“, fragte ich sie schockiert, als sie mir die neuste Story über Patty Speers erzählt hatte.

„Ich halte eben meine Ohren offen!“, meinte sie achselzuckend.

Manchmal fragte ich mich schon, warum sie auf die Skandalstorys anderer Leute so scharf war. „Ich tu ja niemandem damit weh“, sagte sie. „Außerdem sage ich es nur ein paar wenigen Leuten weiter.“

Ich war mir nicht so sicher, wie viele „ein paar wenige“ waren, aber ich lernte, ihre flinke Zunge zu ignorieren, obwohl ich ihr natürlich nach wie vor zuhörte. Es gab schlimmere Sünden, beruhigte ich mich.

Einige Wochen später rief mich Christine mit den neusten Neuigkeiten über Patty Speers an. „Sie ist schwanger!“

„Was?“ Das konnte ich mir nun wirklich nicht vorstellen. „Da musst du dich verhört haben!“

„Nein, ich hab selbst gehört, wie Susanne und Marcia sich über Patty unterhalten haben. Und dann hat Susanne gesagt, Patty sei guter Hoffnung.“

Ich legte fassungslos auf und entschloss mich, Robin anzurufen, die gut mit Patty befreundet war. Während ich die Nummer wählte, kam mein älterer Bruder Mark herein und holte sich was zu essen, als ich mit Robin sprach.

Robin sagte nur, dass sie in letzter Zeit nicht viel Kontakt mit Patty gehabt hätte, weil die mit ihrem neuen Freund so beschäftigt gewesen sei. Wir redeten noch ein Weilchen und dann legte ich frustriert und ohne eine Antwort auf.

„Was machst du denn da?“, fragte Mark und ich erzählte ihm die ganze Geschichte. „Und du findest wirklich, dass es richtig ist, jetzt in dieser Angelegenheit rumzutelefonieren?“, fragte er in dieser „Großer-Bruder-Stimme“, die ich nicht leiden konnte.

„Ich möchte eben die Wahrheit rausfinden“, sagte ich und wählte eine andere Nummer. Mark warf mir einen komischen Blick zu, sagte aber nichts mehr.

Als wir am nächsten Tag in den Bus stiegen, berichtete mir Christine, dass sie nur noch 50 Seiten zu lesen hätte. In der Schule flüsterten bereits alle über Pattys angenommene Schwangerschaft. „Ist sie's oder ist sie's nicht?“ Die Frage schien von den Wänden widerzuhallen und echote im Treppenhaus. Die Tatsache, dass Patty fehlte, war Öl ins Feuer der Gerüchteküche.

Abends kam Christine mit dem ausgelesenen „Vom Winde verweht“ zu mir.

„Was für ein super Buch!“, sagte sie und gab es mir zurück.

Schon als ich es in die Hand nahm, merkte ich, dass etwas damit nicht stimmte. Es fühlte sich irgendwie schlaff an. Und als ich darin herumblätterte, konnte ich unzählige Eselsohren erkennen und auf der Rückseite des Buchs war ein großer Kaffeefleck zu sehen.

„Das war mein Vater", entschuldigte sich Christine. „Tut mir Leid."

„Christine, ich habe dich ungefähr zwei Millionen Mal gebeten, sorgsam mit diesem Buch umzugehen!", sagte ich. Mark kam aus seinem Zimmer, um zu sehen, was der Lärm zu bedeuten hatte. „Wenn du keinen Respekt vor den Dingen anderer Leute hast, solltest du sie dir nicht ausleihen!", machte ich Christine runter. „Du weißt doch, wie wichtig mir meine Bücher sind!"

Sie sah mich peinlich berührt an. „Es ... es tut mir echt Leid ....", stammelte sie und eilte dann nach Hause, um weiteren Beschimpfungen zu entgehen.

„Ist ja lustig, dass ausgerechnet du dich darüber so aufregst!", sagte Mark zu mir.

„Was ist denn daran lustig? Ich habe ihr das Buch geliehen und sie hat es ruiniert!"

„Ja, so ähnlich, wie ihr beide gerade mit euren Schwangerschaftsgeschichten Pattys Ruf ruiniert!"

„Moment mal, ich habe diese Story nicht verbreitet! Ich habe nur ein paar Leute gefragt, ob etwas dran ist oder nicht!"

„Wenn du es wirklich wissen willst, warum hast du dann nicht einfach Patty selbst angerufen und sie gefragt?", wollte Mark wissen. „Nein, denn sie selbst interessiert dich eigentlich gar nicht. Du versuchst nur, deinem Getratsche ein nettes Deckmäntelchen zu verleihen, indem du so tust, als wärest du an ihr interessiert. Also, mich kannst du damit nicht täuschen."

Ich stand einfach nur da und ließ seine Worte auf mich niederprasseln.

„Vielleicht solltest du dir mal was überlegen", sagte er und nahm mir das Buch aus der Hand. „Das hier ist bloß ein Buch, eine Sache. Und wenn Christine es ein bisschen verknickt und befleckt hat – na und? Ist keine große Sache. Aber Gerüchte über jemanden zu verbreiten und dem Betroffenen damit Knüppel zwischen die Beine zu werfen, das ist eine große Sache!"

Mark gab mir das Buch zurück. „Ich habe heute mit Patty gesprochen. Anscheinend erwartet ihre Schwester ein Baby und Christine hat nur einen Teil des Gesprächs zwischen Susanne und Marcia mitbekommen. Es ist nicht Patty, die guter Hoffnung ist."

Wie ein begossener Pudel ging ich in mein Zimmer und schloss hinter mir die Tür. Dann schlug ich das Buch auf. Mark hatte Recht. Ein paar Eselsohren und ein Kaffeefleck waren nichts gegen die Schmutzschicht, die wir auf Pattys Ruf geschmiert hatten.

Ich stellte das Buch wieder ins Regal und beschloss, am nächsten Tag zu Patty zu gehen und mich bei ihr zu entschuldigen. Auf Papier und im wahren Leben gehen Flecken am ehesten raus, wenn man sie möglichst schnell entfernt ...

Julie Berens

Die Stimmungskanone

„Und, Elesha, freust du dich auf die Fahrt nach Florida?"

„Joseph, nimm deine blöde Videokamera aus meinem Gesicht!"

„Hey, das wird cool. Sonne, Sand, mit deinen Freunden abhängen ..."

„Joseph, ich mein das ernst. Hau ab oder es passiert was!"

„... drei Tage im wunderschönen Orlan..."

Das Band war genau an dieser Stelle zu Ende. Irgendwie schaffte es Joseph, in den Gang des Busses zu springen, kurz bevor ich ihm die Kamera weggenommen und aus dem Fenster geschmissen hätte. Ganz knapp.

Ich war kein Stück begeistert über die Fahrt nach Florida. Im Gegenteil, ich war die Einzige in meinem Schulchor gewesen, die gegen diese Reise gestimmt hatte. Ich wollte lieber ein Musical einstudieren, aber ich hatte mich der Mehrheit zu beugen. Und die wollten ihr Glück in einem von Disney gesponserten Wettbewerb versuchen. Mein Motto für die Reise stand damit fest: Die können mich zwar dazu bringen mitzukommen, aber sie können mich nicht dazu bringen, es gut zu finden.

Ich war vorher schon einmal 24 Stunden mit dem Bus unterwegs gewesen. Ich meine, es war mir klar, dass die Fahrt von Indiana nach Florida lang sein würde. Aber so richtig sonnenklar wurde es mir erst, als die Jungs ihre Taschen öffneten und alles mögliche Zeug rausholten wie Gorilla-Masken, Tonbänder mit Sound-Effekten, einen künstlichen Arm und andere hirnverbrannte Scherzartikel. Die Stunden vergingen ungefähr in der Geschwindigkeit, in der Fingernägel wachsen.

Irgendwo in der Nähe der Grenze zu Kentucky trat ich meine Flucht aus diesem alptraumhaften Zustand an, indem ich einschlief. Das war keine gute Idee. Ich wachte in Georgia wieder auf – völlig bedeckt mit Rasierschaum, Sonnencreme, Zahnpasta und Shampoo. Ich fühlte mich zu „erwachsen", um den Jungs Gleiches mit Gleichem zu vergelten und so verbrachte ich den Rest der Reise ohne ein Wort zu sagen.

Und dann kamen wir doch noch irgendwann in unserem Hotel im sonnigen Orlando an. Nur, dass die Sonne nicht schien. Es war sogar verdammt kalt. Mit meinen Shorts, T-Shirts und Bikinis hatte ich keine Chance bei dem Wetter. Deshalb verbrachte ich auch die meiste Zeit auf meinem Zimmer und schaute mir alte Agatha-Christie-Filme im Fernsehen an.

Die anderen Chormitglieder hingen die halbe Nacht in der Hotel-Lobby herum. Ab und zu hörte ich einen Schrei, einen Schlag oder einen Gitarren-Akkord. Ich hatte keine Ahnung, was die dort machten und es war mir auch egal. Am liebsten hätte ich die Jungs vom Wachdienst gerufen, damit sie die anderen zum Schweigen brachten.

Dann kam der Tag der Aufführung und ich musste mir mein Kostüm anziehen. Eine Seekuh hätte nichts Schrecklicheres entwerfen können, selbst wenn sie sich bemüht hätte. Hässliche Nylonstrumpfhosen, klobige Schuhe und gold-schimmernde hautenge Bodys, die noch nicht einmal richtig passten. Unser Chorleiter meinte, das sehe „super auffallend und zeitgemäß" aus, was auch immer das heißen sollte. Ich fand, wir sahen wie Vertriebene vom Raumschiff Enterprise aus.

Als der Wettbewerb begann, wurden wir in einen Bandraum geführt, um uns vorzubereiten und zu warten. Die anderen Gruppen waren auch bereits im Gebäude und ein paar von unseren Jungs gingen auf geheime Mission, um zu sehen, was die anderen so machten.

„Die haben eine vollständige Blaskapelle dabei und noch drei Saxophone!", berichtete der Gitarrist unserer mageren fünfköpfigen Band.

„Ich hab eine der Gruppen beim Einsingen belauscht. Das klang echt gut", sagte ein anderer.

„Da waren welche, die lachten schon, obwohl sie ihr Stück noch gar nicht aufgeführt hatten!"

„Ich hörte einen Chor darüber sprechen, wie viel kleiner es hier sei als bei dem Wettbewerb, den sie das letzte Mal gewonnen hätten. Sind wir etwa die Einzigen, die noch nie an einem Wettbewerb teilgenommen haben?"

Ja, wir waren die Einzigen ohne Wettbewerbserfahrung. Und das konnte man bei unserer Vorstellung auch eindeutig erkennen. Was ich aus meiner Position in der dritten Reihe beobachten konnte, war ein einziges Chaos. Überall flogen irgendwelche Arme unkoordiniert durch die Gegend. Leute drehten sich einfach um und prallten gegeneinander und das in Augenblicken, in denen sie sich überhaupt nicht bewegen sollten. Ein Mädchen wurde von einem Regenschirm getroffen. (Ja, wir tanzten wirklich teilweise mit Regenschirmen; man sollte nicht versuchen, sich das vorzustellen.)

Und unglaublicherweise wurde es noch schlimmer. Unser

Gitarrist kam in der Mitte des dritten Songs aus dem Rhythmus. Der halbe Chor folgte ihm, doch die andere Hälfte folgte weiterhin dem Rest der Band. Es dauerte ungefähr 4 Takte in einem heillosen Durcheinander, bis wir alle wieder gemeinsam im selben Takt waren.

„Das war grauenvoll", sagte meine Freundin Leah geschockt, als wir endlich die Bühne verließen.

Okay, es war echt nicht gut gewesen. Aber ich sagte einfach nichts.

Als wir schließlich in den Bus einstiegen und wieder in Richtung Norden fuhren, sah ich etwas, bei dem ich mich noch schlechter fühlte: das Video unseres Auftritts. Joseph dachte wohl, es wäre irgendwie tröstlich, wenn wir unsere „Glanzleistung" noch einmal sehen, die uns den letzten Platz eingebracht hatte.

Der größte Teil des Videos war echt lustig. Auch die Aufnahmen von der Busfahrt nach Florida waren witzig. Die Leute, die die Nacht in der Hotel-Lobby verbracht hatten, während ich ferngesehen hatte, schienen jede Menge Spaß gehabt zu haben. Und bis auf den Patzer im dritten Lied – alle stöhnten, als wir diesen Teil ansahen – war unsere Vorstellung gar nicht so übel gewesen.

Wahrscheinlich war das sogar die beste Show, die wir je aufgeführt hatten. Viele der Fehler, die ich von der Bühne aus gesehen hatte, waren von vorne gar nicht zu erkennen. Wir waren zwar schlecht genug gewesen, um den letzten Platz zu belegen, aber nicht so schlecht, dass wir uns in Grund und Boden hätten schämen müssen.

Wenn aber etwas auf dem Video wirklich auffällig war, dann war ich es. Ich war die verbissenste Person der ganzen Reise. Wann immer man mich auf dem Video sah, schmollte ich gerade oder beschwerte mich über irgendetwas. An den lustigsten Szenen des Videos hatte ich natürlich keinen Anteil.

Eine der letzten Sachen, die wir vor Ankunft daheim machten, war, uns gegenseitig Auszeichnungen zu verleihen. „Schlechteste Ausrede bei einer Verspätung“, „Bestes Geschenk“, diese Art von Sachen. Ich bekam den ironischen Titel „Stimmungskanone“ verliehen. Ich habe die Urkunde immer noch und sie erinnert mich daran, dass nichts eine Erfahrung so sehr trübt wie die eigene schlechte Laune.

Elesha Hodge

Cincinnati

Vanessa und ich lernten uns bei einer Tanzstunde vor 6 Jahren kennen und seitdem sind wir Freundinnen fürs Leben. Sie lebt in *Gahanna* und ich wohne in *Reynoldsburg* und weil wir beide ein bewegtes Leben führen, sehen wir uns in letzter Zeit immer seltener. Früher bettelten wir ständig unsere Eltern an, uns zur jeweils anderen zu fahren. Wir konnten es kaum erwarten, den Führerschein zu machen, damit wir ohne Eltern unterwegs sein konnten. Wir sprachen oft davon, später mal nach Cincinnati zu fahren, mit voll aufgedrehtem Radio und offenem Fenster, damit unsere Haare im Wind wehen konnten.

Ganz am Anfang, als wir uns kennen lernten, hatten wir nur ein paar Worte miteinander gewechselt, das war noch keine echte Freundschaft. Von da an bat ich immer meine Mutter, mich ganz früh zur Ballettschule zu fahren und mich erst spät wieder abzuholen, weil ich Vanessa so gern tanzen sah. Ich saß auf dem Boden, die Nase an die Fensterscheibe gedrückt, und bewunderte sie einfach. Sie konnte eine dreifache Pirouette in weniger als einer halben Sekunde machen. Mir wurde schon vom Zuschauen schwindelig. Ich verehrte Vanessa.

Als ich in die sechste Klasse kam, ging Vanessa in die siebte. Ich wählte sie mir als „große Schwester“ aus, was das Tanzen betraf.

Sie machte mir tolle Geschenke und schrieb mir immer wieder kleine Briefe, die mich aufmunterten. Sie half mir vor Wettbewerben mit meiner Frisur, zeigte mir, wie man sich schminkt, ohne nachher wie ein Clown auszusehen, und brachte mir bei, wie man mit Jungs spricht. Vanessa hörte sich alle Geschichten von mir an, bis hin zu den letzten Peinlichkeiten. Und vor allem war sie immer da, wenn ich sie brauchte.

Mit der Zeit wurde ich beim Tanzen immer besser und schaffte es in ihre Gruppe. So konnten wir uns noch häufiger sehen und sie wurde meine beste Freundin. An den Wochenenden und in den Ferien wohnte ich mit bei ihrer Familie. Wir teilten einfach alles. Die Hälfte meiner Klamotten hing in ihrem Kleiderschrank und anders herum war es genauso. Wir hatten jeweils eine Zahnbürste bei der anderen im Badezimmer. Wir erzählten uns alles und haben zusammen viel erlebt.

Eines Tages fuhren mich meine Eltern zu Vanessa. Als wir dort ankamen, hörten wir schon von draußen, wie ihre Eltern sich anschrieen. Vanessa war peinlich berührt und lief rot an. Ich lächelte sie jedoch nur kurz an, nahm ihre Hand und folgte ihr leise auf ihr Zimmer, in dem wir stundenlang einfach nur herumsaßen. Wir ignorierten die Diskussion zwischen ihren Eltern und gelegentliche Schreie aus der Küche. Ihr Vater brüllte: „Ich will die Scheidung!"

Und ihre Mutter kreischte zurück: „Großartig!"

Ich umarmte meine weinende Freundin, deren Lippen bei dem Wort „Scheidung" zu zittern begannen.

Vanessa verbrachte diese Nacht bei mir. Wir waren lange wach gewesen und als meine Mutter morgens um 5:00 Uhr in mein Zimmer kam und das Licht anmachte, waren wir total irritiert. Ich bekam nur kurz irgendwas mit von „zum Krankenhaus fahren", als meine Mutter die Tür wieder hinter sich zuzog.

Wir schliefen wieder ein und irgendwann gegen 9:00 Uhr hörten wir, wie das Garagentor aufging. Wir schauten uns gegenseitig ziemlich ängstlich an. Meine Mutter kam langsam zu uns, zog ihren Mantel aus und schaute uns beide an. „Großmutter ist gestorben."

Daraufhin nahm Vanessa mich in den Arm und wir weinten zusammen.

Wir waren immer beieinander, wenn wir uns am meisten brauchten. Wir gingen zwar auf verschiedene Schulen, aber auch das hat unsere Freundschaft nur gestärkt. Und wir haben zu viel miteinander erlebt, um dies wegen kleiner Unannehmlichkeiten aufzugeben. Heute telefonieren wir häufig und sehen uns an den Wochenenden.

Vanessa überrascht mich immer noch mit kleinen Dingen. Am Samstag rief sie an, dass sie gleich vorbeikommen würde. Als sie ankam, sprang ich in ihr Auto und übertönte das laufende Radio mit meiner Frage: „Wo geht's denn hin?"

Sie lachte nur und antwortete: „Cincinnati!"

Holly Melzer

Unser Freundschaftsbaum

Die Freundschaften, die am längsten halten, sind die mit den tiefsten Wurzeln.

In der dritten Klasse war ich immer noch „der Neue" an der Schule. Meine Eltern waren mit mir ein Jahr zuvor in einen Vorort von Memphis mit Namen *Frayser* umgezogen. Unsere Nachbarn gehörten der Mittelklasse an und waren ziemlich zurückhaltend, wenn es sich um Zugezogene handelte.

Eines Tages kam ein Junge mit einem recht nervösen Gesichtsausdruck in unsere Klasse. Er hieß Tom und seine Familie war gerade aus Nashville nach *Frayser* gezogen. Man spürte, dass ihm seine Rolle als „Neuer" gar nicht gefiel, wahrscheinlich genauso wenig wie mir.

Weil der Tisch hinter mir der einzige war, der noch frei war, setzte ihn der Lehrer dorthin. Und da ich selbst wusste, wie schwierig es am Anfang ist, Leute kennen zu lernen, machte ich den ersten Schritt. Bald wurden wir die besten Freunde.

Tom wohnte in einer Hochhaussiedlung ungefähr 3 Kilometer von mir entfernt. Und obwohl es umständlich war, ihn zu besuchen, entwickelte sich unsere Freundschaft weiter.

Wir trafen uns immer auf halbem Weg unter einer riesigen alten Eiche, die auf dem Parkplatz einer Methodistenkirche stand. Die Größe ihrer Krone war legendär und allein der Baumstamm hatte einen Durchmesser von knapp zwei Metern. Wir nannten diese Eiche unseren „Freundschaftsbaum", da er irgendwie unsere gegenseitige Wertschätzung verkörperte.

Dieser Ort war ein Ziel, ein Treffpunkt, ein Anfang und ein Ende. Während der ersten Sommerferien trafen wir uns dort mit unseren Baseballhandschuhen und planten unsere Vormittage. Und jeden Nachmittag verabschiedeten wir uns dort mit der festen Absicht, am nächsten Morgen wieder zu kommen.

Die Jahre vergingen und es schien, als ob der Freundschaftsbaum unsere Entwicklung beobachtete und uns auf unserem Weg begleitete. Wir gingen im Herbst unter seinen rötlichen Blättern spazieren und wir saßen an seinen Stamm gelehnt auf dem Boden, als wir das erste Mal über Mädchen sprachen. Wir trafen uns dort in der Nacht unseres Abschlussballs und wir warfen dort Reis auf unserer beider Hochzeiten. Dieser Baum war ebenso sehr ein Teil unseres Lebens wie unsere Freundschaft.

Als wir dann älter wurden, zogen wir weg von *Frayser*, blieben aber natürlich in Kontakt. Eines Tages rief mich Tom an und erzählte mir, dass ein Blitz in unseren Baum eingeschlagen hätte, der daraufhin umgestürzt sei. Ich weinte, als ich daran denken musste, dass seine Wurzeln auch unsere Wurzeln waren. Mit ihm war ein Symbol unserer Freundschaft vergangen, das wir nicht mehr zurückbringen konnten.

Etwa sechs Monate später las ich in der Zeitung von einem Mann, der aus bestimmten Bäumen mit einer besonderen Vergangenheit Füllfederhalter machte. Während ich diesen Artikel las, wünschte ich, ich hätte ein wenig Holz von „unserem" Baum aufbewahrt. Aber dann las ich zu meiner Überraschung, dass dieser Mann in *Frayser* wohnte! Vielleicht hatte er ja ohnehin Holz von unserem alten Baum verwendet!

Und so war es auch. Der Baum stand auf dem Grundstück der alten Kirche, zu deren Gemeinde er auch einmal gehört hatte. Er hatte einige Füllfederhalter für Mitglieder dieser Kirche gemacht und noch zwei übrig behalten. Meine Freude war grenzenlos.

Eines Tages traf ich Tom zum Essen und gab ihm einen der Füller als ein Zeichen unserer gemeinsamen Vergangenheit und als Versprechen, auch in der Zukunft immer füreinander da zu sein.

Harrison Kelly

Ermutigung

Neue Einsichten

Ein Lächeln kann deinen Tag retten;
kleine Jungs vermissen ihre Mama besonders abends;
die Sterne scheinen heller, wenn man den Mond nicht sieht
und jeder kennt etwas, das sein Herz erfreut.

Anonym

„Gott hat einen Plan für Ihr Baby!“

Das Krankenhauszimmer lag im Dämmerlicht des frühen Novembermorgens, während die Schneeflocken draußen vor dem Fenster neben meinem Bett zu Boden sanken. Mein Mann schlief tief und fest auf der Liege, die ihm die Krankenschwestern hereingerollt hatten, doch ich schlummerte immer nur kurz ein, um dann ruhelos wieder aufzuschrecken.

Immer wieder schossen mir Fragmente der letzten Nacht durch den Kopf: Wehen ... Schmerz ... das Baby ... die Diagnose.

Ich öffnete langsam die Augen und dachte an die Worte des Arztes: „Es tut mir sehr Leid, Mr und Mrs Geng. ... Die ersten Untersuchungen zeigen, dass Ihr Baby alle Anzeichen des Down-Syndroms aufweist.“

Die Digitaluhr auf meinem Nachttisch zeigte 6:02 Uhr an und ich fühlte mich total erschöpft. Ich wollte so gern schlafen, doch unbeantwortete Fragen hielten mich wach.

Was würde die Zukunft bringen?

Wie würden wir es unseren Familien beibringen?

Würde unsere Ehe den Herausforderungen standhalten, die die Behinderung unserer Tochter mit sich bringen würde?

Da hörte ich ein leises Klopfen an der Tür. Im Türrahmen sah ich die Silhouette eines jungen Mädchens mit Pferdeschwanz, das unschlüssig im Flur stand.

Sie kam näher und ich wischte mir den Schlaf aus den Augen. Es war Jessy. Wir lächelten uns an und als sie sich in den Stuhl neben meinem Bett setzte, erinnerte ich mich an einen Septembermorgen vor rund einem Jahr. Ich hatte gerade das College abgeschlossen; es war mein erster Tag als Lehrerin.

Mein Unterricht würde in Raum 202 in einer katholischen Privatschule stattfinden.

Als die Schulglocke durch die Flure des alten Backsteingebäudes klang, strömten nacheinander 21 Schüler in meinen Klassenraum, um in den 15 Minuten vor dem eigentlichen Unterricht meiner Vorstellung und meinen Ankündigungen zu lauschen. Diese Viertelstunde nannte sich „Heimatstunde" und wurde jeden Tag vor Unterrichtsbeginn vom jeweiligen Klassenlehrer gestaltet.

In meiner Klasse waren nur Mädchen und sie steckten in den steifen Uniformen einer achtzig Jahre alten Tradition.

„Ich bin Mrs Geng", erklärte ich und schrieb meinen Namen auf die Tafel.

Jessy schaute genau wie die anderen Mädchen auf und kicherte und flüsterte. Ich selbst trug ebenfalls eine Uniform, doch mir war klar, dass auch der dunkelblaue Tweed und die professionell wirkenden Pumps meine Jugend und Unerfahrenheit nicht vertuschen konnten. Aber im Lauf der Zeit fand das Gekicher und Geflüster ein Ventil in unseren täglichen Gesprächen. Manchmal sprachen wir von Schulproblemen und an anderen Tagen wiederum waren unsere Themen leichter. Besonders an Montagen, wenn die Mädchen von ihrem Wochenende erzählten: Basketballspiele, Pyjamapartys, Tanzveranstaltungen, Kleider und Verabredungen.

Aber irgendwie endeten diese Gespräche immer in neugierigen Fragen über mein Privatleben:

Hatte ich ein gutes College besucht?

Wie war mein erster Kuss gewesen?

Wie hatte ich meinen Mann kennen gelernt?

Ich wurde es nie müde, ihre neugierigen Fragen zu beantworten und mein Leben mit ihnen zu teilen. Sie waren für mich ein bisschen wie jüngere Schwestern, die gerne meine Einsichten und Ratschläge annahmen. Und obwohl mich meine Lehrer am College immer davor gewarnt hatten, „zu freundschaftlich" mit den Schülerinnen umzugehen, war es mir eine Ehre, das Wenige mit ihnen zu teilen, was ich über das Leben wusste.

Das erste Schuljahr ging schnell vorbei. Eines Maimorgens kam ich in den Klassenraum und hielt ein Ultraschallbild umklammert, das der Arzt mir gegeben hatte. Als ich ihnen erzählte, dass ich im dritten Monat schwanger war, kreischten die Mädchen begeistert los und begannen mich mit Witzen über Umstandskleidung und Stützstrümpfe aufzuziehen. Sie waren sich alle einig, dass es auf jeden Fall ein Mädchen war.

Dann versammelten sie sich um meinen Tisch und ich zeigte auf dem unscharfen Bild das Herz und den Kopf und die Hände des Babys. Sie betrachteten es voller Staunen und Ehrfurcht ... alle außer Jessy. Sie stand ein wenig abseits und hatte ein trauriges Lächeln auf dem Gesicht. Ihre blauen Augen sprachen von einem geheimen Schmerz.

Als die Viertelstunde vorbei war, eilten die Mädchen in ihre Unterrichtsräume. Nur Jessy zögerte ein wenig.

„Mrs Geng ... kann ich Sie mal sprechen?“, fragte sie beinahe flüsternd.

„Natürlich“, sagte ich und warf einen schnellen Blick auf meinen Zeitplan. Ich hatte eine Freistunde. Also setzten wir uns an meinen Tisch.

„Ich bin auch schwanger“, platzte sie heraus und Tränen stiegen ihr in die Augen. „Ich bin schon im vierten Monat und weiß einfach nicht, was ich machen soll ... Meine Eltern sind geschieden und meine Mutter arbeitet wie verrückt, um mein Schulgeld bezahlen zu können. Wie soll ich es ihr nur beibringen? Was wird sie sagen? Was soll ich tun, wenn ich nicht auf der Schule bleiben kann?“

Sie vergrub ihr Gesicht in ihren Händen.

„Ist schon in Ordnung, Jessy. Erzähl weiter“, sagte ich.

Als sie die Fassung wiedergewonnen hatte, erzählte sie mir von dem Vater des Kindes, einem Footballstar von der Knabenschule auf der anderen Straßenseite. „Er ist für ein Sportstipendium nominiert worden ... uns ist beiden klar, dass wir viel zu jung sind, um zu heiraten und die Verantwortung für ein Kind zu übernehmen. Ich habe solche Angst, Mrs Geng!"

Ich war mir nicht sicher, ob sie in der Lage war, das anzunehmen, was ich ihr zu sagen hatte, aber ich sagte es trotzdem.

„Jessy", fing ich an. „Gott hat einen Plan mit deinem Baby. Vergiss das nie!"

In den nächsten Tagen vor Schuljahresende trafen Jessy und ich uns immer mal wieder zum Reden. Jessy erzählte ihrer Mutter von ihrer Schwangerschaft und stieß bei ihr auf ungeahntes Mitgefühl und Unterstützung. Ich hingegen beriet mich mit dem Direktor, wie wir Jessy und ihrer Familie durch diese schwierige Zeit helfen konnten. Sehr zu Jessys Überraschung durfte sie im Herbst weiter die Schule besuchen, obwohl ihr Geburtstermin für Mitte Oktober berechnet worden war, nur wenige Wochen vor meinem.

Den ganzen Sommer lang dachte ich jedes Mal an Jessy, wenn ich Babykleidung geschenkt bekam oder einen Autositz oder irgendetwas anderes für unser Kind kaufte. Jedes Mal, wenn das Kleine sich in mir bewegte, sah ich Jessy vor mir, wie sie mit ihrer Sozialarbeiterin sprach, Adoptionspapiere unterschrieb und die Lebensläufe zukünftiger Eltern durchlas. Ihre Vorbereitungen auf die Geburt waren so ganz anders als meine ...

Als der September ins Land zog, begrüßte mich Jessy eines Tages in Umstandsrock und Turnschuhen in Raum 202. Sie wedelte mit ihrem Stundenplan und rief: „Sie sind wieder meine Klassenlehrerin, Mrs Geng!"

Wir versuchten uns zu umarmen, aber unsere Bäuche waren schon so dick, dass das unmöglich war. Lachend gaben wir es auf.

Vier Wochen später entband Jessy ein gesundes Mädchen. Nach ein paar Tagen tauchte sie wieder in ihrer adretten Uniform vor dem Unterricht auf und zeigte mir Fotos von dem kleinen Mädchen, das sie ein paar kurze Stunden hatte im Arm halten dürfen, bevor es seinen neuen Eltern übergeben worden war.

„Ich habe ihr gesagt, dass ich sie liebe ..."

Und nun stand Jessy in meinem Krankenhauszimmer, um meine kranke kleine Tochter zu begrüßen. Sie war vor der Schule gekommen, um mir dieselben Worte zu sagen, die ich ihr einmal gesagt hatte:

„Mrs Geng“, begann sie, „Gott hat einen Plan für Ihr Baby. Vergessen Sie das nie!“

Ich sah sie an und lächelte.

So viele Monate hatte ich versucht, ihr Vertrauen in Gottes Pläne zu vermitteln. Sie hatte ihre Lektion gut gelernt!

Seit diesem Tag sind 12 Jahre vergangen. Vor ein paar Wochen wartete ich im Auto vor einer roten Ampel, als Jessy in einem großen Geländewagen rechts neben mich gefahren kam.

Ich winkte. Sie hupte.

In einem Kindersitz neben ihr lag ein schlafendes Baby. Als die Ampel auf Grün sprang, fuhr Jessy weiter, aber meine kleine Tochter mit dem Down-Syndrom und ihre zwei jüngeren Schwestern hatten sie bemerkt. „Wer war die Frau, Mama?“, riefen sie.

Ich lächelte. „Das war eine meiner Lehrerinnen. Eine der besten!“

Nancy Sullivan Geng

T.J.

Ich bin Lehrerin. Aber ich glaube nicht, dass ich das bis letztes Frühjahr wirklich gewusst habe, obwohl ich schon seit mehr als 20 Jahren unterrichte.

Bevor ich T.J. kennen lernte, war ich einfach jemand, der Leute ausbildete. Daran ist natürlich nichts Falsches – es ist nur etwas ganz anderes, als ein Lehrer zu sein. Vielleicht ist es sogar akademischer und mit standardisierten Tests besser messbar. Aber zu lehren bedeutet, auf die leise Stimme in deinem Inneren zu hören, die auch diejenigen Kinder wertschätzt, die die Welt längst aufgegeben hat. Es bedeutet, einen Teil von dir selbst herzugeben und im Lauf der Zeit mehr dafür zurückzubekommen, als man eingesetzt hat.

T.J. hat das alles für mich verändert – ein großer blonder, ungekämmter, verschlossener, stiller, vergessener Junge. Er hat mich gelehrt, das zu erkennen, was ich an mir selbst schätze und wie diese Wertschätzung sich auf meine Schüler überträgt. Er hat mir gezeigt, um was es in meinem Beruf eigentlich geht.

T.J. saß ganz allein in der letzten Reihe meines Klassenraums, das ganze Halbjahr in völliger Isolation, und trotz all meiner Bemühungen tat er rein gar nichts – er beteiligte sich nicht, machte keine Hausaufgaben, nahm nicht an Klassenarbeiten teil und zeigte rundum kein Interesse an irgendetwas. Und natürlich fiel er durch. Haushoch.

Schließlich wurde ich neugierig auf diesen ungewöhnlichen jungen Mann und nachdem ich seine Akte im Lehrerzimmer gelesen hatte, wurde mir so manches Teilchen in diesem komplizierten Puzzle namens T.J. klar: Er hatte in der siebten Klasse seinen Vater verloren und hatte sich von da an allein mit seiner alkoholsüchtigen Mutter durch die Teenagerzeit schlagen müssen. Er hatte einen geistig behinderten Bruder und es gab Hinweise darauf, dass beide Kinder missbraucht und geschlagen worden waren. T.J.s Mutter hatte die Schulleitung bei deren vorsichtigen Vorstößen so aggressiv beschimpft, dass man es inzwischen aufgegeben hatte, mit ihr über T.J.s Probleme und sein ständiges Fehlen im Unterricht reden zu wollen.

T.J. lebte also in einer vollkommen verkorksten Familie. Sein geringes Selbstwertgefühl war für mich nur allzu verständlich und mir wurde auch klar, warum er es nach der Schule so eilig hatte, nach Hause zu kommen. Auch sein häufiges Schwänzen hatte plötzlich einen sehr verständlichen Hintergrund. Er tat mir schrecklich Leid.

Aus irgendeinem Grund wollte T.J. dennoch seinen Schulabschluss schaffen und so tauchte er nach den Sommerferien wieder auf, um einen letzten Versuch zu starten. Ich hatte so meine Zweifel und jeder andere auch.

Das Halbjahr fing genauso an, wie das andere geendet hatte: T.J. hielt sich vollkommen zurück. Doch als wir eines Tages in der Klasse das Thema Selbstwertgefühl durchnahmen, passierte etwas mit ihm. Ich hatte meinen Schülern die Aufgabe gegeben, sich selbst ein leeres Blatt Papier auf den Rücken zu kleben. Nun sollten sie alle herumgehen, sich fünf Leute aussuchen, die sie nicht besonders gut kannten und auf das Blatt Papier auf deren Rücken etwas Positives schreiben, was ihnen an diesen Personen aufgefallen war. Anschließend setzten wir uns hin und redeten über die Ängste und Vorbehalte, die alle bei dieser Aufgabe empfunden hatten. Dann sollte jeder noch einen Satz aufschreiben, mit dem er beschrieb, wie die anderen ihn seiner Meinung nach sahen und was er über die Dinge dachte, die die anderen auf seinen Rücken geschrieben hatten. T.J. machte mit und ich fragte mich, warum.

Am nächsten Tag kam T.J. auf mich zu und fragte mich, ob er der Klasse noch nachträglich eine Aufgabe präsentieren durfte, die eigentlich schon vor mehr als einem Monat fällig gewesen war. Es handelte sich um eine „Persönlichkeits-Collage", in der jeder Schüler versuchen sollte, mit allen möglichen Dingen wie Zeitungsausschnitten, Fotos, Sprüchen, Stoffen, Farben oder Ähnlichem seine eigene Persönlichkeit darzustellen. Natürlich war ich sehr neugierig auf T.J.s Collage und sagte ihm, dass wir seine Arbeit sehr gern sehen würden.

Als T.J. am nächsten Tag in den Klassenraum kam, hatte er seine Collage dabei und war darauf vorbereitet, sie zu erklären. Die anderen Schüler hatten große Plakate kunstvoll mit Fotos und allem Möglichen beklebt. T.J.s Collage bestand jedoch nur aus drei Titelseiten einer Landwirtschaftszeitung, die mit Heuseilen aneinander gebunden waren. Er erklärte dazu, dass die Landwirtschaft der Broterwerb seiner Familie war und dass das Heuseil das war, was sein Leben zusammenhielt. Auf das unterste Blatt hatte er den Zettel geklebt, der am Tag zuvor auf seinen Rücken geheftet worden war. Auf dem Zettel standen fünf Begriffe: „Freundlich“, „hat Humor“, „tolle Haare“, „ein netter Typ“ und „verantwortungsbewusst“.

Schweigend hängte ich die Collage an die Tafel, damit alle sie sehen konnten. T.J. kehrte auf seinen Platz zurück, aber diesmal rückte er seinen Stuhl ganz nahe an die letzte Reihe vor sich. Ich kämpfte mit den Tränen, während ich mit der Stunde weitermachte. Die Schüler merkten, dass es etwas ganz Besonderes war, T.J.s tatsächliche *Anwesenheit* in dieser Klasse zum ersten Mal mitzuerleben und sie waren beinahe ehrfürchtig. Und für T.J. war es der Beginn einer Verbindung zum Rest der Welt.

Letzten Sommer hat T.J. seinen Abschluss gemacht. Er hat nicht nur das Schuljahr bewältigt, sondern auch irgendwie die zwölfte Klasse hinter sich gebracht. Als T.J. sein Abschlusszeugnis ausgehändigt bekam, hörte ich wieder die leise Stimme in meinem Herzen. Ich erinnerte mich an das Geschenk, das er mir und meinen Schülern anvertraut hatte, und ich musste weinen. Und da wusste ich, dass ich eine Lehrerin geworden war.

Susan Cunningham Euker

„Vermittlung bitte!“

Als ich noch klein war, hatten meine Eltern als eine der ersten Familien am Ort ein Telefon. Ich weiß noch genau, wie der hölzerne Kasten aussah, der unter der Treppe an der Wand angebracht war. Der glänzende Hörer hing an der einen Seite und ich weiß sogar noch unsere Nummer: 105. Ich war zu klein, um an den Kasten dranzukommen, aber ich hörte immer fasziniert zu, wenn meine Mutter hineinsprach. Immer mal wieder hob sie mich hoch und ich konnte mit meinem Vater sprechen, der geschäftlich unterwegs war. Die reine Zauberei!

Eines Tages entdeckte ich, dass irgendwo in diesem kleinen Kasten eine ganz erstaunliche Person lebte – ihr Name war „Vermittlung bitte!“ und sie wusste einfach alles. Meine Mutter konnte nach jeder Telefonnummer der Welt fragen; sie wusste sie. Wenn unsere Uhr stehen blieb, konnte „Vermittlung bitte“ immer sofort sagen, was die richtige Uhrzeit war.

Meine erste persönliche Begegnung mit diesem „guten Geist“ im Telefon kam eines Tages, als meine Mutter bei Nachbarn zu Besuch war. Ich hatte mir beim Spielen mit Vaters Hammer auf den Finger gehauen und der Schmerz war einfach fürchterlich. Doch Weinen schien wenig Sinn zu haben, weil ja niemand zu Hause war, der mich hätte trösten können. Also wanderte ich ziellos im Haus herum und lutschte an meinem pochenden Finger. Schließlich fiel mein Blick auf das Telefon. Schnell holte ich mir einen Hocker und zerrte ihn unter den Zauberkasten. Dann kletterte ich hinauf, nahm den Hörer ab und sagte: „Vermittlung bitte!“

Es klickte zweimal und dann sagte eine klare Stimme direkt an meinem Ohr: „Vermittlung.“

„Ich hab mir wehgetan“, jammerte ich ins Telefon. Jetzt, wo ich einen Zuhörer hatte, flossen die Tränen wieder reichlich.

„Ist deine Mutter denn nicht zu Hause?“, kam die Frage.

„Nein, ich bin allein."

„Blutet es?"

„Nein", gab ich schluchzend zurück. „Ich hab mir mit dem Hammer auf den Finger gehauen und es tut sooho weh!"

„Habt ihr Eis im Haus?", fragte die Stimme und ich bejahte. „Dann hol dir einen Würfel und halte ihn schön auf die Stelle, die wehtut. Und jetzt hör auf zu weinen, es tut gleich nicht mehr weh."

Nach diesem Erlebnis rief ich „Vermittlung bitte!" immer wieder an, wenn ich Hilfe brauchte. Sie sagte mir, wo Philadelphia lag und wo der *Orinoco* floss. Sie half mir bei den Mathematikaufgaben und sie konnte mir sogar sagen, was ich dem kleinen Eichhörnchen füttern sollte, das ich verletzt im Park gefunden hatte.

Und dann kam der Tag, an dem unser Kanarienvogel Petey starb. Ich rief „Vermittlung bitte!" an und erzählte ihr die traurige Geschichte. Sie hörte mir zu und sagte dann all die üblichen Dinge, die Erwachsene in so einer Situation sagen. Doch ich war untröstlich. Warum musste ein Vogel, der so wunderschön singen konnte und der ganzen Familie Freude machte, als kleines Federbündel auf dem Käfigboden enden?

Sie musste meine tiefe Sorge gespürt haben, denn sie sagte ruhig: „Paul, denk immer daran, dass es noch eine andere Welt nach unserer gibt, in der man singen kann!"

Irgendwie fühlte ich mich danach besser.

An einem anderen Tag rief ich „Vermittlung bitte!" an und fragte, wie man „reparieren" buchstabiert.

Sie sagte es mir und in diesem Moment sprang mich meine Schwester von hinten an, um mich mit einem gewaltigen Schrei zu erschrecken. Der Plan ging auf, ich fiel rückwärts von dem Hocker und riss dabei den Hörer aus der Wand. Wir erschraken beide zu Tode – „Vermittlung bitte!" war fort und ich war nicht sicher, ob ich sie verletzt hatte, als ich den Hörer aus der Wand gerissen hatte.

Minuten später stand ein Mann vor unserer Tür. „Ich komme von der Telefongesellschaft. Ich hatte gerade in dieser Straße hier zu tun und die Vermittlung hat mir mitgeteilt, dass es hier ein Problem gibt." Er nahm mir den Hörer aus der Hand. „Was ist denn hier passiert?"

Ich erzählte es ihm.

„Na, das haben wir gleich!" Er öffnete die hölzerne Box und brachte ein Wirrwarr aus Kabeln und Anschlüssen zum Vorschein. Dann fummelte er ein bisschen mit dem Ende des Hörerkabels herum, schraubte hier und da und kurz darauf funktionierte das Telefon wieder. Er drückte ein paar Mal auf die Gabel und sagte dann in den Hörer: „Hallo, Vermittlung? Hier ist Pete. Bei der 105 ist alles in Ordnung. Die Kinder hatten nur beim Spielen das Kabel aus der Wand gerissen."

Er legte auf, grinste, tätschelte mir den Kopf und ging wieder.

Als ich neun Jahre alt war, zogen wir in eine andere Stadt, nach Boston. Meine freundliche Helferin fehlte mir schrecklich. „Vermittlung bitte!" wohnte für mich in dem alten Holzkasten zu Hause und irgendwie kam es mir nie in den Sinn, das neue Telefon auszuprobieren, das nun auf einem Tischchen im Flur stand.

Auch in meinen Teenagerjahren dachte ich noch oft an die Zeiten zurück, in denen ich ein enormes Gefühl der Sicherheit empfunden hatte, weil ich jederzeit bei „Vermittlung bitte!" anrufen konnte und eine hilfreiche Antwort bekam. Erst jetzt wurde mir klar, wie geduldig, verständnisvoll und lieb sie zu diesem kleinen, nervtötenden Jungen gewesen war, den sie nicht mal kannte.

Ein paar Jahre später war ich auf dem Weg ins College und kam ganz in der Nähe meiner alten Heimatstadt vorbei. Ohne richtig nachzudenken, hielt ich am nächstbesten Telefon und wählte die Nummer der Vermittlung in meinem alten Heimatort.

„Vermittlung bitte!", sagte ich.

Wie durch ein Wunder hörte ich wieder die klare Stimme, die antwortete: „Vermittlung."

Ich hatte das nicht geplant, doch dann hörte ich mich sagen: „Können Sie mir sagen, wie man ‚reparieren' buchstabiert?"

Es entstand eine lange Pause. Dann sagte sie leise: „Ich schätze, dein Finger ist inzwischen verheilt?"

Ich lachte. „Dann sind Sie es also wirklich! Ich habe mich oft gefragt, ob Sie eigentlich eine Ahnung hatten, was Sie für mich in all den Jahren bedeutet haben!"

„Und ich habe mich oft gefragt", sagte sie, „ob du wohl weißt, was du mir bedeutet hast! Ich habe nie eigene Kinder gehabt und ich habe mich immer auf deine Anrufe gefreut. Dumm von mir, nicht wahr?"

Ich fand das gar nicht dumm, aber ich sagte nichts. Stattdessen erzählte ich ihr, wie oft ich an sie gedacht hatte und ob ich sie wieder anrufen dürfte, wenn ich in der Nähe war.

„Ja, bitte", sagte sie. „Frag einfach nach Sally."

„Auf Wiederhören, Sally!" Irgendwie war es komisch, dass „Vermittlung bitte!" jetzt einen anderen Namen hatte. „Und wenn ich auf ein Eichhörnchen stoßen sollte, weiß ich ja, was ich ihm füttern muss!"

„Ja", sagte sie. „Auf Wiederhören."

Drei Monate später war ich wieder in der Gegend und rief die Vermittlung an. Eine fremde Stimme antwortete und ich fragte nach Sally.

„Sind Sie ein Freund von ihr?"

„Ja", sagte ich. „Ein alter Freund."

„Da tut es mir sehr Leid, Ihnen mitteilen zu müssen, dass Sally schon seit einiger Zeit schwer krank war. Sie ist vor fünf Wochen gestorben." Bevor ich auflegen konnte, fügte sie noch hinzu: „Warten Sie mal! Sagten Sie, Ihr Name sei Paul Villiard?"

„Ja."

„Na ja, Sally hat eine Nachricht für Sie hinterlassen."

„Was ist es denn?", fragte ich, obwohl ich eigentlich die Antwort schon kannte.

„Warten Sie, es steht auf einem Zettel. Ich lese es Ihnen vor: Richten Sie ihm aus, dass es eine andere Welt gibt, in der man singen kann. Er wird wissen, was ich meine!"

Ich dankte ihr und legte auf. Irgendwie fühlte ich mich getröstet.

Paul Villiard

Wunsch einer Schülerin

Lehre mich, nach Höherem zu streben, fordere mich heraus,
lass Träume wahr werden
und lass meine Quellen tief sein.
Hilf mir, Gedanken zu entwickeln,
die ich immer in mir tragen werde,
berate mich und gib mir einen Sinn,
damit ich sehe, dass nicht immer alles so ist,
wie es zu sein scheint.
Gib mir Sicherheit und Glauben daran,
dass ich mit Ausdauer vieles erreichen kann.
Ich möchte mir selbst beweisen, dass kein Ziel unerreichbar ist.
Zeig mir die richtige Richtung.
Hilf mir, alle Hürden zu überwinden,
damit ich mich ausstrecken und den Sieg ergreifen kann.
Schieb mich sanft über meine Grenzen hinweg
und hilf mir so, meine Träume zu verwirklichen.

Melissa Ann Broeckelman

Traumdeuter

Mr Card war mein Klassenlehrer in der sechsten Klasse und der erste männliche Lehrer meines Lebens. Ich war also ziemlich überrascht, einen Mann am Pult stehen zu sehen. Zuerst dachte ich, dass er vielleicht der neue Hausmeister sei, aber er trug eine gute Hose und ein Hemd mit Krawatte. Ich sah ihn mir genauer an. Er war eindeutig zu jung, um ein Lehrer zu sein.

Zu diesem Zeitpunkt war ich ziemlich enttäuscht von der Schule und dem Leben an sich. Denn ich hatte einsehen müssen, dass ich nicht der hellste Kopf in meiner Klasse war. In Mathe war ich furchtbar schlecht und meine Bilder aus dem Kunstunterricht wurden nie aufgehängt. Außerdem sagten mir meine Lehrer ständig, dass ich meine Sachen in Ordnung halten sollte, aber ich schaffte es einfach nicht, mich so zu organisieren wie Mary, die neben mir saß. Ich sang falsch und zu laut und nie suchte mich jemand als Erstes für seine Mannschaft beim Sport aus. Wahrscheinlich, so hatte ich mir überlegt, würde ich wohl nie zu den beliebten Kids dieser Schule gehören.

Niemand hatte mir diese Dinge gesagt und noch nicht mal die wenigen Klassenkameraden, die mich wegen meiner geringen Größe aufzogen, hatten mich absichtlich verletzen wollen. Aber ich war zu der Überzeugung gelangt, dass ich einfach nicht besonders toll war.

Ich war besorgt, als mir klar wurde, dass Mr Card mein Lehrer sein würde. Männer sind nicht so nett wie Frauen, weißt du. Denn Männer sind oft hart und haben nicht so viel Mitgefühl wie Frauen, zumindest dachte ich das damals. Und ich hatte das Gefühl, dass ich dringend jemanden brauchte, der Mitgefühl mit mir hatte. Mr. Card sah einfach nicht so aus, als wäre er der Richtige.

Ich sah ihn mir noch genauer an, als er direkt zu mir herüberkam, mir seine Hand hinstreckte und sagte. „Hallo, ich bin Norm Card und werde dein Klassenlehrer sein."

Noch nie hatte mir ein Lehrer die Hand geschüttelt, doch ich streckte ihm brav meine Rechte hin.

„Wie heißt du?", fragte er.

„Guy Doud."

„Oh, von dir habe ich schon gehört!"

Oh nein!, dachte ich. *Wahrscheinlich hat er gehört, dass ich ein Versager in Mathe bin, nicht singen kann und meine Sachen nicht in Ordnung halte. Er weiß, dass meine Eltern ziemlich arm sind und dass ich noch nie richtig im Urlaub war und ...*

Ich habe nie herausgefunden, was Mr Card über mich wusste, weil ich ihn nie gefragt habe. Denn er hat mich immer wie jemand ganz Besonderen behandelt. Wahrscheinlich war er zu allen Kids so, aber für mich zählte nur, wie er zu mir war. Und das fühlte sich gut an.

Mr Card kam ganz frisch vom College, also war es sein erstes Jahr als Lehrer. Er machte Sachen mit uns, von denen ich nicht sicher war, ob ein Lehrer das überhaupt durfte. Zum Beispiel spielte er in der Pause mit uns Fußball und brüllte dabei herum wie ein kleiner Junge.

Beim Sport ließ er nie den Kapitän die Mannschaft zusammenstellen, sondern er teilte uns ein. Und dann spielte er abwechselnd in beiden Teams selbst mit.

Eines Tages waren wir beim Football im selben Team und er sagte zu mir: „Guy, ich möchte, dass du meinen Pass annimmst. Renn an der linken Außenlinie entlang und wenn du in der Mitte angekommen bist, werf ich dir den Ball zu."

Es war ein tolles Gefühl zu wissen, dass Mr Card mir zutraute, den Ball zu fangen. Mr Card gab mir eine Riesenchance. Als ich mich in Position stellte, klopfte mir das Herz bis zum Hals. Ich wollte den Ball erwischen und beweisen, dass ich es konnte.

Dann ging es los. Ich war langsam wie immer, aber fest entschlossen, meine Mission zu erfüllen. Niemand beachtete mich, denn ich hatte mich noch nie besonders im Spiel hervorgetan.

Deshalb waren auch alle total überrascht, als Mr Card mir den Ball zupasste.

Er warf so fest, dass ein schmächtigeres Kind von der Wucht des Balles umgeworfen worden wäre. Doch ich schaffte es, ihn zu halten und fest an mich zu pressen.

Ich hatte ihn erwischt! Doch ich war davon so überrascht, dass ich völlig zu laufen vergaß, bis Mary mich anschubste und ich den Ball ins Tor brachte.

Ich mochte Mr Card. Er kam von Zeit zu Zeit an mein Pult und sah nach, wie ich mit der Arbeit vorankam. Während er meine Sachen durchlas, legte er mir immer eine Hand auf die Schulter und diese Hand schien mir zu sagen: „Ich mag dich, Guy. Du bist in Ordnung."

Manchmal meldete ich mich nur, damit Mr Card zu mir kam und mir vielleicht mal wieder die Hand auf die Schulter legte. Ich strengte mich ihm zuliebe sehr an und er sagte mir, dass er das sehr zu schätzen wisse. Und langsam begann ich zu glauben, dass es wichtiger war, sein Bestes zu tun, als einfach nur schlau zu sein und so gut zu malen, dass die eigenen Bilder aufgehängt wurden.

In der letzten Woche vor den Ferien verlieh Mr Card an seine Schüler Preise für besondere Leistungen. Es war eine richtig feierliche Zeremonie und er schien für jeden einen Preis zu haben. Sogar der Schüler, der jeden Tag die weiteste Strecke zur Schule hatte, wurde belohnt. Dann kam er zu den beiden letzten Auszeichnungen und sagte, dass diese beiden aus seiner Sicht die wichtigsten seien. Der eine ging an den fleißigsten Schüler und der andere an die fleißigste Schülerin.

Ich fragte mich, wer diese Preise wohl abstauben würde. Wahrscheinlich würden es bei den Mädchen Mary oder Linda sein und bei den Jungen Danny oder Sam.

„Der Preis für den fleißigsten Schüler der sechsten Klasse geht an Guy Doud!"

Ich hörte, wie Mr Card es sagte, aber glauben konnte ich es nicht.

„Guy, komm nach vorne und hol dir deinen Preis ab!"

Ich erhob mich langsam und nahm die Urkunde entgegen, auf der stand: „Fleißigster Schüler in Mr Cards sechster Klasse!" Es war zwar nur ein Stück bedrucktes Papier, aber für mich bedeutete es unendlich viel.

Meine Mutter sah das genauso, denn sie heftete die Urkunde an unsere Kühlschranktür, wo sie dann blieb, bis ich sie nach fast einem Jahr schließlich abnahm.

Guy Rice Doud

Regenbogenjagd

„Sind wir bald da, Opa?"

„Nein, Schätzchen, noch nicht."

Nasse Pflanzen schlangen sich um meine Arme, als ich mich hinter meinem Opa durch eine mannshohe Wiese kämpfte.

„Sind wir bald da?"

„Bald haben wir's geschafft. Bist du müde, Lora?"

„Nein!" Erschöpft nahm ich einen Käfer von meinem pinkfarbenen Sweatshirt und sammelte kleine Zweige und Gräser aus meinen Haaren. „Ich könnte den ganzen Tag so weiterlaufen."

In Wirklichkeit war ich natürlich völlig fertig. Ich hatte die Insekten satt, das hohe Gras, die steilen Hügel – alles, was eine Fünfjährige hasste. Aber meinen Opa liebte ich und deshalb ging ich gern mit ihm mit.

„Sind wir bald da?" Meine Stimme klang schrill und weinerlich.

„Nanu, Lora, ich dachte, du magst Wanderungen mit deinem alten Opa?" Sein braun gebranntes, lederartiges Gesicht verzog sich zu einem Lachen.

„Tu ich auch, aber ..." Ich ließ mich auf den feuchten Boden sinken und begann zu weinen. „Aber ich will jetzt nach Hause gehen und Zeichentrickfilme im Fernsehen anschauen ... ich will meine Maaaaaama!" Salzige Tränen rollten mir die Wangen hinunter.

Er schaute auf seine schmutzige kleine Enkelin und grinste. „Schätzchen, es ist gar nicht mehr weit. Komm, du wirst sehen, wir sind gleich da!"

Ich weinte laut an seiner Schulter, während er mich das letzte Stück trug. Doch plötzlich hielt er inne und holte tief Luft.

„Sieh dir das an, Lora!" Er hob mich von seiner Schulter und zeigte ins Tal hinab.

Ich drehte mich um und vergaß völlig zu schluchzen. „So nahe habe ich noch nie einen gesehen!"

„Unglaublich, nicht wahr?"

Durch eine dunkle Wolkendecke war ein prachtvoller Regenbogen gebrochen, dessen Ende ganz fest in der Talsohle unter uns verankert zu sein schien. Ich war wie verzaubert. Natürlich hatte ich schon öfter einen Regenbogen gesehen, aber dieser war so nah, dass man anscheinend nur die Hand ausstrecken musste und so seine leuchtenden Streifen berühren konnte. Vielleicht konnte man sogar ein Stück von ihm mitnehmen? Ich arbeitete mich aus Opas Armen, riss ihm dabei den Hut vom Kopf und sprang zu Boden.

„He, Mädchen! Wo willst du denn hin?", rief er mir lachend hinterher.

Ich tanzte und sprang dahin. „Ich will zum Regenbogen, Opa. Ich will ihn anfassen!"

„So, so."

Ich rannte den Hügel hinab. Stolpernd, aufgeregt und atemlos bei dem Gedanken, meinen Regenbogen zu berühren und vielleicht mit nach Hause zu nehmen. Die ganze Zeit überlegte ich, wie ich wohl meine Mutter dazu überreden konnte, dass ich den Regenbogen behalten durfte.

Ich rannte und rannte und quietschte jedes Mal vor Aufregung, wenn der Regenbogen in Reichweite schien. Doch als mir langsam die Puste ausging, wurde mir klar, dass der Regenbogen mir auswich. Die bunten Schlieren trieben schwerelos durch das Tal und waren immer nur eine Armlänge von mir entfernt. Ich jagte einen Regenbogen und wollte etwas besitzen, das nicht für mich bestimmt war.

Enttäuscht hörte ich schließlich auf zu rennen und wandte mich zu meinem Großvater um, der mir gefolgt war.

„Er lässt mich nicht an sich heran, Opa", sagte ich. Meine Unterlippe begann zu zittern und mein Hals schnürte sich zusammen.

„Da drüben ist er, Lora", sagte er und hob mich wieder hoch.

„Ich weiß, aber da ist ein Zaun dazwischen", schluchzte ich und umklammerte Trost suchend seinen stoppligen Hals. „Ich wollte ihn behalten!"

„Na, ich schätze, er gehört wohl jemand anderem", sagte Opa.

„Meinst du?"

„Ja, mein Liebling." Er lächelte, setzte mich wieder ab, nahm meine kleine Hand in seine schwielige Pranke und wir machten uns auf den Heimweg.

„Darf ich deinen Hut aufsetzen?", fragte ich und fühlte mich schon viel besser.

Ich kicherte, als der viel zu große Hut mir über die Augen rutschte.

Wir waren schon fast zu Hause angekommen, als ich mich noch einmal umdrehte und unter der Hutkrempe hervor einen letzten Blick auf den nun verblassenden Regenbogen warf. Dann umarmte ich Opas Bein.

„Vielleicht braucht ihn ja jemand dringender als ich", sagte ich nachdenklich.

* * *

Fünfzehn Jahre und viele Wanderungen später erinnere ich mich an meine Regenbogenjagd, während der morgendliche Berufsverkehr um uns herumbraust. Diesmal habe ich Tränen in den Augen, genau wie meine Mitfahrer, meine Mutter und mein Bruder. Opa liegt im Sterben. Seine Krankenschwester hat uns angerufen und gesagt, dass wir es nicht mehr rechtzeitig schaffen würden und dass er, selbst wenn wir ihn noch lebend anträfen, uns nicht erkennen würde. Ich fühle mich, als würde meine ganze Welt zusammenbrechen.

Meine Mutter rast durch den Verkehr und erträgt tapfer das Gewirr von Hupen, roten Ampeln und starkem Regen. Sie fährt mechanisch, methodisch, starrt auf die rhythmischen Bewegungen der Scheibenwischer und versucht an nichts anderes zu denken als daran, möglichst schnell zu ihrem Vater zu kommen.

Ich bete still. Ich bete, dass wir es noch rechtzeitig schaffen, dass ich Opa noch einmal sehen kann, ihm Auf Wiedersehen sagen und ihm mitteilen, wie sehr ich ihn vermissen werde. Und dass ich ihn liebe.

Ich starre auf das Grau draußen und beginne zu zweifeln. Was, wenn ich ihn nicht noch einmal sehen kann? Was mache ich dann nur? Während die Angst an meinem Herzen zerrt, bitte ich Gott verzweifelt um eine letzte Gelegenheit, ein Zeichen.

Ich bitte um einen Regenbogen.

Mein Herz ist leer und alle Worte scheinen hohl zu sein, deshalb bitte ich ihn um einen Regenbogen. Ich weiß nicht warum, aber mit all dem Grau um mich herum und in mir drin kann jetzt nur noch ein Regenbogen helfen. Ein wunderbarer, funkelnder Farbklecks aus Gottes Malkasten vor dem dunklen Hintergrund, der mein Herz beruhigt. Wieder jage ich einem Regenbogen nach.

Stunden vergehen und ich suche immer wieder den Himmel nach einem Hauch von Farbe ab, nach irgendetwas, das mir zeigt, dass Gott meinen Schrei gehört hat. Aber ich finde nichts. Absolut nichts.

Ich frage Gott zornig, warum er mir diese kleine Bitte nicht gewähren kann, diesen kleinen Funken der Hoffnung. Er hat Noah schließlich auch einen Regenbogen geschickt, oder? Gott gab Noah ein Zeichen, dass er ihn nie allein lassen würde, dass er immer bei ihm war. *Na, Gott, und wo bist du jetzt?*

Die Dämmerung senkt sich wie Asche auf uns und wird zur Nacht und das gleichmäßige Motorengeräusch des Autos lullt mich in den Schlaf. Schließlich höre ich Türen knallen und schrecke hoch. Das Gesicht meiner Mutter ist blass und erschöpft. Wir gehen ins Krankenhaus, betäubt von dem Geruch und all dem Weiß, das ich inzwischen mit Krankheit, Schmerz und Tod assoziiere. Ich stolpere dahin.

Krankenschwestern und Ärzte eilen vorbei, Patienten werden in Betten und Rollstühlen umhergeschoben. Alles verschmilzt zu einem unscharfen Bild und ich konzentriere mich auf die offene Tür am Ende des Flurs.

Meine Tante kommt uns entgegengelaufen und beantwortet unsere unausgesprochene Frage: „Er ist noch am Leben, aber er bekommt nichts mehr mit."

Wir umarmen uns und gehen gemeinsam in Opas Zimmer.

Plötzlich dreht sich meine Tante zu uns um. „Wisst ihr, vor ein paar Stunden, als Papa noch bei Bewusstsein war, ist etwas ganz Seltsames passiert. Er hatte große Schmerzen und konnte kaum Luft bekommen, was ihn sehr unruhig machte. Zu dieser Zeit war hier ein schreckliches Unwetter und der Regen und die dunklen Wolken schienen ihn noch zusätzlich zu bedrücken. Doch plötzlich war da aus dem Nichts dieser absolut umwerfend deutliche Regenbogen. Er schien sich direkt durchs Fenster und in dieses Zimmer zu ergießen. Ich hab deutlich gemerkt, dass Papa eine Weile von seinen Schmerzen abgelenkt wurde und schließlich ist er dann ganz friedlich eingeschlafen. Es war unglaublich. Als wäre der Regenbogen direkt vom Himmel gefallen. Vollkommen unwirklich. So etwas habe ich noch nie gesehen!"

Ich schon. Oh ja, ich schon! Obwohl Opa nun daliegt und lauter Schläuche und Maschinen um ihn herum sind, fühle ich einen großen Frieden in mir. So viel zu dem Regenbogen, den ich nicht bekommen hatte. Gott hatte die Sache die ganze Zeit im Griff gehabt und er hatte mal wieder gewusst, dass es jemanden gab, der den Regenbogen dringender brauchte als ich.

Obwohl sich die Ärzte sicher waren, dass Opa diese Nacht nicht überleben würde, ging es ihm am nächsten Tag sogar besser. Gott schenkte uns einen ganzen wunderbaren Tag mit ihm, an dem wir Erinnerungen austauschten und viel zusammen lachten. Ab und zu musste ich den Raum verlassen und ein bisschen weinen, weil ich das Gefühl hatte, dass mit ihm ein Stück von mir starb. Aber dann kam ich zurück und wir lachten gemeinsam weiter.

Als es Zeit war zu gehen, schlang ich meine Arme um seinen Hals, wie ich das schon seit 20 Jahren tat, und sagte ihm, dass ich ihn lieb hatte. Schwach umarmte er mich und flüsterte rau: „Ich liebe dich auch, Lora."

Ich hielt ihn eine ganze Weile fest und wusste irgendwie, dass das unsere letzte Umarmung diesseits des Himmels sein würde.

Eine Woche später war Opa tot.

Ich weiß, dass ich ihn eines Tages wieder sehen werde und dass wir dann wieder zusammen auf die Jagd nach leuchtenden Regenbogen gehen. Und wer weiß, vielleicht gelingt es uns dann, einen von ihnen zu erwischen.

De'Lara Khalili

Erfolg

Erfolg kann man nicht anstreben.
Er muss von der Persönlichkeit angezogen werden,
die man wird.

Anonym

Omas Garten

Jedes Jahr pflanzte Großmutter Inez Tulpen in ihrem Blumengarten. Dann erwartete sie mit kindlicher Vorfreude den Frühling, wenn die Tulpen in ihrer ganzen Pracht aufblühen würden. Unter ihrer liebevollen Pflege gingen sie auch treu in jedem April auf und sie wurde nie von ihnen enttäuscht. Aber immer wieder sagte sie, die eigentlichen Blumen, die ihr Leben verschönten, seien ihre Enkelkinder.

Ich für meinen Teil aber hatte nicht die Absicht, ihr ihr Leben zu verschönen.

Als ich sechzehn Jahre alt war, wurde ich zu meiner Großmutter geschickt. Meine Eltern lebten während dieser Zeit in Übersee und ich war ein sehr unglückliches junges Mädchen, voller Hochmut und Zorn gegen meine Eltern, weil sie offenbar nicht in der Lage waren, richtig mit mir umzugehen oder mich zu verstehen. Als unglücklicher und respektloser Teenager war ich kurz davor, von der Schule abzugehen.

Großmutter war eine sehr zierliche Frau, die mittlerweile von ihren erwachsenen Kindern und heranwachsenden Enkelkindern weit überragt wurde und sie war von einer klassischen Schönheit. Ihr Haar war dunkel und elegant frisiert, ihre Augen von einem wunderschönen Blau, lebendig und vor Energie funkelnd. Gegenüber ihrer Familie empfand sie eine außergewöhnliche Loyalität und sie liebte uns so tief und aufrichtig wie ein Kind. Trotz alledem war ich der Meinung, ich könnte meine Großmutter leichter ignorieren als meine Eltern.

Schweigend zog ich also zunächst in ihr bescheidenes Farmhaus ein. Mit hängendem Kopf und niedergeschlagenen Augen lief ich dort wie ein misshandeltes Tier herum. Ich hatte meine Mitmenschen aufgegeben und mich hinter einer Mauer der Apathie in mich selbst zurückgezogen. Außerdem weigerte ich mich, einem anderen Menschen zu meiner privaten Welt Zugang zu gestatten, weil ich davor Angst hatte, dass jemand meine Schwachstellen erkennen könnte. Ich war davon überzeugt, dass das Leben ein erbitterter Kampf sei, der am besten allein ausgefochten wurde.

Von meiner Großmutter erwartete ich, dass sie mich in Ruhe ließ, und nichts anderes würde ich von ihr akzeptieren. Sie dagegen gab jedoch nicht so schnell auf.

Die Schule begann und ich besuchte den Unterricht nur unregelmäßig. Den Rest der Zeit verbrachte ich im Schlafanzug und missmutig vor dem Fernsehgerät in meinem Zimmer sitzend. Großmutter aber nahm das alles nicht zur Kenntnis und platzte nach wie vor jeden Morgen wie ein unwillkommener Sonnenstrahl in mein Zimmer.

„Guten Morgen!“, rief sie fröhlich und zog dabei den Rollladen hoch. Ich zog mir nur die Decke über den Kopf und ignorierte sie.

Wenn ich dann aus meinem Zimmer auftauchte, wurde ich von ihr mit einer Reihe wohl gemeinter Fragen bezüglich meines Gesundheitszustandes und meiner Gedanken über die Welt im Allgemeinen bombardiert. Ich antwortete darauf immer nur recht einsilbig, aber irgendwie ließ sie sich davon nicht entmutigen. Tatsächlich verhielt sie sich so, als würde sie mein unzusammenhängendes Gebrummel faszinieren. Sie hörte mir mit einer solchen Ernsthaftigkeit und solchem Interesse zu, als würden wir miteinander ein sehr angeregtes Gespräch führen, in dem ich ihr gerade mein intimstes Geheimnis anvertraut hatte. Und bei den seltenen Gelegenheiten, bei denen ich mehr als eine einsilbige Antwort gab, klatschte sie in die

Hände und lächelte strahlend, als hätte ich ihr ein großes Geschenk gemacht.

Zuerst fragte ich mich, ob sie es einfach nicht verstand. Doch obwohl sie keine gebildete Frau war, spürte ich, dass sie über eine Menge an Lebensweisheit verfügte, die alle Bildung in den Schatten stellte. Denn nachdem sie im Alter von 13 Jahren während der großen Wirtschaftskrise verheiratet worden war, hatte sie alles gelernt, was sie über das Leben wissen musste, indem sie in dieser schwierigen Zeit fünf Kinder großzog, in Restaurants für andere Leute gekocht und schließlich ein eigenes Restaurant aufgemacht hatte.

Ich hätte also nicht überrascht sein dürfen, als sie eines Tages darauf bestand, dass ich von ihr das Brotbacken lernte. Beim Kneten des Teiges stellte ich mich derart ungeschickt an, dass Großmutter es übernahm. Aber sie erlaubte trotzdem nicht, dass ich die Küche verließ, bis der Brotteig anfing zu gehen. Es war während solcher Zeiten, in denen ihre direkte Aufmerksamkeit von mir abgelenkt war und ich den Blumengarten draußen vor dem Küchenfenster betrachtete, dass ich zum ersten Mal mit ihr zu reden begann. Sie hörte mir dann mit einem solchen Interesse zu, dass ich dadurch manchmal richtig verlegen wurde.

Langsam wurde mir klar, dass das Interesse meiner Großmutter an mir nicht abnahm, und so begann ich, mich ihr mehr und mehr zu öffnen. Insgeheim freute ich mich sogar auf unsere Gespräche.

Wenn ich dann einmal zu reden anfing, konnte ich kaum wieder aufhören. Nach und nach begann ich dann auch regelmäßig die Schule zu besuchen und eilte nach Unterrichtsschluss jeden Nachmittag auf direktem Wege nach Hause. Sie saß dann immer in ihrem Lieblingssessel, lächelte mich an und wartete darauf, einen detaillierten Bericht meiner Erlebnisse zu hören.

Eines Tages stürmte ich durch die Tür zu meiner Großmutter herein und verkündete: „Ich wurde zur Redakteurin unserer Schülerzeitung ernannt!"

Verblüfft schlug sie sich mit der Hand auf den Mund. Tief gerührt nahm sie meine beiden Hände in die ihren und drückte sie fest. Ich sah ihr in die funkelnden Augen. „Ich liebe dich sehr und ich bin so stolz auf dich!“, sagte sie.

Ihre Worte trafen mich mit solcher Wucht, dass ich darauf keine Antwort fand. Diese Worte bedeuteten mir mehr als eintausendmal: „Ich liebe dich.“ Ich wusste, ihre Liebe war nicht an Bedingungen geknüpft, aber ihre Freundschaft und ihren Stolz hatte ich mir verdienen müssen. Dass ich beides von dieser unglaublichen Frau bekam, ließ mich überlegen, ob ich vielleicht doch liebenswert war. Und so weckte sie in mir den Wunsch, mein eigenes Potenzial zu entdecken. Daraufhin hatte ich auch keine Angst mehr, anderen meine wunden Punkte zu zeigen.

An diesem Tag beschloss ich zu versuchen, so zu leben wie sie – voller Energie und Eindringlichkeit. Plötzlich überkam mich der Wunsch, die Welt zu erkunden, dazu meinen Verstand und das Herz anderer, um genauso frei und bedingungslos lieben zu können wie sie. Und ich erkannte, dass ich sie liebte, nicht weil sie meine Großmutter war, sondern weil sie ein wunderbarer Mensch war, der mir beigebracht hatte, was sie über den Umgang mit Menschen wusste.

Meine Großmutter starb im Frühling, knapp zwei Jahre, nachdem ich bei ihr eingezogen war, und zwei Monate, bevor ich meinen Abschluss an der Highschool machte.

Sie starb umgeben von ihren Kindern und Enkeln, die ihre Hand hielten und sich an ein Leben voller Liebe und Glück erinnerten. Bevor sie diese Welt verließ, beugte sich jeder von uns mit tränennassen Augen über ihr Bett und küsste sie zärtlich. Als ich an der Reihe war, küsste ich sie sanft auf die Wange, nahm ihre Hand und flüsterte: „Ich liebe dich so sehr, Großmutter, und ich bin sehr stolz auf dich!“

Während ich mich jetzt auf meinen Universitätsabschluss vorbereite, denke ich oft an die Worte meiner Großmutter und ich hoffe, dass sie noch immer stolz auf mich ist. Ich staune über die Freundlichkeit und Geduld, durch die sie mir geholfen hat, meine schwierige Teenagerzeit zu überstehen und zu einer jungen Frau heranzuwachsen, die mit innerem Frieden erfüllt ist. Ich stelle sie mir vor im Frühling, wie die Tulpen in ihrem Garten, und wir, ihre Nachkommen, blühen noch immer mit einer Begeisterung, die nur ihrer eigenen gleichkommt. Und ich bemühe mich weiter, sie nie zu enttäuschen.

Lynnette Curtis

Sonnenschein

Diejenigen, die die Sonne ins Leben von anderen bringen,
können sie nicht aus ihrem eigenen Leben heraushalten!

Alexander Chalmbers

Weihnachtsgrüße aus Chicago

Als ich neun Jahre alt war, brauchte ich dringend Geld. Also fragte ich Mr Miceli, den Zeitungsverkäufer in unserer Gegend, ob ich für ihn Zeitungen austragen konnte. Er sagte, wenn ich ein Fahrrad hätte, könnte ich anfangen.

Mein Vater hatte zu dieser Zeit vier Jobs auf einmal. Er stellte tagsüber Neonschilder für Leuchtreklamen her, danach lieferte er bis 8 Uhr abends Blumen aus. Anschließend fuhr er Taxi bis Mitternacht und am Wochenende war er als Versicherungsvertreter unterwegs. Er kaufte mir ein gebrauchtes Fahrrad, aber leider musste er gleich darauf mit einer Lungenentzündung ins Krankenhaus und so konnte er mir nicht beibringen, wie man Fahrrad fuhr. Doch Mr Miceli hatte nicht danach gefragt, ob ich Fahrrad fahren konnte. Er wollte nur das Fahrrad sehen, also schob ich es zu seinem Laden und bekam den Job.

Zuerst schlang ich die Tragegriffe der Tasche mit den Zeitungen um die Lenkstange und schob das Fahrrad durch die Straßen. Doch irgendwie kam mir das bald doof vor und ich ließ das Fahrrad zu Hause. Stattdessen lieh ich mir den Einkaufsroller meiner Mutter aus.

Zeitungen mit dem Fahrrad auszutragen ist so eine Sache. Man hat nur eine kurze Chance, die Zeitung zu werfen, und wenn sie nicht an der richtigen Stelle landet, hat man Pech gehabt. Ich dagegen trug jede einzelne Zeitung bis vor die Haustür der Empfänger. Wenn es regnete, legte ich sie so hin, dass sie nicht nass wurden und ich legte immer Papas alten Regenmantel über den Einkaufswagen, damit sie trocken blieben.

Natürlich brauchte ich zu Fuß länger als mit dem Fahrrad, aber das machte mir nichts. Denn auf diese Weise lernte ich die ganze Nachbarschaft kennen. Wenn ich unterwegs etwas Interessantes sah, wie etwa eine Hündin mit einem Wurf Welpen oder eine Ölpfütze auf dem Asphalt, die in allen Regenbogenfarben schillerte, konnte ich anhalten und es mir in Ruhe betrachten.

Als mein Vater aus dem Krankenhaus zurück war, ging er wieder in die Schilderfabrik, aber er war zu schwach, um seine anderen Jobs weiterzumachen. Jetzt brauchten wir wirklich jeden Pfennig zum Leben und so verkauften wir mein Fahrrad. Da ich sowieso nicht damit fahren konnte, machte mir das auch nicht viel aus.

Mr Miceli muss gewusst haben, dass ich nicht mit dem Fahrrad fuhr, aber er sagte nichts. Eigentlich sprach er fast nie mit seinen Austrägern, außer wenn es etwas zu meckern gab.

In acht Monaten konnte ich meinen Kundenkreis von 36 auf 59 Abonnenten erweitern, denn die Leute empfahlen mich an ihre Nachbarn weiter, die dann auch eine Zeitung bei mir bestellten.

Ich bekam pro Zeitung einen Penny und sonntags einen Nickel. Jeden Donnerstagabend sammelte ich das Geld ein und da die meisten Kunden mir etwas dazugaben, bekam ich bald fast so viel Trinkgeld, wie ich bei Mr Miceli verdiente. Und das war gut so, denn mein Vater war immer noch nicht richtig gesund und wir brauchten das Geld.

Am Donnerstagabend vor Weihnachten 1951 klingelte ich bei meinem ersten Kunden. Obwohl das Licht an war, schien niemand zu Hause zu sein, also ging ich zum nächsten Haus. Auch hier keine Reaktion auf mein Klingeln. Dasselbe passierte bei den nächsten Häusern und so langsam begann ich mir Sorgen zu machen, denn freitags musste ich meine Zeitungen bei Mr Miceli bezahlen.

Als ich schließlich die Auffahrt der Gordons hinaufging, war ich froh, Musik und Stimmen zu hören. Und als ich klingelte, ging sofort die Tür auf und Mrs Gordon zog mich hinein.

Das Wohnzimmer war voll gestopft mit allen meinen 59 Abonnenten. In ihrer Mitte stand ein nagelneues rotes Fahrrad, das sogar einen dynamobetriebenen Scheinwerfer und eine Klingel hatte. Ein Segeltuchbeutel voller bunter Karten hing von der Lenkstange.

„Das ist für dich“, sagte Mrs Gordon. „Wir haben alle zusammengelegt.“

In den Umschlägen waren Weihnachtskarten, in denen neben dem Geld für die Zeitungen auch noch ein großzügiges Trinkgeld steckte. Ich war wie vom Donner gerührt und wusste nicht, was ich sagen sollte. Schließlich bat eine der Damen um Ruhe und legte mir ihren Arm um die Schulter.

„Du bist mit Abstand der beste Zeitungsausträger, den wir je hatten“, sagte sie. „Es ist nicht ein einziges Mal vorgekommen, dass eine Zeitung nicht oder zu spät oder nass angekommen wäre. Wir haben dich alle immer wieder im Regen mit deinem kleinen

Wagen herumziehen sehen und da haben wir gedacht, du solltest ein Fahrrad haben."

Alles, was ich darauf sagen konnte, war „Danke schön!" Das sagte ich dafür gut hundertmal!

Zu Hause zählte ich mein Trinkgeld nach – es waren über 100 Dollar, ein Geldsegen, der mich zum Helden unserer Familie machte und uns ein wunderschönes Weihnachtsfest bescherte.

Meine Abonnenten mussten mit Mr Miceli gesprochen haben, denn als ich in der nächsten Woche bei ihm vorbeikam, um die Zeitungen abzuholen, wartete er schon auf mich. „Bring morgen früh dein Fahrrad mit und dann bringe ich dir das Fahren bei!", sagte er und dieses Versprechen hielt er auch ein.

Als ich schließlich den Trick raus hatte, bekam ich von Mr Miceli eine weitere Route anvertraut. Mit dem Fahrrad konnte ich beide zusammen schneller bedienen als vorher zu Fuß die eine. Doch wenn es regnete, trug ich die Zeitungen weiterhin zu Fuß unters Dach und wenn ich beim Werfen die richtige Stelle verfehlte, stieg ich ab und brachte die Zeitung da hin, wo sie hingehörte.

Meine Abonnenten hatten mir gezeigt, dass man auch auf die einfachste Arbeit stolz sein kann, wenn man sie gut macht, und ich erinnere mich noch immer gern an dieses Weihnachtsgeschenk.

Marvin J. Wolf

Ein Anruf

Wenn du bald sterben müsstest
und könntest nur noch einen Anruf tätigen,
wen würdest du anrufen und was würdest du sagen?
Und worauf wartest du noch?

Stephen Levine

Pflaster fürs Herz

Als ich in der neunten Klasse war, ging ein Junge, in den ich fürchterlich verknallt war, plötzlich mit meiner besten Freundin. Einfach so. Am Tag zuvor hatte er mich noch zu meinem Schließfach begleitet und am nächsten war ich plötzlich abgemeldet.

„Wir sind nicht mehr zusammen“, verkündete er schlicht und im selben Atemzug: „Ich gehe jetzt mit Tammy.“

Ich wusste nicht, wie ich damit umgehen sollte. Was sollte ich denken oder fühlen? Sollte ich auf ihn wütend sein? Auf Tammy? Wie sollte ich das meinen Freunden erklären?

Eins war mir auf jeden Fall klar: Es tat entsetzlich weh! Niemand, nicht einmal meine besten Freunde, meine Geschwister oder meine Eltern konnten wissen, wie verletzt ich war. Am liebsten wollte ich nicht mehr in die Schule gehen. Ich wollte einfach gar nichts mehr machen, nur allein sein. Und ganz sicher wollte ich mit niemandem darüber reden – schon gar nicht mit meinen Eltern!

Das hielt sie aber nicht davon ab zu fragen. Meine Mutter merkte, dass ich völlig aus der Fassung war. „Möchtest du über das reden, was dich gerade beschäftigt?“

„Nein!“, heulte ich.

„Manchmal hilft das aber“, sagte sie.

„Es ist nicht so wild, ich komm schon drüber weg“, sagte ich und hoffte, dass ich nichts weiter erklären musste.

Sie bohrte auch nicht nach, sondern wartete, bis ich soweit war, mit ihr darüber zu reden. Bis dahin waren meine Eltern besonders lieb zu mir und versuchten mir entgegenzukommen. Ich durfte sogar in meinem Zimmer essen, wenn ich mich dem gemeinsamen Essen nicht gewachsen fühlte.

Nach einer Woche oder so kam meine Mutter noch einmal auf mich zu. „Ich sehe doch, dass diese Sache dir wirklich zu schaffen macht“, sagte sie. „Vielleicht sollten wir doch mal darüber reden.“

„Oh Mama“, weinte ich, „es tut zu weh, darüber zu reden!“

„Ja, Liebes", tröstete sie, „ich sehe, dass du sehr leidest."

„Warum tut es denn nur so weh?"

„Vielleicht will Gott dir dadurch zeigen, dass dein Herz gebrochen ist."

„Das braucht er mir gar nicht erst zu zeigen, das habe ich doch schon selbst gemerkt!", rief ich. „Er soll es wieder heil machen!"

„Nun", sagte Mama leise, „dann musst du erst einmal ganz sichergehen, dass du ihm auch alle Bruchstücke gegeben hast. Sonst kann er es nicht wieder heil machen."

Diesen Satz habe ich nie mehr vergessen: Gott kann ein gebrochenes Herz nur heilen, wenn wir ihm auch alle Bruchstücke anvertrauen.

Jennifer Leigh Youngs

Der wahre Sieger

Es war der erste Wettkampf für unser neu formiertes Schul-Schwimmteam. Die Atmosphäre während der dreistündigen Busfahrt war spannungsgeladen, während wir 48 Jugendlichen an nichts anderes als den Sieg dachten. Doch unsere freudige Erwartung erlosch schnell, als wir am Ziel ankamen und unsere Gegner sahen, die wie muskelbepackte griechische Götter aussahen.

Unser Trainer sah sich zuallererst den Plan an. „Da ist sicher ein Fehler passiert", meinte er. Doch der Zeitplan bestätigte, dass wir gerade noch zur richtigen Zeit am richtigen Ort angekommen waren.

Und so begann der Wettkampf. Die beiden Teams stellten sich an der Kopfseite das Schwimmbads auf. Trillerpfeifen schrillten, Rennen wurden begonnen und verloren. Zwischendurch fiel unserem Trainer plötzlich auf, dass er gar keinen Teilnehmer für die 500 Meter Freistil gemeldet hatte.

„Okay, Leute, wer fühlt sich fit für die 500 Meter?", fragte er uns.

Mehrere Arme schossen hoch, unter anderem der von Justin Rigsbee. „Ich mach's, Trainer!"

Der Trainer sah den sommersprossigen Jungen an und sagte: „Justin, dieses Rennen geht über 20 Bahnen! Die längste Strecke, die du bisher geschwommen bist, waren acht!"

„Oh, ich kann es schaffen. Wirklich. Bitte lassen Sie es mich versuchen!"

Trainer Huey nickte widerstrebend. „Also gut. Schließlich kommt es nicht auf das Siegen an, sondern auf den Versuch!"

Das Startzeichen ertönte und die Wettkämpfer tauchten ins Wasser ein. In vier Minuten und 50 Sekunden war das Rennen zu Ende. Die Erstplatzierten mischten sich unters Volk und ließen sich feiern, während sich die letzten erschöpften Teilnehmer unserer Gruppe erst vier lange Minuten später aus dem Becken hievten. Die letzten ... bis auf Justin.

Justin kämpfte noch immer keuchend und paddelnd mit dem Wasser, um seinen mageren Körper vorwärts zu bringen. Es sah aus, als würde er jeden Moment absaufen, aber irgendetwas schien ihn immer weiterzutreiben.

„Warum stoppt denn der Trainer diesen armen Jungen nicht endlich?", flüsterten die Zuschauer. „Er ertrinkt sonst noch und das Rennen ist sowieso längst vorbei!"

Doch was sie nicht verstanden, war die Tatsache, dass Justins Rennen noch längst nicht vorbei war. Der Trainer ging zu dem kämpfenden Schwimmer, beugte sich zu ihm runter und sagte etwas zu ihm. Erleichtert dachten die Zuschauer: *Jetzt bittet er ihn endlich aufzuhören!*

Doch zu ihrer Überraschung schwamm der junge Mann weiter, als sich der Trainer wieder aufrichtete. Einer seiner Teamkameraden kam an den Beckenrand und rief Justin zu: „Komm schon, Justin! Du schaffst es! Du schaffst es! Mach weiter! Gib jetzt bloß nicht auf!"

Schnell gesellten sich andere Mitschüler zu ihm und begannen Justin anzufeuern, bis das ganze Team neben Justins Bahn mitging. Die gegnerischen Schwimmer bekamen mit, was los war, und stimmten ebenfalls in die Anfeuerungsrufe mit ein. Ihre ansteckenden Rufe ließen bald auch das Publikum aufspringen und ebenfalls mitschreien. Die Halle pulsierte vor Energie und Aufregung, während Hunderte von Menschen neue Kraft in den schmächtigen Körper des Jungen pumpten.

Zwölf lange Minuten nach dem Startpfiff stieg ein völlig erschöpfter, aber glücklicher Justin aus dem Becken. Die Zuschauer hatten dem Ersten des Rennens applaudiert. Doch die stehenden Ovationen, die Justin bekam, waren der Beweis dafür, dass er der eigentliche Sieger dieses Rennens war.

Sharon Jaynes

Der rote Chevy

Mein Vater liebte Autos. Er bastelte endlos an ihnen herum, motzte sie auf, polierte sie bis zum Abwinken und kannte jedes Kabel, jeden Ton, jeden Geruch und jede Macke seiner geliebten Autos in- und auswendig. Daraus ergab sich natürlich, dass er sehr vorsichtig damit war, wer einen seiner drei Wagen fahren durfte. Als ich dann meinen Führerschein hatte, betrachtete ich es folglich als große Ehre, wenn ich mit einem seiner Autos fahren durfte, denn gleichzeitig trug ich schließlich die Verantwortung, dass sie auch heil wieder zu Hause ankamen. Sie waren alle drei in einem absoluten Topzustand und mein Vater verstand absolut keinen Spaß, was die Autos anging. Er war überhaupt ein ziemlich leicht erregbarer Typ und konnte sich furchtbar darüber aufregen, wenn man nicht sorgsam mit dem Eigentum anderer Leute umging.

Eines Nachmittags schickte er mich mit einer Liste von Besorgungen in die Stadt. Ich sollte den tollen roten Chevy fahren, seinen ganzen Stolz. Den Führerschein hatte ich noch nicht lange und ich war einerseits furchtbar stolz, in dem schicken Wagen gesehen zu werden, aber auch ein wenig besorgt. Übervorsichtig manövrierte ich mich durch die Stadt, beachtete sorgfältig alle Verkehrsregeln und fuhr so defensiv, wie mein Vater es mir beigebracht hatte. Der Gedanke, einen Kratzer oder eine Beule in ein Auto meines Vaters zu fahren, machte mich zum vorsichtigsten Fahrer weit und breit. Ich mochte nicht mal an eine solche Möglichkeit denken!

Ich fuhr bei Grün über eine Ampel und befand mich gerade mitten auf der Kreuzung, als ein älterer Mann, der die rote Ampel irgendwie übersehen hatte, mit sehr hoher Geschwindigkeit in die Seite des Chevys krachte. Ich trat auf die Bremse und versuchte auszuweichen, doch durch die Wucht des Aufpralls wurde der Chevy umgeworfen und rollte auf die Seite.

Zuerst war ich wie betäubt. Ich blutete aus mehreren Schnittwunden, doch der Gurt hatte mich vor schwereren Verletzungen bewahrt. Vage fürchtete ich, der Wagen könnte Feuer fangen, doch der Motor war aus und bald hörte ich schon das Geheul von Feuerwehrsirenen. Einige Feuerwehrleute halfen mir aus dem Auto und schon saß ich auf dem Randstein und hielt mir den schmerzenden Kopf. Überall war Blut.

Und dann sah ich erst so richtig bewusst auf den roten Chevy. Er war total verbeult, zerkratzt und kaputt und als ich ihn so sah, wunderte ich mich, dass ich heil da herausgekommen war. Doch irgendwie wünschte ich mir auch, dass ich es nicht so wäre, denn es dämmerte mir, dass ich nun bald dem Zorn meines Vaters ins Auge blicken musste.

Wir lebten in einer Kleinstadt und irgendwer hatte wohl meinen Vater alarmiert. Denn schon kurz nach dem Unfall kam er um die Ecke gebogen und rannte auf mich zu. Ich schloss die Augen, um nicht in sein Gesicht sehen zu müssen.

„Papa, es tut mir echt Leid ..."

„Terry, geht es dir gut?" Seine Stimme klang kein bisschen so, wie ich erwartet hatte. Als ich schließlich den Blick hob, sah ich, dass er vor mir im Dreck kniete. Er berührte sanft mein blutiges Gesicht und untersuchte mich. „Tut es sehr weh?"

„Geht schon, tut mir wirklich Leid, das mit dem Chevy ..."

„Vergiss den Chevy, Terry. Das ist nur ein Haufen Blech. Um dich mache ich mir Sorgen, nicht um die blöde Karre! Kannst du aufstehen? Ich fahre dich sofort ins Krankenhaus!"

Ich schüttelte den Kopf. „Ist nicht nötig. Mir geht's gut."

Vorsichtig half mein Vater mir auf. Ich schaute ihn unsicher an und sah erstaunt, dass sein Gesicht ein einziger Ausdruck von Sorge und Mitgefühl war.

„Geht es wirklich?", fragte er und seine Stimme klang ganz verzerrt vor Angst.

„Ganz sicher, Papa. Lass uns einfach nach Hause fahren. Ich muss wirklich nicht ins Krankenhaus."

Als Kompromiss gingen wir zu unserem Hausarzt und der schickte mich nach Hause, nachdem er meine Wunden gereinigt und verbunden hatte. Ich weiß nicht mehr, was mit dem Chevy passiert ist. Doch zum ersten Mal in meinem Leben hatte ich gemerkt, dass mein Vater mich liebte. Ich hatte das vorher nicht richtig begriffen. Doch mein Vater liebte mich mehr als seine Autos, mehr als ich mir irgendwie nur vorstellen konnte.

Seit diesem Tag hatten wir miteinander unsere Auf und Abs und ich habe meinen Vater oft genug enttäuscht und wütend gemacht. Aber eins weiß ich ganz sicher: Mein Vater hat mich damals geliebt, er liebt mich heute und er wird mich immer lieben.

Bob Carlisle

Eine strenge Lehrerin

Meine Mutter war eine Lehrerin der alten Schule. Sie glaubte daran, dass Bildung absolut notwendig war, um ein gutes Leben führen zu können, und Disziplin war für sie ein wichtiger Teil der Ausbildung. Sie war sehr hart zu ihren Schülern und sie glaubte, es sein zu müssen. Sie war der Meinung, dass jeder in der Lage sein sollte, die Zeitung zu lesen und zu verstehen und dass jeder eine anständige Rechtschreibung und Ausdrucksfähigkeit lernen konnte. Wie man sich denken kann, waren viele Schüler nicht ihrer Meinung.

Mir war nur allzu bewusst, dass meine Mutter nicht gerade zu den beliebten Lehrern gehörte. Trotzdem bewunderte ich sie irgendwie. Sie kam aus einer Familie mit 13 Kindern und hatte auf der elterlichen Farm immer hart arbeiten müssen. Aus diesem Grund war wohl einer ihrer Lieblingssprüche: „Was dich nicht umbringt, macht dich nur stärker." Ja, sie war eine sehr starke Frau und hatte anscheinend vieles erlebt, was sie nicht hatte umbringen können.

Doch seit ich einmal mitbekommen hatte, dass einer ihrer Schüler vor lauter Angst vor ihr wirklich schlotterte, hielt ich sie für eine Tyrannin. Schön und gut, dass die Kinder bei ihr etwas lernen sollten, aber irgendwie schien sie es doch zu übertreiben.

In einem Jahr war ich selbst Schüler in ihrer Klasse, was für mich natürlich nicht gerade leicht war. Die meiste Zeit saß ich ganz allein in der hintersten Ecke, weil ich ihrer Meinung nach zu viel schwätzte. Ich fühlte mich gedemütigt und war ziemlich sauer auf sie.

Eines Tages waren meine Mutter und ich gerade beim Einkaufen, als uns ein junger Mann ansprach. Er trug eine Militäruniform und ich erkannte ihn als einen ehemaligen Schüler unserer Schule.

Er sagte: „Mrs McGuire, ich möchte mich bei Ihnen entschuldigen. Ich war wohl ein wirklich schwieriger Schüler für Sie."

Meine Mutter nickte erkennend.

„Eigentlich habe ich mich nur für Sport interessiert. Aber Sie haben mir das nicht durchgehen lassen und dafür habe ich Sie richtig gehasst. Doch durch Sie war ich gezwungen zu lernen. Ich habe Rechtschreibung und Grammatik gelernt, obwohl mir das verflixt schwer fiel. Dabei habe ich es dann auch nur auf eine Drei gebracht."

Meine Mutter lächelte unsicher.

„Ich wollte Sie nur wissen lassen, dass ich Ihnen wirklich viel verdanke. Nach der Schule bin ich zum Militär gegangen. Dort wurde ich Sekretär, weil ich der Einzige war, der halbwegs anständig die Rechtschreibung beherrschte. Fast alle anderen wurden nach Vietnam geschickt und sehr viele von ihnen sind nicht wiedergekommen. Wahrscheinlich habe ich Ihnen nun mein Leben zu verdanken. Auch aus diesem Grund möchte ich Ihnen sagen, dass ich Ihre Anstrengungen heute sehr zu schätzen weiß und dass es mir Leid tut, dass ich Ihnen so viel Ärger gemacht habe."

Meine Mutter dankte ihm und ermahnte ihn, nie mit dem Lernen aufzuhören.

Ich war verblüfft. Meine Mutter hatte jemandem das Leben gerettet! Ich musste deshalb ein bisschen weinen und meine Mutter sagte mir auf ihre übliche schroffe Art, wie dumm Weinen sei und dass es zu überhaupt nichts führte. Aber als wir im Auto nach Hause fuhren, warf ich ihr einen Seitenblick zu und sah, wie sie sich selbst verstohlen eine Träne aus dem Augenwinkel wischte.

Seitdem habe ich sie nie mehr als Tyrannin betrachtet.

Ranie Parsons

Ein Korb voller Liebe

Es war nur ein Schulbasketballspiel, aber in meiner Erinnerung hat es sich dauerhaft eingeprägt ...

Wir spielten gegen das beste Team der Schulliga, dessen Mitglieder uns kräftemäßig, zahlenmäßig und von ihrem Können her weit überlegen waren. Wir waren jung, unerfahren und zitterten in unseren kleinen Turnschuhen vor lauter Angst. Nach sorgfältiger Abwägung aller Fakten setzten wir uns schließlich ein realistisches Ziel: Wir wollten versuchen am Leben zu bleiben!

Doch als das Spiel seinen Lauf nahm, erlebten wir eine Überraschung. Zwar lagen wir zurück, aber nur um ein paar wenige Punkte. Es gelang uns immer wieder, einen Gleichstand zu erzielen, und der Ausgang des Spiels war doch nicht so vorprogrammiert, wie wir angenommen hatten. Es war ein tolles Gefühl: Wir waren nicht die Verlierer, sondern wir hatten eine gute Chance das beste Team der Liga zu schlagen!

Als sich dann die Spielzeit dem Ende zuneigte, lagen wir einen Punkt zurück. Wir hatten noch 19 Sekunden, um einen Korb zu landen und zu gewinnen! Das gegnerische Team war im Ballbesitz und bewegte sich auf unseren Korb zu. Ich näherte mich dem Mädchen mit dem Ball und eine kleine Stimme in meinem Kopf sagte: *Ich werde ihr diesen Ball abjagen!* Ich streckte die rechte Hand aus und griff nach dem Ball und zu unserer beiderseitigen Überraschung bekam ich ihn auch wirklich zu fassen. Jetzt hatte ich nicht nur den Ball, sondern auch den Ausgang des Spiels in der Hand!

Ich rannte auf den gegnerischen Korb zu und als ich ihn erreicht hatte, zielte ich den Ball dort hinein. Er landete auf dem Rand des Korbes. Ein Adrenalinschub durchzuckte mich, als ich beobachtete, wie der Ball auf dem Rand entlangrollte, dann noch einmal und noch einmal. Und dann ... fiel er doch noch außen am Korb herunter in die Hände des Mädchens, dem ich ihn gerade abgejagt hatte. Ich hatte den Korb verfehlt!

Gelähmt vor Schreck stand ich da, während der Schiedsrichter das Spiel abpfiff. Es war vorbei und wir hatten verloren.

Wie betäubt schlich ich zur Bank. Und als ich dort meine Kameradinnen sah, stiegen mir die Tränen in die Augen. Ich hatte es vermasselt! Ich hatte unser Spiel verdorben. Dann fiel mein Blick auf unsere Trainerin und ich fühlte mich noch mieser. Ich konnte sie beim besten Willen nicht ansehen; am liebsten hätte ich mich in einem Mauseloch verkrochen.

Meine Trainerin war einer der wichtigsten Menschen in meinem Leben. Sie war mein Vorbild; die erste Person, zu der ich wirklich aufsah. Besonders glücklich war ich darüber, dass sie in mir etwas ganz Besonderes zu sehen schien. Als 14-jähriges, klapperdürres Ding mit dicker Brille fand ich es ziemlich erstaunlich, dass jemand überhaupt irgendetwas an mir finden konnte. Doch sie tat es.

Langsam ging ich in den Umkleideraum, um dort meine Fassung zurückzugewinnen. Die Trainerin mied ich ganz bewusst. Was auch immer sie Besonderes in mir gesehen hatte, jetzt war es in ihren Augen sicher nicht mehr da. Ich war ein Versager! Jeder einzelne Mensch in dieser Sporthalle konnte bezeugen, dass ich ein totaler Reinfall war. Ich war nichts Besonderes. Am liebsten wäre ich an diesem Tag meiner Trainerin nicht mehr begegnet, denn ich wollte nicht die Enttäuschung in ihrem Blick sehen müssen.

In diesem Moment öffnete sich die Tür zur Umkleidekabine und meine Trainerin stand vor mir. Am liebsten wäre ich im Boden versunken, aber das ging leider nicht. Sie sah mich an und ich brachte nur hervor: „Es tut mir Leid!"

Daraufhin kam sie mit einem liebevollen Gesichtsausdruck auf mich zu und nahm mich in die Arme. Dann flüsterte sie mir ins Ohr: „Ich würde dich gegen nichts und niemanden auf der Welt eintauschen wollen!"

Ich brauchte einen Moment, um die Bedeutung dieser Worte zu erfassen. Mit diesen wenigen Worten hatte meine Trainerin mir ein enormes, überfließendes, kraftvolles Gefühl des Angenommenseins vermittelt. Mehr sagte sie an diesem Tag nicht zu mir und das war mehr als genug!

Chris A. Wolff

Gute Zeiten

Neue Einsichten

Ein ordentlicher Lachanfall hat etwas Reinigendes;
kleine Mädchen müssen das Gefühl haben, hübsch zu sein;
Spaß mit jemandem zu haben öffnet die Tür zur Freundschaft
und Weihnachten ist Zeit gewordene Liebe.

Anonym

„Tanz mit mir in den Morgen hinein ...“

Als Berater des Schülerbeirats unserer High School versuchte ich immer wieder Projekte anzuleiern, bei denen die Schüler selbst mitarbeiten konnten. Immer wieder war ich überrascht, wie bereitwillig die Kids bei Hilfsprojekten mitarbeiteten, die ich organisiert hatte.

Auch das von mir initiierte „Adoptionsprogramm für Großeltern“ war ein voller Erfolg gewesen. Ich hatte Schülern die Möglichkeit gegeben, eine ältere Dame oder einen älteren Herrn kennen zu lernen, ihnen bei Besorgungen zu helfen und so Einblick in ihr Leben zu gewinnen. Die Schüler hatten durch diese Erfahrung enorm viel gelernt. Ich bin der festen Meinung, dass nur der ein wahrer Leiter sein kann, der auch bereit ist zu dienen, und ich versuchte immer wieder, meinen Kids diese Überzeugung zu vermitteln. Aber nie ist sie so deutlich geworden wie bei dem großen Ball.

Tom Rosenberger hatte mich angerufen. Er war ein befreundeter Lokalpolitiker und hatte bei einer Konferenz eine Idee aufgeschnappt, über die er nun mit mir sprechen wollte. Mir gefiel sie sofort und ich beriet mich diesbezüglich so bald wie möglich mit den Schülerbeiräten.

Vorsichtig fing ich an: „Ich habe da so eine Idee und möchte gern eure Meinung dazu hören.“

„Wie sieht die Idee aus?“, fragte Mike, der Vorsitzende des Beirats.

„Wir sollten einen Ball organisieren“, sagte ich.

„Aber das machen wir doch ohnehin schon!“, kam es aus mehreren Mündern gleichzeitig und die Kids nahmen wohl an, ich wäre senil geworden. Schließlich lag die Organisation des Abschlussballs in der Verantwortung der Abschlussklassen.

„Aber ich meine nicht den Abschlussball für die elfte und zwölfte Klasse“, sagte ich.

„Auf keinen Fall werden wir auch Zehntklässler zulassen, wenn Sie das meinen!“, protestierte ein Junge vorbeugend.

„Nein, das meine ich nicht. Mir schwebt eher ein Seniorenball vor. Ihr wisst schon, für Leute über 60. Lasst uns einen Ball für sie organisieren!"

„Warum sollten wir das tun?", fragte Mike ganz praktisch.

„Ich finde, wir könnten das Geld, das wir dieses Jahr eingenommen haben, auf diese Weise unserer Stadt zurückgeben. Der Ball wäre unser Geschenk an die Gemeinde. Wir laden alle Senioren der Stadt ein, schmücken die Turnhalle, heuern eine Band an ..." So langsam redete ich mich in Fahrt.

„Wenn wir das ganze Geld dafür ausgeben, bedeutet das, dass wir im Frühjahr nicht auf die Klassenfahrt können?", meinte ein Mädchen und ließ den Handspiegel sinken, in dem sie gerade ihr Styling überprüft hatte.

„Wir opfern so viel von unserem Geld, wie wir brauchen, um einen richtig tollen Abend für die älteren Leutchen zu organisieren", sagte ich. „Die Band wird die Hits aus den Zwanzigern und Dreißigern spielen. Unser Direktor findet übrigens auch, dass das eine super Idee ist, und ich habe ihm gesagt, dass ihr das ebenfalls so sehen werdet." Ich kann manchmal ziemlich manipulativ sein.

Nach einigem Hin und Her beschlossen wir, ein Komitee einzuberufen, das den Ball planen würde. In den folgenden Wochen beobachtete ich, wie die Schüler sich mehr und mehr von der Idee begeistern ließen. Manche der jungen Männer im Komitee beschlossen sogar, sich Fracks auszuleihen, damit sie wirklich passend gekleidet waren. Die Mädchen wollten lange Abendkleider anziehen.

Die ganze Schule spielte verrückt, als die Woche des Balls anbrach. Unser Ball wurde sogar in den Nachrichten angesagt!

Bis zu diesem Zeitpunkt hatten mich die mangelnden Kartenverkäufe etwas beunruhigt. Meine Schüler hatten Einladungen an alle Altersheime, Seniorenwerke und sozialen Einrichtungen der Gegend verschickt, doch als ich jetzt in den Nachrichten von unserer Veranstaltung hörte, hatte ich keine Sorgen mehr, es könnten zu wenige Leute kommen.

Schließlich war der große Abend da. Die Schüler hatten die Turnhalle schöner dekoriert als je zuvor. Ein großer Blumenladen hatte die Gestecke gespendet, eine Bank trug die Kosten für die hors d'œuvres und ein Busbetrieb bot kostenlose Fahrten für die Rentner an. Meine Schüler hatten versucht, alles so gut wie möglich zu machen. Nun warteten wir nur noch gespannt darauf, wie viele Senioren wohl kommen würden.

Der Ball sollte um 18:30 Uhr beginnen. Die ersten Gäste kamen um 16:00 Uhr!

Eine der ersten Besucherinnen war eine sehr alte Dame mit einem Stock. Sie hielt im Eingang an und sah sich um. „Oh", sagte sie, „das ist also die neue Schule!"

Ich sah keinen Sinn darin, ihr zu sagen, dass die Schule bereits 15 Jahre alt sei.

„Ich bin noch nie hier gewesen!"

Mark Dinham, einer der Hauptorganisatoren des Balls, schnappte sich eine Blume und fragte, ob er sie der Dame anstecken dürfe. Sie nickte eifrig.

„Der Ball beginnt allerdings erst um 18:30 Uhr", sagte Mark vorsichtig.

„Ich weiß", sagte sie. „Ich wollte mir nur einen guten Platz sichern!"

„Ich hoffe, Sie werden auch das eine oder andere Tänzchen wagen!", sagte ich zu ihr.

„Ja, wenn Sie mit mir tanzen", sagte sie fröhlich an Mark gewandt.

Er wurde ein bisschen rot. „Natürlich würde ich gern mit Ihnen tanzen, aber ich muss mich zuerst noch zu Hause umziehen", sagte er.

Als Nächstes kam ein älteres Pärchen an die Kasse. „Sind wir hier richtig zum großen Seniorenball?", fragten sie.

Ich nickte.

Kaum zu glauben, was dann kam: „Wissen Sie, wir sind aus Oregon und haben gestern in den Nachrichten von dem Ball gehört. Da wir sowieso auf dem Weg nach Wisconsin waren, haben wir uns überlegt, einen kleinen Umweg zu machen und hier vorbeizuschauen. Ist Ihnen das recht?"

Von da an riss der Strom der Besucher nicht mehr ab. Als der Ball um 18:30 Uhr schließlich offiziell begann, war die Turnhalle voll gestopft mit 500 älteren Mitbürgern.

Allerdings zeichnete sich ein großes Problem ab und Mike war der Erste, der mich darauf aufmerksam machte. Ich hatte bemerkt, dass er mit einer älteren Dame nach der anderen tanzte und sich nicht die kleinste Pause gönnen konnte.

„Mr Doud", verkündete er. „Wir haben hier einen ernsthaften Männermangel!"

„Was können wir denn dagegen tun?", fragte ich.

„Ich weiß, wo unser Hockey-Team heute Abend rumhängt. Die rufe ich gleich mal an, dass sie sich in ihre Anzüge schwingen und herkommen sollen."

„Guter Plan!", sagte ich.

Bald tauchten die Ersten von Mikes Freunden auf. Ich beobachtete, wie die Dame mit dem Stock, die als Erste gekommen war, zu einem der jungen Männer trippelte und ihn am Ärmel packte.

„Kommen Sie, tanzen wir!", sagte sie und schon ging es los.

Mike kam wieder auf mich zu. „Das macht echt Spaß! Woher können die denn alle nur so gut tanzen?"

Mike und die anderen Jugendlichen waren total begeistert von den alten Standardtänzen mit ihren Schritten und Drehungen. Und auch ich machte mit, als uns die Senioren Polka, Walzer und Jitterbug beibrachten.

Die alte Dame, mit der ich tanzte, hatte sich aus Anlass des Balls in ein wunderschönes Kleid mit aufgenähten Pailletten geworfen, und der Spiegelball oben an der Decke ließ die kleinen Metallplättchen blitzen und strahlen. Wir tanzten, sie führte.

„Wenn ich 60 Jahre jünger wäre, würde ich Sie mir schnappen", sagte sie.

Ich lachte.

„In welcher Klasse sind Sie denn?“, wollte sie wissen.

Ich lachte noch lauter. „Ich bin Lehrer!“

„Oh“, sagte sie. „Sie sehen so jung aus. Und so attraktiv!“

Jetzt lachte ich nicht mehr. „Auch Sie sehen sehr schön aus“, sagte ich ihr leise ins Ohr.

„Ach, hören Sie auf ...“

Ich schaute mich um und sah meine Schüler, die mit den älteren Leuten tanzten. Ein alter Herr zeigte einer meiner Schülerinnen gerade den Wiener Walzer. Ich kannte sie nur in ausgewaschenen Jeans, doch heute Abend sah sie in ihrem langen Kleid wunderschön und sehr weiblich aus.

Alle hatten so viel Spaß miteinander, dass niemand nach Hause gehen wollte, als der Abend schließlich zu Ende ging.

Und wieder einmal kam Mike auf mich zu. „Das war der absolut lustigste, schönste Abend, den ich in meiner ganzen High-School-Zeit erlebt habe“, sagte er.

„Du meinst, das war besser als die Abschlussbälle?“, fragte ich.

„Keine Frage“, sagte er vollkommen überzeugt.

„Warum war es denn so toll?“

Ohne auch nur einen Moment nachzudenken, sagte Mike: „Es fühlt sich einfach toll an, etwas für jemand anderen zu tun.“

Am nächsten Montag schloss der Nachrichtensprecher, der seine Spione anscheinend überall gehabt hatte, seinen Bericht mit den Worten: „Mehr als 500 ältere Mitbürger haben an dem Seniorenball der *Brainerd High School* in Minnesota teilgenommen. Sowohl die Senioren als auch die Schüler hatten eine Menge Spaß beim Tanzen. Abgesehen von ein paar Knutschereien in einigen dunklen Ecken wurde von keinen besonderen Vorfällen berichtet ...“

Guy Rice Doud

Toris letzte Chance

Tori saß auf dem harten Boden der Rennstrecke und dehnte vor dem Lauf ihre Muskeln. Seit vier Jahren schwitzte sie nun schon ihre 20 Meilen pro Woche ab. Wenn ihre Mitschüler nach dem Sport nach Hause gingen, übte sie mit ihrem Trainer Sprintintervalle. Doch sie hatte noch nie eine Bezirksmeisterschaft gewonnen und nur die Bezirksmeister kamen in die Endrunde für die Landesmeisterschaft. Dieses Rennen war nun ihre allerletzte Chance, sich zu qualifizieren.

Neben ihr wärmte sich Kate auf, eine Oberstufenschülerin aus einer benachbarten Schule. Sie sah nervös aus. Kate war in der gleichen Situation wie Tori.

„Na, aufgeregt?", fragte Kate sie.

Tori nickte und joggte neben ihr her. „Und du?"

Kate verzog das Gesicht. „Ich könnte kotzen vor Angst!"

Ein Helfer in einem offiziellen T-Shirt hielt sie an. „Bitte in die Startpositionen, meine Damen."

„Wir sehen uns an der Ziellinie", sagte Kate.

„Bis dann", sagte Tori. Sie wusste, dass sie Kate besiegen musste, um zu gewinnen.

„Achtung!" Der Starter hob die Pistole.

Gott, bitte hilf mir, mein Bestes zu geben, betete Tori im Stillen. *Ich möchte dir alle Ehre machen!*

„Fertig – los!"

BLAM!

Das Rennen hatte begonnen.

Tori war direkt hinter Kate, wie der Trainer es ihr geraten hatte. Dort würde sie die ersten drei Runden bleiben, um sie dann auf dem letzten Stück zu überholen.

„Super Rhythmus!", rief ihr der Trainer von der Seitenlinie aus zu, als sie in die zweite Runde ging. Tori fühlte sich gut und stark.

Kate lief gleichmäßig dahin und Tori passte sich ihren Schritten an, immer einen Fuß vor den anderen. Es war noch jede Menge Zeit, um mit dem Sprint zu beginnen.

Als dann die zweite Runde zu Ende ging, waren die anderen Läufer bereits eine halbe Bahn hinter ihnen. *Die sind abgehakt*, dachte Tori. *Ich muss nur daran denken, Kate zu überholen, sobald der Trainer mir das Signal dazu gibt.*

Zum Ende der dritten Runde hin winkte der Trainer ihr zu.

Okay, Kate, dachte Tori. *Jetzt sind es nur noch wir beide!*

Sie verlängerte ihre Schritte und schloss zu Kate auf. Kate spürte es und sah sich zu ihr um. Ganz offensichtlich wurde sie müde.

Tori strengte sich an und zog mit Kate gleich. Sie rannten nebeneinander her und ihr lauter Atem blendete die Anfeuerungsrufe der Zuschauer völlig aus. Die Glocke läutete, als sie in die letzte Runde gingen.

Zwei lange Schritte und Tori überholte Kate. Sie erhaschte im Vorbeilaufen einen Blick auf das Gesicht des anderen Mädchens. Kate sah blass und krank aus – genauso hatte Tori sich gefühlt, kurz bevor sie bei einem ihrer ersten Rennen ohnmächtig zusammengebrochen war.

Tori wusste, dass sie sie besiegen konnte. Die Menge grölte begeistert.

Dann zog Kate plötzlich an der Außenseite an ihr vorbei. Ihre Atmung klang schrecklich, rau und schluchzend. Aber sie rannte.

„Nein!", schrie Toris Trainer. „Lass sie nicht vorbei! Lauf!"

Tori versuchte ihre Beine schneller zu bewegen, aber sie wollten ihr nicht gehorchen. Wie in Zeitlupe sah sie, wie Kate erst einen, dann zwei Schritte an ihr vorbeizog. Kurz vor der Ziellinie krümmte Kate sich plötzlich zusammen und fiel mit dem Gesicht zuerst zu Boden. Sie war bewusstlos.

Ich gewinne!, dachte Tori. Einen Sekundenbruchteil lang freute sie sich. Dann hielt sie mitten im Sprint an, nur wenige Zentimeter von der Ziellinie entfernt.

Nein, dachte sie, *so möchte ich nicht gewinnen. Es wäre kein echter Sieg.*

Sie beugte sich keuchend zu Kate hinunter und ergriff die Beine ihrer Gegnerin, die noch immer bewusstlos war. Sie wollte Kates Beine über die Ziellinie zerren, damit sie den ersten Platz bekam, der ihr zustand. Doch jetzt kamen auch die anderen Läufer schnell näher.

Kates Beine waren feucht vom Schweiß und rutschten Tori immer wieder aus der Hand. Die anderen waren schon fast da. Tori ergriff Kate unter den Achseln und zerrte ihren schweren Körper über die Ziellinie. Dabei konnte sie hören, wie drei weitere Läufer fast gleichzeitig neben ihr durchs Ziel rannten. Hatte sie es noch rechtzeitig geschafft?

Kates Trainerin kam angelaufen, als Kate gerade wieder zu sich kam. Tori ging, die Hände in die Hüften gestemmt, auf und ab und versuchte ihr Seitenstechen unter Kontrolle zu bekommen und ihre Tränen zurückzudrängen.

Einer der Richter kam angelaufen und hängte Kate, die noch immer am Boden saß, die Siegesmedaille um. Tori lächelte ihre Gegnerin an.

Dann kam der Richter auch zu ihr und gab ihr die Medaille für den zweiten Platz. „Herzlichen Glückwunsch“, sagte er. „Du hast dich für die Landesmeisterschaft qualifiziert!“

„Was?“, rief Tori verwirrt. „Wie denn das?“

„Dieses Jahr werden die Erst- und Zweitplatzierten zugelassen“, sagte er. „Hast du das denn nicht gewusst?“

Tori strahlte über das ganze Gesicht. „Danke, Gott!“, sagte sie leise.

Jeannie St. John Taylor

Die Liebe einer Fremden

Alenka hat mich alles gelehrt, was ich über Gastfreundschaft weiß.

Die kleine Alenka mit ihrem herzförmigen Gesicht und den klaren silbergrauen Augen. Alenka aus Russland. Sie hat mich vieles gelehrt, aber ich war leider kein williger Schüler.

Wir haben uns in Österreich im Haus einer befreundeten Familie kennen gelernt. Ich war schon seit einigen Tagen dort und wartete darauf, dass die Schule wieder begann. Eines Nachts stand Alenka vor der Tür. Sie stand zitternd da und sah aus wie eine verängstigte kleine Maus.

Die Familie begrüßte sie mit großer Freude und Aufregung. Irgendetwas Besonderes war an diesem Mädchen und ich wollte an der allgemeinen Freude teilhaben. Doch so sehr ich mich auch bemühte, ich verstand kein Wort von den umherschwirrenden Gesprächsfetzen.

„Was sagt sie?“, fragte ich schließlich Karl, den ältesten Sohn des Hauses.

„Das ist Russisch“, flüsterte er. „Sie kann nur Russisch!“

„Aber was sagt sie denn?“

„Sie hatte es in letzter Zeit sehr schwer und wir dachten schon, sie schafft es nicht. Jetzt braucht sie erst mal viel Ruhe. Leider haben wir kein Zimmer mehr frei, deshalb werdet ihr in einem Bett schlafen müssen“.

In einem Bett mit ihr schlafen? Ich kannte sie ja nicht einmal! Wo kam sie überhaupt her? Und was hatte sie hier zu suchen?

Ich folgte Karl ins Gästezimmer, der ihre kleine braune Tasche trug.

„Warum ist sie denn hier?“, beharrte ich. „Ist sie geflüchtet oder so? Wie heißt sie eigentlich?“

Karl hielt einen Moment inne, dann sah er mich ganz eindringlich an und sagte. „Ihr Name ist Alenka. Das ist alles, was du wissen musst." Seine Augen warnten mich, es dabei zu belassen, und ich hielt den Mund.

An diesem Abend stieg ich mit einer Fremden ins Bett.

Alenka schlief gut. Lautlos und regungslos lag sie unter der Decke, die sie sich bis unters Kinn gezogen hatte. Ich dagegen schlief sehr unruhig und stand früh auf, um in der Küche zu helfen. Meine Gastfamilie hatte acht Kinder und mit mir und Alenka waren wir zwölf Personen an einem Tisch.

Alenka kam nicht zum Frühstück herunter und auch nicht zum Mittagessen. Erst am späten Nachmittag kam sie in die Küche, wo ich gerade Kartoffeln schälte, und lächelte mich an.

Sie erinnerte mich an eine kleine Wildblume. Frisch und hübsch. Sie sprach lebhaft mit kleinen Gesten und viel Ausdruck in ihrem Gesicht und ich nahm an, dass sie wohl hungrig sein musste. Als ich ihr deshalb eine Schüssel Suppe hinstellte, aß sie sie langsam und ehrfurchtsvoll, so als ob sie sich für jeden einzelnen Löffel bedankte.

Bevor wir an diesem Abend ins Bett gingen, sprang sie noch einmal in die Küche und kam mit einer dampfenden Tasse Tee für mich zurück. Für sich hatte sie keinen geholt. Ich richtete mich auf, überrascht von ihrer Freundlichkeit. Auf Russisch bedeutete sie mir, den Tee zu trinken, und während ich daran nippte, redete sie auf ihre lebhafte Art auf mich ein. Ich hatte keine Ahnung, was sie sagte.

Am nächsten Abend brachte sie mir ein Stück gutes, braunes Brot mit, das dick mit Butter bestrichen war. Wahrscheinlich hatte sie ihr eigenes Stück vom Abendessen für mich aufgehoben. Dazu hatte sie ein Glas süßen Beerensaft mitgebracht. Und dann setzte sie sich aufrecht ins Bett und sang mir etwas vor, während ich aß. Ihr Gesang war so schön, dass es beinahe wehtat – wie einsame Flötentöne in einer dunklen Nacht.

Ich fühlte mich so unbeholfen, weil ich nicht mit ihr reden konnte und mir nichts einfiel, um ihre Freundlichkeit zurückzugeben. Am nächsten Morgen fragte ich Karl, warum sie all das für mich tat. Ich dachte mir zwar, dass auch sie eine Christin war, aber wir waren uns dennoch vollkommen fremd. Und wenn es nach unseren politischen Systemen ging, waren wir sogar Feinde.

„Kennst du wahre Gastfreundschaft?“, fragte Karl zurück.

Ich dachte über die Einladungen nach, die ich von zu Hause her kannte. Da musste das gute Porzellan her, die Kristallgläser, feine Häppchen und Blumengestecke. Und dann fielen mir Alenkas kleine Gaben und ihr Lied in der Nacht ein.

„Ich weiß nicht“, stammelte ich. „Vermutlich nicht.“

„Gastfreundschaft bedeutet Liebe zu Gästen, zu Fremden“, erklärte mir Karl. „Das ist es, was Alenka tut – sie liebt dich, eine Fremde.“

Aber ich bin doch nicht die Fremde, sondern sie!, dachte ich.

Der Gedanke beschäftigte mich den ganzen Nachmittag und sobald ich mich davonstehlen konnte, ging ich in den Wald, um nachzudenken. Auf meinem Weg durch den Wald fand ich eine Bank auf einer kleinen Lichtung und setzte mich hin. Die sonnenerwärmte Bank fühlte sich gut auf meinem Rücken an. Ich badete mich im Sonnenschein und machte eine Art Inventur meines Herzens.

Mein Bild eines gut ausgestatteten und wohl organisierten sozialen Zusammentreffens schien so gar nichts mit dem zu tun zu haben, was Karl unter Gastfreundschaft verstand. Liebe zu Fremden. Vielleicht hatte ich wirklich keine Ahnung.

In diesem Moment hörte ich leise Schritte und Alenka betrat die Lichtung. Sie sah aus wie eine Märchengestalt, denn sie hatte Wildblumen im Haar und in ihrem vorne gerafften Rock schien sie etwas Kostbares zu tragen. Fröhlich lächelnd bot sie mir von den frischen Erdbeeren an, die sie gesammelt hatte. Dann berührte sie meine Schulter und deutete auf etwas hinter mir. Anscheinend sollte ich mich umsehen, und als ich es tat, sah ich ein Reh, das kaum drei Meter von uns entfernt stand. Es hielt ganz still und sah uns einfach nur an, die beiden Eindringlinge in seinem Reich. Dann wandte es sich plötzlich um und stürmte davon. Alenka kicherte wie ein kleines Mädchen und mir fiel auf, dass sie ganz anders war als das Reh. Sie war nicht weggerannt, als wir einfach in ein Zimmer zusammengesteckt wurden. Sie war vielmehr voller Wärme und Freundlichkeit auf mich zugekommen.

„Du bist meine Freundin“, sagte ich zu ihr, als wir gemeinsam zurückgingen. „Ich habe sehr viel von dir gelernt.“

Ich glaube, sie hat mich verstanden.

Alenka schlief schon, als ich an diesem Abend zu Bett ging. Es war mein letzter Abend in diesem Haus und ich war lange aufgeblieben, um mit meiner Gastfamilie zu reden. Auf meinem Kissen stand ein kleines Schüsselchen mit Beeren. Alenkas geliebte Walderdbeeren. Daneben lag eine selbst gemachte Karte. Ich öffnete sie mit Tränen in den Augen. Drei winzige, sorgfältig gepresste Wildblumen lagen darin und dazu hatte Alenka fünf Wörter auf Russisch und ihren Namen geschrieben. Ich hielt diese Karte lange Zeit im Dunkeln in der Hand, während Alenka friedlich schlief.

Seitdem habe ich diese Karte immer wieder zur Hand genommen und mit warmen Gefühlen an Alenka gedacht. Ich habe mir die Wörter nie übersetzen lassen. Ihre Botschaft war ohnehin schon bei mir angekommen. Sie sagten das, was Alenka die ganze Zeit zu mir gesagt hatte:

„Hallo, Fremde, ich liebe dich! Alenka“

Robin Jones Gunn

Fahrstunden

Ich weiß noch genau, wie ich mir meinen Führerschein verdient habe.

Ich war 16* und in den letzten drei Jahren schon so einige Male Auto gefahren (beängstigend, nicht wahr?). Meist war mein Vater derjenige gewesen, der mit mir auf den Übungsplatz fuhr. Meine Mutter kam normalerweise nicht mit, denn sie war mehr damit beschäftigt, sich die Fingernägel abzukauen und zu schreien, als mir hilfreiche Tipps zu geben. Mein Vater war da wesentlich entspannter. Knirschgeräusche aus der Kupplung und quietschende Bremsen machten ihn längst nicht so nervös wie sie. Und der Allerbeste war mein Opa. Wenn ich mit seinem Auto fuhr und irgendwo gegenrummste, sagte er nur: „Einfach weiterfahren, Junge. Stoßstangen kann man ersetzen, aber Enkelsöhne nicht. Du musst es eben erst lernen!" Was für ein toller alter Gentleman!

Nach drei Jahren dieses Unsinns machte ich schließlich die Führerscheinprüfung. Ich werde nie den Tag vergessen, als ich nach Hause kam und meinen neuen Führerschein in der Luft schwenkte.

„Sieh nur, Papa!"

Er rief: „Hey! Nun sieh sich einer das an! Du hast's geschafft! Ich bin stolz auf dich!" Dann warf er mir seinen Autoschlüssel zu und lächelte mich an. „Ich sag dir was, mein Sohn: Du hast das Auto jetzt zwei Stunden lang ganz für dich."

Ich bedankte mich überschwänglich, tanzte zur Garage hinaus, öffnete die Tür des Autos und steckte den Schlüssel ins Zündschloss. Mein Puls muss auf 180 gewesen sein, als ich aus der Garage setzte und davonfuhr. Während ich so dahinbrauste, dachte

---

* In Amerika kann man schon mit 16 den Führerschein machen, Anm. d. Übers.

ich an die wildesten Sachen: *Die Karre fährt bestimmt 200 Sachen, wenn man sie ein bisschen tritt! Ich könnte in den zwei Stunden nach Galveston und zurück fahren, wenn ich im Schnitt 180 fahre. Ich könnte sogar ein paar rote Ampeln überfahren! Es ist ja niemand da, der mir sagen könnte, ich soll es lassen!*

Solche gefährlichen Gedanken schossen mir durch den Kopf, doch ich tat natürlich nichts davon. Vielmehr hielt ich mich ganz brav an die Geschwindigkeitsbegrenzungen und blieb nicht mal die vollen zwei Stunden weg. Erstaunlich, oder?

Da hatte ich das Auto ganz für mich allein, der Tank war voll und ich hatte alle Freiheiten, doch ich flippte nicht aus. Warum eigentlich nicht? Die Beziehung zu meinem Vater und meinem Opa war so gut, dass ich es einfach nicht konnte, obwohl keiner von ihnen in der Nähe war. Im Laufe der Zeit war zwischen uns ein Vertrauen entstanden, das mich hielt.

Nachdem er mir die Schlüssel gegeben hatte, war mein Vater nicht rausgerannt und hatte einen Zettel ans Armaturenbrett geklebt: „Wage es nicht, schneller als 100 zu fahren!" oder: „Geh kein Risiko ein, denn die Bullen sind überall!"

Er hatte nur gelächelt und gesagt: „Hier sind die Schlüssel; viel Spaß."

Was für eine gelungene Demonstration von Großzügigkeit. Und wie ich es genossen habe!

Charles Swindoll

Ein toller Abend

Carl hatte schon seit Monaten vom Abschlussball geträumt. Er konnte es schon gar nicht mehr erwarten. Cindy, das Mädchen, in das er schon lange verliebt war, hatte zugestimmt, mit ihm hinzugehen. Seitdem schwebte Carl einige Zentimeter über dem Boden. Es würde der romantischste Abend werden, den die Welt je gesehen hatte. Cindy würde vollkommen hingerissen und Wachs in seinen männlichen, starken Armen sein, dachte Carl in einem Moment geistiger Umnachtung. Von nun an bis in Ewigkeit würde ihre Geschichte den Liebenden in aller Welt als Born der Inspiration dienen.

Während er sich für das große Ereignis in Schale warf, ging Carl in Gedanken noch einmal jeden Moment des Abends durch. Jedes Wort, jede Bewegung waren sorgfältig überlegt und abgewogen. Nichts würde diesen alles entscheidenden Abend verderben.

Er hielt mit dem frisch gewaschenen und polierten Wagen seiner Mutter vor Cindys Haus. Während er sich der Haustür näherte, ging er schnell noch einmal seine vorbereiteten Sätze durch, die er sagen würde, um ihr Kleid zu loben und ihre Eltern mit seiner Reife und seinem Charme zu beeindrucken. Im Großen und Ganzen war er ganz zufrieden mit dieser ersten Leistung, als er Cindy galant am Arm zum Wagen geleitete. Zuvor hatte er noch höflich mit Cindy für diverse Photos posiert und eloquent mit ihren Eltern geplaudert.

Erst als er Cindy die Tür des Autos öffnete, wurde er doch etwas nervös, denn schließlich würde er gleich mit ihr allein zum Essen ausgehen. Doch erst als er sich hinters Steuer setzte und den Zündschlüssel herumdrehte, begann der Alptraum. Das Auto sprang nicht an. Mit Cindy im Auto und ihrer gesamten Familie in der Haustür bemühte sich Carl, cool zu bleiben. Er drehte den Schlüssel noch einmal herum. Nichts. Er stieg aus und öffnete die

Motorhaube, in der Hoffnung, dass dies den Wagen auf wundersame Weise zum Anspringen bringen würde.

Noch immer nichts.

Also stieg er wieder ins Auto und dort bemerkte er glücklicherweise seinen Fehler: Er hatte in der Aufregung die Automatikschaltung nicht auf „Parken" gestellt. Zur Ablenkung hüstelte er ein wenig und korrigierte den Fehler. Aber als er wieder aufsah, kicherte Cindy amüsiert und zu seinem nackten Entsetzen lachte auch ihre Familie drüben in der Haustür.

Carls Herz sank und er fuhr beklommen los.

Das Abendessen dauerte eine halbe Ewigkeit. Der Kellner bediente sie miserabel, weil er die schlechten Trinkgelder der High-School-Jungs satt hatte. Die Konversation verlief mühsam und Carl sehnte sich nach dem überfüllten Ballsaal mit all dem Lärm und den vertrauten Gesichtern. Er hatte nicht sehr viel Geld dabei und einen schrecklichen Moment lang fürchtete er sogar, er müsse Cindy bitten, ihm etwas vorzustrecken. Zum Glück reichte es dann aber doch gerade noch.

Endlich ging es zum Tanzen, doch für Carl war schon so ziemlich alles gelaufen. Trotzdem war es ein tolles Gefühl, Cindy zur Tanzfläche zu führen. Er konnte die Blicke der anderen auf sich spüren, als er die Tanzschritte auszuführen begann, die er stundenlang allein in seinem Zimmer geübt hatte.

Anschließend an den offiziellen Ball gingen sie noch auf die obligatorische Party. Die Fete fand bei einem guten Freund von Carl statt und er freute sich schon darauf, dort alle seine Kumpels zu sehen. Irgendwann ging er für sich und Cindy ein paar Häppchen holen und wollte eben zu ihr zurückgehen, als er die vermaledeite Stufe übersah, die in den hinteren Teil des Wohnzimmers führte. Er fiel kopfüber zu Boden und landete mit dem Gesicht in den Häppchen. Einige seiner Kumpels dachten, er hätte diesen Stunt absichtlich gedreht, und so wurde sein Fehltritt zu dem Highlight der Party.

Den ganzen Weg nach Hause versicherte Cindy ihrem niedergeschlagenen Begleiter, dass sie eine tolle Zeit gehabt hätte. Und als Carl sie zur Haustür begleitete, kam seine letzte Chance für die Liebe: der Abschiedskuss! Er stand ein bisschen unschlüssig vor ihr und gerade als sie sich zu diesem epischen Moment zusammenfinden wollten, sagte Cindy: „Carl, ist das dein Auto, das da gerade die Straße hinunterrollt?"

Erst völlig verblüfft, dann in Panik geratend beobachtete Carl, wie das Auto seiner Mutter hügelabwärts auf einen parkenden Lastwagen zurollte. Er sprintete hinterher und erwischte den Türgriff.

Doch das Auto war abgeschlossen und rollte unaufhaltsam weiter. Carl fischte den Schlüssel aus seiner Hosentasche, schloss die Tür auf, sprang in den Wagen und konnte ihn wenige Zentimeter vor dem Laster zum Stehen bringen.

Keuchend, schwitzend und gedemütigt ließ er den Wagen an und wollte wenden, um möglichst schnell von dort zu verschwinden. Doch da hörte er ein Klopfen am Seitenfenster. Cindy! Er kurbelte das Fenster hinunter, rotgesichtig und schwitzend wie er war, und schaute dem Mädchen seiner nun zerschmetterten Träume in die Augen.

Und genau in diesem Augenblick wurde seine Welt wieder in die richtige Richtung gedreht. Cindy sah ihn lange an, sagte ihm noch einmal, dass ihr der Abend sehr gefallen hätte und beugte sich dann durchs Fenster, um ihm einen sanften Kuss zu geben.

Das Leben kann so schön sein!

Larry Anderson

Magische Momente

Das erste Mal begegnete ich Taylor in unserer Schulcafeteria. Unser Schülermissionsteam hielt dort ein Treffen ab, um die neuen Mitglieder zu begrüßen. Wie üblich war ich eine der Ersten und genoss mein Omelett, als unser Teamleiter mit einem sehr gut aussehenden blauäugigen jungen Mann hereinkam und sich zu mir setzte.

„Hey, Rhonda! Das ist Taylor; er wird dieses Halbjahr bei uns mitmachen!“

Als Taylor und ich uns die Hände schüttelten, prickelten elektrische Ströme meinen Arm rauf und runter. *Huch*!, dachte ich. *Ich dachte, so etwas gibt's nur in kitschigen Liebesromanen*! Doch mein Arm kribbelte immer noch, obwohl Taylor meine Hand längst losgelassen hatte. Ich versuchte mich wieder unter Kontrolle zu bekommen und mich ganz normal zu verhalten, während ich mein Omelett weiteraß. Gott sei Dank kam bald der Rest des Teams und ich konnte mich in harmlose Gespräche retten.

Doch die ganze Zeit hörte ich nur mit halbem Ohr zu und versuchte fieberhaft die Gefühle einzuordnen, die bei Taylors Anblick in mir hochkamen. Vor gut einem Jahr hatte ich mich in einen guten Freund verliebt und die Geschichte war leider ganz fürchterlich danebengegangen. Deshalb hatte ich nicht die geringste Lust, mir noch einmal so etwas anzutun. Und so beschloss ich an Ort und Stelle, auf gar keinen Fall zuzulassen, dass ich mich in Taylor verliebte – ganz egal, was passierte!

Doch es dauerte kaum einen Monat, bis mein Plan in sich zusammenfiel. Ich war so stolz darauf gewesen, dass ich meine Gefühle unterdrückt hatte, obwohl Taylor und ich uns ständig begegneten. Und wenn dieser Samstagabend nicht gewesen wäre, bei dem sich unser Team zum Gottesdienst traf, wäre ich wahrscheinlich auch damit durchgekommen. Es heißt ja, dass Gott auf wundersame Weise handelt, und das sollte ich bald erfahren.

Es passierte, als Melanie die Lobpreiszeit leitete. Plötzlich konnte sie nicht mehr singen. Sie schüttelte verwirrt den Kopf und gab daraufhin das Mikrofon an Steve weiter, damit er weitersang. Noch immer kopfschüttelnd ging sie von der Bühne und ich begriff, dass sie eine Panikattacke haben musste. So etwas hatte ich selbst schon erlebt und es war wirklich nicht spaßig. Am liebsten wäre ich ihr nachgelaufen, um ihr zu helfen, aber ich wurde im Gottesdienst gebraucht und musste warten, bis ich dran war.

Nach dem Gottesdienst gingen alle raus und ich bemerkte Melanie in der hintersten Bankreihe. Ich nahm all meinen Mut zusammen und setzte mich neben sie. Sie schaute auf und wirkte erschrocken, dass ich auf sie zugekommen war. Schnell erklärte ich ihr, dass ich ahnte, wie sie sich fühlte und dass ich das gut nachvollziehen konnte. Darauf entspannte sie sich ein wenig und erzählte mir von ihrer Situation.

„Und was hat das mit Taylor zu tun?“, magst du jetzt fragen. Es hat alles mit ihm zu tun! In den wenigen Minuten, die ich mit Melanie sprach, wurde mir klar, dass sie meine Zwillingsschwester hätte sein können. Wir saßen da und redeten und ich war ziemlich enttäuscht, dass keiner der anderen aus dem Team auch nur anhielt, um zu fragen, wie es ihr ging.

Dann geschah es: Mein Herz machte einen Sprung, als ich aus dem Augenwinkel Taylor sah, der auf uns zukam. Ich war so froh, dass ich beinahe losgeheult hätte, als er sich tatsächlich zu uns setzte und Melanie fragte, ob es ihr gut ging. Dann sagte er ihr, dass es ihm richtig wehgetan hätte zu sehen, dass sie so unter ihrer Angst litt. Ich hörte stumm zu, als er sie tröstete und dann sogar zum Lachen brachte.

Mir ging richtig das Herz auf und in diesem Moment wurde mir klar, dass ich verloren war. Taylor hatte all die Schutzmauern niedergerissen, die ich zwischen meinem Verstand und meinem Herzen aufzubauen versucht hatte. Jetzt konnte ich nur noch zulassen, dass ich mich Hals über Kopf in ihn verliebte.

In den folgenden Monaten lernte ich, was wirkliche Liebe ist. Es war kein tolles, aufregendes Gefühl, das man nur empfindet, wenn alles glatt läuft, sondern ein ruhiges, friedliches, sicheres Wissen, das immer da war, was auch geschah.

Fünf Jahre sind seit dem Abend vergangen, an dem ich mein Herz wieder gefunden habe. Während ich dies hier schreibe, fließe ich über vor wunderschönen Erinnerungen und Liebe zu Taylor. Natürlich ist nicht alles nur schön gewesen, aber wie viele Dinge im Leben verblassen die schwierigen Phasen mit der Zeit. Ich kann ehrlich sagen, dass ich nie vergessen werde, wie er zum ersten Mal meine Hand und dann mein Herz berührt hat. Auch wenn ich hundert Jahre alt werde!

Rhonda Marcks

Die Neue

Ich war die Neue an der Schule und weil ich sehr schüchtern war, fiel es mir schwer, Freunde zu gewinnen. Meine einzige Zuflucht war die Volleyballmannschaft, denn ich spielte gern und gut genug, um in sie aufgenommen zu werden. Die meisten Mädchen im Team waren zwar ganz nett zu mir, aber sie spielten schon seit drei Jahren zusammen und ich war eindeutig die Außenseiterin.

Das dritte Spiel in dieser Saison war unsere größte Herausforderung. Wir mussten gegen die Landesmeister antreten und die hatten eine absolut fantastische Spielerin namens Angela in ihrer Mannschaft.

Wir wussten, dass wir keine große Chance gegen sie hatten, aber wir wollten uns wenigstens gut schlagen. Ich glaube, ich habe ganz gut gespielt, aber besondere Heldentaten habe ich nicht vollbracht. Auf jeden Fall verloren wir, aber immerhin brachten wir es auf drei Spiele und lagen einmal sogar eine ganze Weile lang vorn.

Als wir dann nach dem Spiel unsere Sachen zusammensuchten, kam Angela auf mich zu, deutete mit dem Finger auf mich und sagte: „Du bist gut, Mädel!" Dann lächelte sie mich an und ging wieder weg.

Ich war so perplex, dass es mir schon fast peinlich war, doch dann kam meine ganze Mannschaft auf mich zu und fiel mir um den Hals. Auf der Rückfahrt sagte eins der anderen Mädchen zu mir: „Nächstes Jahr gewinnen wir gegen sie, weil Angela dann mit der Schule fertig ist und wir immer noch dich haben!"

Anonym

Auf dem Spielfeld

Während eines endlos langen und nicht gerade glorreichen
Baseballspiels fragten die 12-jährigen Spieler ihren Trainer
über seine bildhübsche jüngere Schwester aus.
Angenervt von ihrem Geplapper, sagte der Trainer:
„Wenn wir auf dem Spielfeld sind, wird nur über Baseball geredet!"
Nach einem kurzen Schweigen fragte einer der Jungen:
„Ähm, Verzeihung, aber spielt Ihre Schwester vielleicht Baseball?"

Jack Eppolito

Lebe!

Lebe!
Liebe und schätze das Leben!
Finde gute Freunde, sammle Erinnerungen und mach Pläne.
In deinem Leben geht es um dich,
aber das Leben dreht sich nicht um dich.
Verlieb dich
in den Herbst und den Winter und den Frühling
und den Sommer.
Fahr Ski, Rollschuh, singe und tanze.
Riech den Regen und schmeck Schokoladenkekse.
Nimm dir alle Zeit, die du brauchst,
aber verschwende sie nicht.
Fang den größten Fisch!
Liebe Kinder, denn du warst auch mal eins.
Lerne von Älteren und nimm ihre Weisheit an.
Such die Wahrheit. Finde sie in dir selbst,
in anderen Menschen und in Gott.
Sei geduldig und sanftmütig.
Und vor allem lebe!

Emily Campagna

In einem anderen Licht

Als meine Töchter klein waren, liebten wir es alle drei, viel Zeit miteinander zu verbringen. Doch als sie älter wurden und ins Teenie-Alter kamen, zogen besonders Lauren und Carly es vor, in ihren Zimmern allein zu sein, mit Freunden zu telefonieren oder Musik zu hören. Auch miteinander konnten sie nicht viel anfangen.

Mir war klar, dass das eben zum Erwachsenwerden dazugehörte. Aber obwohl ich sie in ihrer Unabhängigkeit unterstützen wollte, sehnte ich mich auch nach ihnen und ich vermisste die Zeiten, wo wir alle zusammen auf dem Sofa gesessen und Popcorn gefuttert hatten.

Eines stürmischen Abends, als mein Mann auf Geschäftsreise war, fiel bei uns auf einmal der Strom aus.

„Cool!", hörte ich die dreizehnjährige Carly rufen.

„Ätzend!", jammerte die achtzehnjährige Lauren.

Ich holte Kerzen und eine Taschenlampe und ging auf die Zimmer der Mädchen. Laurens war bereits von warmem Kerzenschein erhellt, deshalb blieben Carly und ich gleich dort und bald kuschelten wir uns alle auf Laurens Bett zusammen.

Carly fand das alles toll, aber Lauren zog eine Grimasse, als Carly vorschlug: „Lasst uns Geschichten erzählen!"

Doch als Carly von ihrer Schule und ihren Freunden zu erzählen begann, verschwand Laurens Schmollmund. Sie kuschelte sich an ihre Schwester und bald kicherten sie zusammen wie in alten Zeiten.

Das Funkeln in Carlys Augen sagte mir deutlich, dass für sie der Stromausfall ein Geschenk des Himmels war. Doch ich fragte mich, ob Lauren das auch so sah. Plötzlich klingelte ihr Telefon.

„Ja, bei uns ist der Strom auch ausgefallen", sagte Lauren ihrer Freundin. „Aber ich ruf dich später an, ja? Ich hab gerade richtig Spaß mit meiner Mutter und meiner kleinen Schwester."

Sie empfindet es auch so!, dachte ich bei mir.

Nachdem sie aufgelegt hatte, schlug Lauren vor: „Lasst uns was zusammen singen!"

Mir stiegen vor Rührung die Tränen in die Augen.

Wenig später gingen die Lichter wieder an und die Mädchen riefen: „Oh nein!"

Doch seit diesem Tag fühlten wir uns wieder einander näher. Wir umarmen uns nun häufiger und die Mädchen ärgern sich gegenseitig nicht mehr so oft. Manchmal setzen wir uns einen ganzen Abend einfach nur hin und reden miteinander. Der Stromausfall ließ uns nicht im Dunkeln sitzen; er gab uns vielmehr eine Gelegenheit, einander in einem anderen Licht zu sehen.

Susan Manegold

Etwas verändern

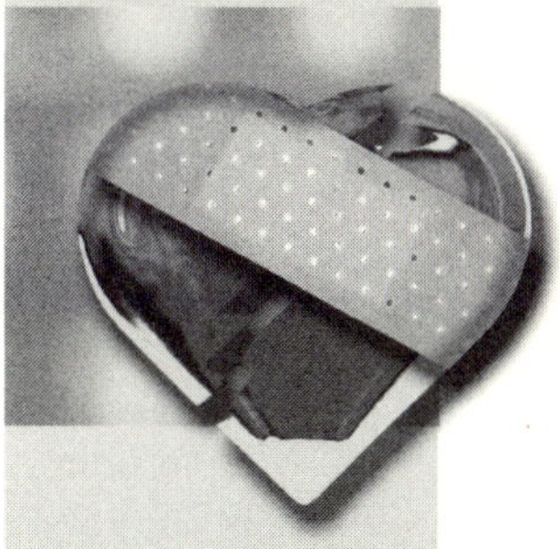

Neue Einsichten

Es ist immer gut, im Zweifel für den Angeklagten zu sein,
doch das sind wir viel zu selten.
In den Augen eines Hundes kann man Liebe und Vertrauen sehen;
Menschen sind kostbar
und das Größte ist wirklich die Liebe.

Anonym

Altkleiderspende

Annie lehnte sich gegen ihr Schließfach und seufzte abgrundtief auf. Was für ein blöder Tag! So ein Reinfall! Dieses Schuljahr hatte eindeutig absolut übel begonnen!

Natürlich hatte Annie nicht mit der Neuen rechnen können. Und ganz sicher hatte sie nicht eingeplant, dass diese Kristen am ersten Schultag exakt den Rock anhatte, den Annie eigentlich hatte tragen wollen.

Es war nicht einfach irgendein Rock. Annie hatte den ganzen Sommer bei den drei kleinen Nachbarsjungen babygesittet, um sich diesen Rock und das dazu passende Designer-Top kaufen zu können. Als sie die beiden Teile das erste Mal in einer Zeitschrift gesehen hatte, hatte sie gewusst, dass sie sie unbedingt haben musste. Sie war mit dem Bild in der Hand zu ihrer Mutter marschiert und hatte versucht, sie dazu zu überreden, dass sie ihr die Sachen kaufte.

„Das sieht wirklich toll aus, Schatz", hatte ihre Mutter genickt. „Aber es geht einfach nicht, so viel Geld für zwei Teile auszugeben."

Annie hatte das nicht sonderlich überrascht, aber sie war trotzdem enttäuscht gewesen.

„Na, wenn es so wichtig ist, können wir es dir ja bestellen und du bezahlst es dann, wenn du das Geld zusammenhast", hatte ihre Mutter vorgeschlagen.

Und so hatten sie es auch gemacht. Jeden Freitag lieferte Annie ihr Geld vom Babysitten ab und zahlte die Raten. Letzte Woche war es endlich soweit gewesen und sie hatte den Rock und das Top sofort anprobiert. Der Moment der Wahrheit war gekommen und sie traute sich kaum, in den Spiegel zu gucken. Sie stand davor, hielt die Hände vor die Augen und zählte bis drei.

Perfekt! Von hinten, von der Seite, sogar von vorne einfach perfekt. Sie ging, setzte sich hin und drehte sich. Dann übte sie schon mal, wie sie bescheiden die Komplimente ihrer Freunde entgegennahm, um nicht eingebildet zu wirken.

Am nächsten Tag machten Annie und ihre Mutter seit langem mal wieder einen richtigen Frühjahrsputz in Annies Zimmer. Alles wurde gewischt, gewaschen und gesaugt. Dann misteten sie den Kleiderschrank aus und legten die Sachen beiseite, die Annie sowieso nicht mehr anzog, um sie in die Altkleidersammlung zu geben. Sie brachten die Säcke gleich weg und fuhren dann übers Wochenende zu ihrer Großmutter.

Am Sonntagabend, als sie zurückkamen, ging Annie gleich in ihr Zimmer. Alles musste für ihren „großen Auftritt" am ersten Schultag einfach perfekt vorbereitet sein. Sie riss den Schrank auf und zog das neue Top und den ... den ... der Rock! Er war nicht da!

„Er muss doch hier irgendwo sein!"

Doch er war weg. Annie rief nach ihrer Mutter und begann panikartig alles zu durchwühlen. Ihre Eltern halfen ihr und bald lag alles voller Klamotten. Doch der Rock war nicht aufzufinden.

„Das kann doch nicht wahr sein!", rief Annie und hielt das Top in der einen, den leeren Bügel vom Rock in der anderen Hand.

„Aber, Annie", versuchte ihr Vater sie zu trösten. „Der Rock kann ja nicht weggelaufen sein. Wir werden ihn schon finden."

Doch auch nach zwei Stunden war der Rock noch weg, obwohl sie wirklich überall nachgesehen hatten. Annie ließ sich auf ihr Bett sinken und versuchte, auf des Rätsels Lösung zu kommen. Doch es half nichts.

Als sie dann am nächsten Morgen aufwachte, fühlte sie sich müde und lustlos. Sie suchte sich irgendetwas zum Anziehen zusammen. Es konnte sowieso nicht mit ihrem Traumoutfit konkurrieren.

In der Schule wurde das Rätsel dann jedoch noch rätselhafter.

„Du bist Annie, stimmt's?", erklang eine Stimme hinter ihr.

Annie drehte sich herum und wurde fast vom Schlag getroffen. Das war ihr Rock! Das war *ihr* Rock!

„Ich bin Kristen, die Neue. Ich hab das Schließfach gleich neben deinem bekommen und ich wohne auch ganz in deiner Nähe. Ich dachte, vielleicht könntest du mir hier ein paar Dinge erklären?“ Ihre Stimme wurde unsicher, denn Annie starrte sie einfach nur an. *Wie? Was? Warum ... mein Rock?*

Kristen wurde nervös. „Du musst das natürlich nicht machen, schließlich kennen wir uns gar nicht und haben uns nur einmal auf der Straße getroffen.“

Das stimmte. Annie hatte Kristen schon einmal in ihrer blödsinnigen Uniform von diesem Fastfood-Restaurant gesehen, die nach Zwiebeln und altem Fett stank. Sie versuchte sich endlich auf Kristens Frage zu konzentrieren.

„Äh, ja, doch, das mache ich gern“, sagte sie unglücklich. Und es kam, wie es kommen musste: Den ganzen Tag redeten alle nur über Kristen und ihren superschicken Rock, während Annie stumm danebenstand.

Nach der Schule begleitete sie Kristen nach Hause in der Hoffnung, endlich hinter des Rätsels Lösung zu kommen. Sie unterhielten sich eine Weile über Nebensächliches, bevor Annie endlich den Mut fand, die große Frage zu stellen:

„Woher hast du eigentlich diesen tollen Rock, Kristen?“

„Ja, der ist klasse, nicht? Ich habe ihn schon vor ein paar Wochen in einer Zeitschrift gesehen und zu meiner Mutter gesagt, wie super er ist.“

„Ach, dann hat sie ihn dir wohl gekauft?“

„Hm, na ja, nein.“ Kristen senkte ihren Blick. „Es war in letzter Zeit ziemlich hart für uns. Mein Vater hat seinen Job verloren und meine Oma ist schwer krank geworden. Deshalb sind Mama und ich auch hierher gezogen, um für sie zu sorgen. Mein Vater sucht schon lange nach einem neuen Job, aber bisher hat er noch nichts gefunden. Es ist einfach kein Geld da für schicke Klamotten, weißt du?“

Nun war Annie völlig perplex. „Dann musst du ja eisern gespart haben!"

Kristen errötete. „Ja, aber das Geld habe ich alles meiner Mutter gegeben, damit sie neue Schuhe für meine beiden kleinen Geschwister kaufen konnte."

Annie hielt es nicht mehr aus. „Und wo hast du den Rock nun her?"

Kristen war das offenbar total peinlich. „Meine Mutter ist zu der Altkleidersammelstelle gegangen, weil sie ein paar Klamotten für uns besorgen wollte, und da hat sie den Rock gesehen. Er war nagelneu, das Preisschild hing sogar noch dran. Verrückte Geschichte, oder?"

Die Altkleidersammlung? Jetzt wurde Annie alles klar!

Kristen lächelte glücklich. „Meine Mutter wusste sofort, dass der Rock für mich bestimmt war. Ein Geschenk vom Himmel!"

„Kristen ...", begann Annie und hielt dann inne. Das würde jetzt nicht einfach werden! „Kristen .... kann ich dir was sagen?"

„Klar, schieß los!"

„Also", sagte Annie und holte tief Luft. „Hast du vielleicht einen Moment Zeit, noch mit zu mir zu kommen? Ich habe da ein Top, das zu deinem Rock bestimmt einfach super aussehen würde!"

Cynthia Hamond

Kleine Lügen

Es fing alles an einem Dienstag an, als meine Schwester Melinda und ich die Zeit total vertrödelt und eindeutig keine Chance mehr hatten, noch Klavier zu üben, bevor unsere Mutter vom Einkaufen zurückkam. Doch bevor sie losgefahren war, hatten wir ihr versprochen, alle unsere Haushaltspflichten zu erledigen und Klavier zu üben.

„Ja", sagten wir im Chor, als Mama uns fragte, ob wir Klavier geübt hätten. Aber als sie ins Wohnzimmer ging, konnte sie sehen, dass die Noten noch genauso auf dem Ständer lagen wie vor ihrem Einkauf und dass das Übungsbuch noch auf dem Tisch lag, wo wir es gestern liegen gelassen hatten.

Mama wusste also genau, dass wir sie angelogen hatten. Sie sah uns traurig an und bevor wir uns eine Ausrede einfallen lassen konnten, kündigte Mama uns an, dass sie uns irgendwann in den nächsten Tagen auch einmal anlügen würde. Wir würden es vorher nicht wissen und die Lüge würde etwas betreffen, das uns beiden sehr wichtig war.

Noch an diesem Abend kündigte Mama an, dass sie uns am nächsten Morgen ein tolles Frühstück vorbereiten würde: ein Luxus-Müsli mit allem Drum und Dran und dazu frisch gepressten Orangensaft und heiße Schokolade. Melinda und ich tauschten wissende Blicke aus, denn das war sicher die Lüge.

Doch am nächsten Morgen fanden wir in der Küche genau das Versprochene vor.

Am Mittwoch versprach uns Mama, uns direkt nach der Schule abzuholen und mit uns Klamotten kaufen zu gehen. Wieder ein wissender Blick zwischen Melinda und mir: Das musste die angekündigte Lüge sein! Wir beschlossen also, ganz normal mit dem Bus nach Hause zu fahren.

Doch nach der Schule erwartete uns Mama schon auf dem Parkplatz und wir gingen einkaufen.

Am nächsten Tag war unser Vater auf Geschäftsreise. Mama meinte, wir könnten uns ein Restaurant aussuchen, chinesisch oder italienisch, in das wir an diesem Abend zusammen zum Essen gehen würden. Melinda und ich sahen uns wissend an. Das war die Lüge. Wenn wir entschieden, zum Chinesen zu gehen, würde Mama den Italiener nehmen oder umgekehrt.

Also wählten wir den Chinesen – und an diesem Abend aßen wir Glasnudelsuppe, Frühlingsrollen und tranken grünen Tee.

Als wir am Freitag aus der Schule kamen, begrüßte uns Mama mit den Worten: „Ratet mal, was passiert ist! Ich habe gerade zwei Flugtickets für euch reserviert. Ihr dürft in den Osterferien ganz allein zu eurer Oma fliegen!"

Davon hatten wir schon immer geträumt. Normalerweise wären wir jetzt in unsere Zimmer gestürmt und hätten angefangen zu packen, obwohl die Osterferien erst in drei Wochen begannen. Aber wir sahen uns nur wissend an. Das musste dann ja nun endlich die Lüge sein.

Mama schien ein bisschen überrascht über unsere mangelnde Begeisterung, doch sie sagte kein Wort. Am nächsten Tag fragte sie uns dann, ob wir schon herausgefunden hätten, in welcher Sache sie uns belogen hatte.

Melinda sagte: „Ja, klar. Wir fliegen natürlich nicht zu Oma. Alles andere, was du bisher gesagt hast, hast du auch eingehalten, also muss das die Lüge sein."

„Ich bin bloß froh, dass das Rätselraten jetzt vorbei ist", sagte ich.

Melinda nickte. „Ja. Es war echt ätzend, dir die ganze Zeit zu misstrauen. Ich schätze, wir haben die Sache mit Oma verdient."

Mama lächelte. „Die Lüge bestand darin, dass ich gesagt habe, ich würde euch anlügen", sagte sie. „Ich habe euch nämlich gar nicht belogen. Die Tickets liegen unter euren Kopfkissen. Träumt schön!"

Meredith Proost

Sieh zweimal hin

So oft dreht sich alles nur um die Fehltritte von Menschen.
Dabei sind doch die Erfolge und das Gute in uns allen
viel größer und wichtiger als all die Probleme,
die so wichtig genommen werden.

Ryan Timm

„Ich hätte den Mund aufmachen sollen ..."

Der Literaturkurs hatte ganz normal angefangen. Ich saß da und schrieb mehr oder weniger eifrig mit, während der Professor seinen Vortrag hielt.

Soweit war alles wie immer. Doch dann geschah es: Der Lehrer kam zu dem Thema: „Angemessene Wortwahl im alltäglichen Sprachgebrauch". Sobald er das Thema genannt hatte, hob ein Student die Hand und fragte mit einem breiten Grinsen: „Darf ich einige Negativbeispiele aufführen?"

Ich hatte das dumpfe Gefühl, dass es ihm nicht so sehr um die Bildung ging und war mir ziemlich sicher, dass der Professor ihn schnell zum Schweigen bringen würde.

Doch ich lag falsch.

„Würde das jemanden stören?", fragte der Professor in die Runde.

Keine Hand hob sich und niemand sagte etwas.

Also legte mein Kommilitone los und ließ eine ganze Serie von Fäkalausdrücken vom Stapel.

Die Uhr schien noch nie langsamer getickt zu haben als in diesen 20 Sekunden. Der Professor schwieg. Die Anwesenden zögerten erst und begannen dann zu applaudieren, als ob der Student etwas Großartiges vollbracht hätte. Ich starrte mit hochrotem Kopf auf meinen Notizblock. Ich hätte etwas sagen sollen.

Es war ja nicht etwa so, dass ich solche Ausdrücke noch nie gehört hätte. Natürlich hatte ich das – im Flur, in der Mensa, in den Wohnheimen. Und normalerweise konnte man nicht viel mehr dagegen tun, als sie einfach zu ignorieren und sich rauszuhalten.

Doch das hier war etwas anderes. In dieser ganz speziellen Situation hätte ich mir das nicht antun müssen. Mein Professor hatte mir die Wahl gelassen. Ich hätte einfach sagen können: „Ja, mich würde es stören."

Doch ich hatte es nicht getan.

Ich habe etwas aus dieser Sache gelernt, was ich hoffentlich nie vergessen werde: Wenn ich nicht für das eintrete, was mir wichtig ist, lasse ich zu, dass die Welt mir ein kleines Stück von dem raubt, was mir am Herzen liegt. Ich lasse zu, dass ein kleines Eckchen meiner Integrität stirbt. Natürlich ist es nur ein ganz winziges Stückchen, aber auch kleine Stückchen läppern sich zusammen. Und schneller, als man denkt, ist nicht mehr viel von einem übrig.

Christy Simon

„Ruf mich doch mal an!"

„Sie muss hier irgendwo sein!", rief Cheryl und wühlte noch einmal alle Jackentaschen durch. Als sie dann noch ihre Handtasche auf dem Tisch ausleerte, fingen die Leute in der Schlange hinter ihr genervt an zu stöhnen.

Cheryl sah auf die Uhr: Nur noch drei Minuten bis zum Ende der Pause und das war die letzte Gelegenheit, ein Jahrbuch zu bestellen. Und jetzt war ihre Geldbörse weg!

„Komm schon, Cheryl“, sagte ihre Freundin Darcy ungeduldig. „Wir müssen los, sonst kommen wir noch zu spät!“

„Darcy, bitte!“, sagte Cheryl. Ihre Freundin und sie gingen sich gegenseitig ziemlich oft auf den Wecker. Sie waren einfach total verschieden. „Meine Geldbörse ist weg!“

„Die hat bestimmt jemand geklaut“, sagte Darcy, wie so oft schnell dabei mit einem düsteren Verdacht.

„Ach, ich hab sie bestimmt nur verlegt“, hoffte Cheryl.

Sie hasteten zurück in ihren Klassenraum und Darcy verbreitete noch schnell die Nachricht von Cheryls „gestohlener“ Geldbörse.

Nach der letzten Stunde hatte Cheryl gründlich die Nase voll davon, jedem erklären zu müssen, dass sie die Geldbörse vermutlich einfach nur zu Hause vergessen hatte. Sie ging zu ihrem Schließfach und packte ihre Sachen weg. Darcy stand neben ihr und als Cheryl sich zu ihr umdrehen wollte, rempelte sie versehentlich Juanita an, die neue Mitschülerin, die gerade an ihr vorbeigehen wollte. Cheryl öffnete den Mund, um sich bei Juanita zu entschuldigen, als sie den fassungslosen Ausdruck auf Darcys Gesicht sah und die erstaunten Ausrufe einiger Mitschüler hörte.

Auf dem Boden lag plötzlich Cheryls Geldbörse.

„Sie ist Juanita aus der Hand gefallen!“, sagte Darcy. „Sie hat sie gestohlen!“

Jetzt redeten alle durcheinander. „Die Neue hat Cheryls Geldbörse geklaut!“ – „Darcy hat sie auf frischer Tat ertappt!“ – Die kam mir gleich so komisch vor!“ – „Das muss man melden!“

Cheryl drehte sich um und schaute Juanita ins Gesicht. Sie hatte sie noch gar nicht richtig wahrgenommen; sie war eben „die Neue“. Das Mädchen hob die Geldbörse auf und hielt sie Cheryl hin. Ihre Hände zitterten.

„Ich habe sie auf dem Parkplatz gefunden und wollte sie dir gerade geben.“

Darcy spuckte Gift und Galle: „Na klar! Wer's glaubt ...“

„Wirklich, das stimmt“, sagte Juanita fast bittend.

Cheryl zögerte und Juanitas Augen begannen sich mit Tränen zu füllen. Schließlich streckte Cheryl die Hand nach der Geldbörse aus.

„Ich bin froh, dass du sie gefunden hast!", sagte sie und lächelte Juanita an. „Danke!"

Die Anspannung löste sich. „Ja, echt ein Glück, dass sie sie gefunden hat", murmelten einige. Nur Darcy schaute finster drein.

„Komm, Darcy. Vielleicht kann ich ja jetzt noch das Jahrbuch bestellen!", rief Cheryl.

„Falls noch Geld in deinem Portemonnaie ist!", ätzte Darcy.

„Ach, Darcy!"

„Du bist aber auch so was von naiv!"

Cheryl sah erst in ihre Geldbörse, als sie in der Schlange stand. „Alles noch drin", sagte sie und fühlte sich ziemlich erleichtert. Ein kleiner Zettel flatterte heraus.

„Sie hatte eben keine Zeit, das Geld rauszunehmen", sagte Darcy und hob den Zettel auf.

Cheryl las ihn und sah dann ihre Freundin an. „Vielleicht solltest du einfach mal aufhören, so vorschnell über Leute zu urteilen!"

Darcy schnappte sich den Zettel, las ihn und warf ihn dann Cheryl wieder zu. „Wie du meinst!", schnaubte sie und stampfte davon. Cheryl las noch einmal:

Hallo, Cheryl,
ich habe deine Geldbörse auf dem Parkplatz gefunden.
Hoffentlich fehlt nichts!

Viele Grüße
Juanita

P.S.: Meine Telefonnummer ist 5553218. Ruf mich doch mal an!

Und genau das tat Cheryl auch.

Cynthia Hamond

Der Junge von der Müllkippe

Als ich neun Jahre alt war, kauften meine Eltern ein Haus im Süden der Stadt, an der Straße zur Kreismülldeponie. Der soziale Status einer Familie konnte in dieser Gegend daran abgelesen werden, wie nahe sie an der Müllkippe wohnte. Wir waren solide Mittelklassebürger und bekamen daher nicht viel von dem Gestank des Abfalls mit. Nur an zwei oder drei Tagen im Monat wehte ein Hauch davon in unsere Richtung, wie um uns daran zu erinnern, dass wir wohlhabend genug waren, um den Geruch meist zu umgehen, aber nicht reich genug, um uns ganz von ihm zu befreien.

Ein Stück weiter die Straße hinunter in Richtung Müllkippe lebten eine alte Frau und zwei Kinder. Kein Mann. Nur diese Frau und die beiden Kids in einem dreckigen Haus an der Schotterstraße. Man konnte nicht genau sagen, wo das Grundstück aufhörte und wo die Müllkippe begann.

Der eine Junge aus diesem Haus kam immer zum Spielen zu uns. Wenn nun aber Kinder miteinander spielen, ergibt sich eine ganz natürliche Hackordnung und der Junge von der Müllkippe war immer derjenige, der gehänselt und angegriffen wurde. Darauf reagierte er wie ein in die Enge getriebener Hund mit Knurren und Beißen und Kettenrasseln, was uns in unserem Urteil nur noch bestätigte: ein Asozialer, ein Krimineller, der von der Müllkippe eben.

Die Dinge schaukelten sich hoch und es wurden schwere Geschütze aufgefahren: „Lass mich in Ruhe oder ich sag's meinem Vater!"

Dem schien er nichts mehr entgegensetzen zu können. Kein hohnlachendes: „Ach ja? Dann sag ich's meinem und der wird's euch schon zeigen!" Er schwieg, wendete sich ab und ging in Richtung Müllkippe davon.

Ich weiß nicht mehr, woher wir es erfuhren – sein Vater und seine Mutter waren ums Leben gekommen und die alte Frau in dem dreckigen Haus war seine Großmutter. Doch dieses Wissen hatte keinerlei Auswirkungen auf unser Verhalten; wir waren ihm gegenüber genauso gemein wie vorher. Denn entgegen der allgemeinen Auffassung sind Sanftmut und Freundlichkeit keine Eigenschaften, mit denen wir geboren werden; wir müssen sie erst beigebracht bekommen und wir hatten sie zu diesem Zeitpunkt noch nicht erlernt.

Unsere erste Lektion bekamen wir während eines Basketballspiels, als der Junge von der Müllkippe einen Ellenbogen ins Gesicht bekam und meinen Bruder angriff. Er bearbeitete meinen Bruder wild mit den Fäusten und der tat nichts, um sich dagegen zur Wehr zu setzen. Mein Bruder, der erst eine Woche zuvor den Jungen von der Müllkippe weggejagt und ihm Steine hinterhergeworfen hatte, stand jetzt einfach nur stocksteif da und ließ sich verprügeln. Der Junge von der Müllkippe schien auf allen Schmerz einzuschlagen, den er je erfahren hatte; es war ein so heftiger Wutausbruch, wie ich ihn noch nie beobachtet hatte: Er prügelte auf den Abend ein, an dem der Polizist ihm gesagt hatte, dass Mama und Papa nie mehr nach Hause kommen würden; er schlug die Demütigungen der anderen Kinder, weil er in diesem dreckigen Haus leben musste; die unzähligen bösen Worte, die wie Pfeile erst die Luft und dann sein Herz durchbohrten. Seine Wut kannte keine Grenzen.

„Schlag doch zurück!“, schrien wir meinem Bruder zu. Doch er hob nicht die Hand und nach einiger Zeit wurde der Junge von der Müllkippe seines leichten Gegners überdrüssig und ging nach Hause. Wir bestürmten meinen Bruder mit Fragen und wollten eine Erklärung für seine Feigheit. Doch er murmelte nur etwas davon, dass er einfach keinen Jungen schlagen konnte, der seine Eltern verloren hatte, und dass er doch schon geschlagen genug wäre.

Ich verstand das nicht. Und ich habe noch immer damit zu kämpfen, dass man erst dann wahre Sanftmut beweisen kann, wenn man von Wut und Zorn bedroht wird und die Sanftmut ein Opfer bedeutet. Wie viel ist es wert, dass ich meinem kleinen Sohn gegenüber sanft bin, dem 1,90-Mann in der Schlange vor mir aber die Pest an den Hals wünsche? Solche kleinen Gemeinheiten verschließen unser Herz für wahre Sanftmut.

Jesus hat das gewusst, nicht nur im Kopf, sondern auch und vor allem im Herzen. Er wusste, dass Sanftmut von allen Früchten die am schwersten zu kultivierende ist. Wie stark ist unser Wunsch, Gleiches mit Gleichem zu vergelten, den Schlag zurückzugeben, das Schimpfwort zu erwidern! Sanftmut wächst nur auf steinigem Boden, der von Tränen getränkt ist.

Eines Tages bat ich Gott, mich Sanftmut zu lehren. Anschließend saß ich da und wartete darauf, dass er mich in einen sanftmütigen Menschen verwandelte. Doch stattdessen ließ er mich Leid erleben und damit begann meine Lehrzeit.

Der Junge von der Müllkippe ist irgendwann weggezogen und ich habe ihn nie wieder gesehen. Vielleicht ist er auch gar nicht mehr am Leben. Ich hoffe aber, dass er noch lebt, dass er das Leben genießt, dass er eine Frau gefunden hat, dass Kinder auf seinen Schoß krabbeln und ihn mit zärtlicheren Namen bedenken, als wir es getan haben!

Philip Gulley

„Haben Sie sich nicht schon gefragt, wo Ihr Sohn steckt?"

Meine Eltern waren immer bereit zu geben, auch wenn sie keinen Lohn für ihre Mühen zu erwarten hatten. Sie brachten für uns viele Opfer, während mein Bruder und ich heranwuchsen. So hatten sie zum Beispiel beide je zwei Jobs, um finanziell über die Runden zu kommen.

Mein Bruder Steve war ein guter Schüler und wurde sogar Klassensprecher und ich versuchte in seine Fußstapfen zu treten, obwohl ich gern mal über die Stränge schlug. Gleichzeitig arbeitete ich aber auch hart an meinen Schulnoten und an meinen sportlichen Fähigkeiten, woraufhin ich einigen Erfolg erntete und ein paar Auszeichnungen bekam.

Am Abend meines größten Triumphes baute ich allerdings großen Mist. Wir hatten das entscheidende Footballspiel gewonnen und uns damit für die Landesmeisterschaften qualifiziert. Das musste gefeiert werden! Wir trafen uns also auf einem abgelegenen Parkplatz und ließen es uns gut gehen. Irgendwer hatte Bier besorgt und unserer seltsamen Logik zufolge konnte Feiern nur in heftigem Saufen bestehen. Also tranken wir viel zu viel.

Ein Polizist kam zufällig vorbei, fand unser Verhalten auffällig und musste feststellen, dass wir total blau waren. Er forderte sofort Verstärkung an und dann fand ich, dass er einige meiner Freunde ein bisschen zu hart anpackte. Weil ich nun aber der Teamkapitän war, hielt ich es für meine Aufgabe, sie zu verteidigen und so griff ich den Polizisten an. Das war keine sehr gute Idee.

Zwanzig Minuten später saßen wir alle in einem Polizeiwagen und waren unterwegs in den Knast. Das war eine der längsten Nächte meines Lebens!

So etwa gegen fünf Uhr am nächsten Morgen – gerade zu der Zeit, als die örtliche Zeitung ausgeliefert wurde, mit meinem

Porträt als Kapitän der siegreichen Footballmannschaft auf der Titelseite – erhielten meine Eltern einen unerwarteten Anruf.

„Mr und Mrs Hansel, haben Sie sich nicht schon gefragt, wo Ihr Sohn steckt? Ich rufe aus dem städtischen Gefängnis an und wollte Ihnen nur mitteilen, dass Sie ihn hier abholen können."

Ich kann mir ungefähr vorstellen, wie lang meinen Eltern die Fahrt ins Gefängnis vorgekommen sein muss, und als sie dort ankamen, erwartete sie eine ganze Horde zerknirschter junger Männer. Auch andere Eltern kamen an und mussten sich demselben Anblick stellen. Ihre Söhne, die ihnen noch wenige Stunden zuvor so viel Grund zur Freude gegeben hatten, blamierten sie jetzt bis auf die Knochen.

Meine Eltern gingen auf mich zu und ich werde nie den Moment vergessen, in dem sich unsere Blicke trafen. Sie fragten sich bestimmt, ob sich der ganze Aufwand gelohnt hatte. Doch sie sagten nichts.

Wir stiegen ins Auto. Die Sonne ging auf und mir liefen die Tränen über die Wangen. Schließlich konnte ich das Schweigen nicht mehr aushalten und stieß hervor: „Wirst du denn gar nichts sagen, Papa?"

Nach einer Pause, die mir unendlich vorkam, sagte er: „Doch ... lass uns sehen, dass wir heimkommen und ein gutes Frühstück kriegen, mein Sohn!"

Sonst sagte er nichts. Ich hatte ihn bitter enttäuscht und er ließ mich nur spüren, dass er es gut mit mir meinte. Ich fühlte mich am Boden zerstört und wie ein totaler Versager und er signalisierte mir nur: „Lass uns aufstehen und weitermachen."

In den folgenden Jahren brachte er dieses Ereignis kein einziges Mal mehr auf. Er liebte mich einfach so, wie ich war. Dabei war er durchaus kein Supervater. Er hatte jede Menge Macken und auch ein paar richtig üble Fehler. Aber er war ein wirklicher Vater für mich.

Tim Hansel

Wut

Wut ist ein Windstoß, der einem den Verstand ausbläst.

Robert Ingersal

Das Preisgeld

Über den als harter Typ geltenden argentinischen Profi-Golfspieler Robert De Vincenzo stand nicht viel in der Zeitung, aber eine Geschichte über ihn zeigt seine persönliche Größe:

Nachdem er wieder einmal ein Golfturnier gewonnen hatte, wurde De Vincenzo der Scheck über den ersten Preis ausgehändigt. Er lächelte in die Kameras und ging dann anschließend allein zu seinem Auto. Unterwegs hielt ihn eine traurig aussehende junge Frau an und sagte. „Für Sie ist das ein guter Tag gewesen, aber ich habe zu Hause ein Baby mit einer unheilbaren Krankheit. Die Ärzte sagen, dass es nicht mehr lange zu leben hat."

De Vincenzo hielt zunächst inne, dann fragte er sie: „Kann ich irgendetwas für Ihr Kind tun?" Anschließend nahm er einen Stift, überschrieb den Scheck auf die junge Frau und gab ihn ihr. „Machen Sie dem Baby ein paar schöne Tage!"

Eine Woche später aß De Vincenzo mit einigen Bekannten zu Mittag. Ein Mann von der Golfervereinigung kam an seinen Tisch und sagte: „Man hat mir erzählt, dass Sie nach dem Turnier einer jungen Frau Ihr Preisgeld gegeben haben."

De Vincenzo nickte und der Mann sagte: „Sie ist eine Betrügerin. Keine Spur von einem kranken Kind. Die Dame hat Sie über den Tisch gezogen."

Der Argentinier sah auf. „Dann heißt das also, es gibt gar kein Baby, das an einer schrecklichen Krankheit stirbt?"

Der Mann nickte und De Vincenzo sagte grinsend: „Das ist das Schönste, was ich die ganze Woche gehört habe!“

Anonym

Bedeutung

Wir haben den Eindruck, dass all unser Einsatz
nur ein Tropfen im Ozean ist.
Doch wenn dieser Tropfen nicht da wäre,
würde er bitter vermisst!

Mutter Teresa

Idiotensicher

Es war an einem Dienstagnachmittag, als Joel und ich wieder zurück zum Lagerhaus fuhren. Kaum zu glauben, dass wir tatsächlich dafür bezahlt wurden, dass wir in der Stadt herumkutschierten. Aber natürlich beschwerte ich mich nicht und es gehörte auch ein bisschen mehr dazu, als nur herumzufahren. Wir lieferten alle möglichen Waren für einen Büroausstatter aus und manchmal waren es auch schwere Möbelstücke wie Schreibtische oder Aktenschränke.

An diesem Tag gab es nur Päckchen abzuliefern. Das hätte leicht auch nur einer von uns machen können, aber unser Chef, Mr Kramer, wollte, dass wir beide loszogen.

„Du musst ja auch mal lernen, den Papierkram zu erledigen, Sam“, sagte er zu mir, bevor wir abfuhren.

Der Papierkram war keine große Sache. Wir mussten nur immer jemanden finden, der uns die Lieferung per Unterschrift bestätigte. Die meisten Auslieferungen lagen in derselben Gegend; vielleicht waren wir deshalb so schnell fertig.

„Hey, halt mal da vorne an“, sagte Joel plötzlich. „Wir haben für heute genug getan. Meinst du nicht auch, dass wir uns mal 'ne Pause gönnen sollten? Lass uns ins Harry's fahren.“ Das „Harry's“ war ein Billardschuppen mit jeder Menge Computerspielen und Spielautomaten.

„Spinnst du?“, fragte ich. „Wir müssen zum Lagerhaus zurück. Mr Kramer weiß doch, dass wir nur ein paar kleine Aufträge zu erledigen hatten. Außerdem ...“

„Mach dich mal locker“, unterbrach mich Joel. „Ich meine, vertrau mir einfach. Ich regle das schon. Keine Panik.“

Er öffnete die Tür und wollte aussteigen, aber ich blieb am Steuer sitzen. Joel spielte immer gern mit dem Feuer und war damit auch bisher durchgekommen. Aber das hier war etwas anderes. Diesmal sollte ich mitmachen.

„Kommst du jetzt oder was?“, fragte er.

„Ich weiß nicht“, murmelte ich. „Irgendwie ist das nicht okay.“

„Meine Güte, sei doch nicht so verkrampft!“, sagte er. „Verstößt Spaß haben etwa gegen deine Religion?“

Einen Moment lang wünschte ich, ich hätte ihm nie etwas von meinem Glauben erzählt. Zu spät! „Ich finde es nur nicht in Ordnung, während der Zeit spielen zu gehen, für die Mr Kramer uns bezahlt!“

„Der erfährt doch nichts davon“, zischte Joel und stieg aus. „Das ist doch echt ätzend, dass ihr Christen überhaupt nichts dürft!“

Das schaffte mich. Schließlich wollte ich nicht, dass Joel den Eindruck bekam, Christen seien zwanghafte Typen und der Glauben an Gott bestünde nur aus Verboten. Andererseits wollte ich auch nicht mitgehen. Ich schwankte. „Ähm ... was würden wir Mr Kramer denn erzählen, wenn wir eine Stunde später als geplant zurückkommen?“

Joel grinste. „Dass wir einen Platten hatten."

„Aber das stimmt doch nun mal nicht. Außerdem will er sicher eine Rechnung für die Reparatur sehen."

„Wir haben ihn eben nicht reparieren lassen, sondern selbst den Ersatzreifen draufgemacht", informierte mich Joel. „Das haben wir noch nicht so drauf und deshalb hat es etwas länger gedauert. Klar? Ist doch idiotensicher, die Ausrede. Und jetzt komm endlich!"

Ich gab nach. Die Stunde konnte ich ja mit einer Extraschicht im Lager nachholen und so würde Mr Kramer wirklich nicht geschädigt. Trotzdem sagte die kleine Stimme in meinem Inneren, dass dies nicht richtig war, ganz egal, wie sehr ich mich auch vor mir selbst zu rechtfertigen versuchte.

„Ich fahre zurück, Joel", hörte ich mich sagen.

„Jetzt sei doch nicht so blöd ...", begann er, doch ich ließ einfach den Motor an. Das nahm er anscheinend ernst, denn er stieg wieder ein und knallte wütend die Tür zu. „Das werde ich dir nie vergessen, Turner!", fauchte er.

„Ihr seid aber schnell zurück", sagte einer der Angestellten am Lager und ging Mr Kramer holen.

„Ja, sind wir", sagte Joel und warf mir einen eiskalten Blick zu.

„War ja auch nicht viel", sagte ich und ignorierte Joel.

„Wir können da drin gut ein bisschen Hilfe gebrauchen", sagte der Angestellte.

„Jetzt dürfen wir wegen dir den ganzen Nachmittag in dem brüllend heißen Lager schuften, statt schön gemütlich im Harry's zu sitzen!", machte Joel mich an.

Mit den Temperaturen hatte er leider Recht. Im Lager war es heiß wie in einem Ofen und ich muss zugeben, dass auch ich so meine Zweifel an der Richtigkeit meiner Entscheidung hatte, während mir der Schweiß den Rücken hinunterlief. Joel hielt sich von mir fern. Schade eigentlich, denn bisher hatten wir uns ganz gut verstanden.

„Joel, Sam. Kommt bitte mal in mein Büro, ich möchte euch sprechen", sagte Mr Kramer nach einer Weile. In seinem Büro war es schön kühl. „Gibt es einen besonderen Grund dafür, dass ihr das Fahrtenbuch nicht abgegeben habt?", fragte Mr Kramer.

Joel warf mir einen überlegenen, gehässigen Blick zu. „Sam war heute mit dem Papierkram dran."

„Oh nein!", stöhnte ich. „Ich hab's im Auto liegen lassen! Einen Moment, ich hole es schnell." Damit sprang ich auf.

„Das kannst du gleich noch machen", hielt mich Mr Kramer auf. „Setz dich, Sam. Ich habe euch eigentlich auch herbestellt, um euch ein Feedback über eure Arbeit zu geben. Ich habe bisher nur positive Rückmeldungen von Kunden bekommen, die mit den prompten Lieferungen und eurer freundlichen Art sehr zufrieden waren."

„Das ist schön. Danke!", sagte ich.

„Ja, danke", fügte Joel hinzu.

„Für so einen Job braucht man vertrauenswürdige Leute", fuhr Mr Kramer fort. „Ihr seid euch bei diesem Job so ziemlich allein überlassen und nicht jeder kann mit dieser Freiheit umgehen. Ich muss zugeben, dass ich erst so meine Zweifel hatte, euch einzustellen, weil ihr noch so jung seid." Joel und ich saßen schweigend da.

„Aber jetzt sehe ich das anders", sagte Mr Kramer. „Ich habe vollstes Vertrauen zu euch und hoffe, dass ihr noch lange Zeit für mich arbeiten werdet!"

„Klar", sagte Joel.

„Ja, gern", sagte auch ich. „Wobei ich nur noch Teilzeit arbeiten kann, wenn die Schule wieder losgeht."

„Weiß ich, Junge", sagte Mr Kramer. „Ein Grund dafür, dass ich dich eingestellt habe, war deine Offenheit und Ehrlichkeit mir gegenüber."

„Oh ja, er ist wirklich sehr offen und ehrlich", sagte Joel und warf mir einen vor Sarkasmus triefenden Blick zu, den Mr Kramer nicht bemerkte.

„Dann macht euch mal wieder an die Arbeit“, sagte er. „Ach, übrigens, hattet ihr irgendwelche Schwierigkeiten mit dem Wagen?“

Ich runzelte die Stirn. „Nein. Warum?“

„Gut! Mir ist nämlich eingefallen, dass er gar kein Reserverad hat. Das wäre natürlich dumm, wenn ihr einen Platten haben solltet. Ich werde mich gleich darum kümmern.“

Joel schluckte sichtlich.

Als wir wieder ins Lager zurückgingen, schloss er zu mir auf. „Hey, Sam, warte mal!“

„Ich muss das Fahrtenbuch holen“, sagte ich und musste mich schwer anstrengen, um nicht loszulachen.

„Wusstest du, dass das Auto kein Reserverad hatte?“, wollte er wissen.

„Nein, natürlich nicht.“

„Oh Mann, wenn ich Kramer meine Story erzählt hätte ...“

Grinsend eilte ich zum Parkplatz. Idiotensichere Ausrede, haha! Wenn wir es so gemacht hätten, wie Joel es gewollt hatte, wären wir jetzt die Idioten!

Alan Cliburn

Ein Traum

Ich befand mich in einem Zimmer, in dem nichts war außer einem Regal voller Kästen mit Karteikarten. Sie ähnelten den Karten, die man in Büchereien findet, auf denen Titel, Autor und Sachgebiet alphabetisch aufgelistet sind. Aber die Kästen hier, die vom Fußboden bis zur Decke reichten und nach rechts und links kein Ende nahmen, waren in ganz unterschiedliche Rubriken aufgeteilt. Als ich mich dem Regal näherte, erregte eine Box mit der Aufschrift: „Mädchen, in die ich verliebt war" meine Aufmerksamkeit. Ich zog den Kasten auf und begann ein wenig darin herumzublättern. Doch schnell schlug ich ihn wieder zu, denn erschrocken hatte ich festgestellt, dass mir all die Namen verdächtig bekannt vorkamen.

Ohne dass es mir jemand sagen musste, wusste ich genau, wo ich hier war. Dieser düstere Raum mit seinen Akten beinhaltete ein Katalogsystem über mein Leben. Hier war alles aufgeschrieben, Wichtiges und Unwichtiges, mit allen Details, an die ich mich gar nicht mehr erinnern konnte.

Verwunderung und Neugier überkamen mich gleichzeitig, als ich mit einem Schaudern anfing, planlos die Kästchen zu öffnen und ihren Inhalt zu inspizieren. Einige brachten Freude und schöne Erinnerungen, bei anderen schämte ich mich so sehr, dass ich mich sogar vorsichtig umsah, ob mich auch niemand beobachtete. Der Kasten „Freunde" war gleich neben „Freunde, die ich enttäuscht habe". Die Aufschriften waren zum Teil ganz normal, zum Teil ziemlich absurd: „Bücher, die ich gelesen habe", „Lügen, die ich erzählt habe", „Ermutigungen für andere", „Witze, über die ich gelacht habe". Einige waren in ihrer Genauigkeit fast schon lachhaft: „Worte, die ich meinem Bruder an den Kopf geschmissen habe". Und über wieder andere konnte ich gar nicht lachen: „Dinge, die ich aus Wut getan habe", „Beleidigungen, die ich im Stillen gegenüber meinen Eltern aussprach". Immer wieder überraschten mich die Kärtchen in den Kästen. Häufig fand ich viel mehr vor, als ich erwartete, manchmal auch weniger, als ich gehofft hatte.

Die unglaubliche Menge der Kästen überwältigte mich. Konnte es möglich sein, dass ich mit meinen 20 Jahren all diese Karten, bestimmt Tausende oder sogar Millionen, ausgefüllt hatte? Jede Karte bestätigte diese Annahme. Sie wiesen alle meine Handschrift und sogar meine Unterschrift auf.

Der Kasten „Lieder, die ich angehört habe" war viel größer als alle anderen, fast drei Meter breit! Die Karten waren dicht gepackt. Ich schloss ihn beschämt, nicht so sehr wegen der Qualität der Musik, sondern weil ich mir der immensen Zeit bewusst wurde, die ich in diese Rubrik investiert hatte.

Als ich die Aufschrift „Erotische Gedanken" entdeckte, wurde mir ganz schwummerig. Ich zog den Kasten nur ein ganz kleines Stück heraus, denn ich wollte es gar nicht so genau wissen, und nahm schnell ein Kärtchen in die Hand. Innerlich zuckte ich zusammen bei den genauen Angaben darauf. Mir wurde ganz schlecht, als ich daran dachte, dass auch all diese Momente festgehalten worden waren.

Plötzlich wurde ich unglaublich wütend. Ich hatte nur noch einen Gedanken: *Niemand darf diese Karten jemals sehen! Niemand darf je dieses Zimmer betreten! Ich muss sie zerstören!*

In wilder Verzweiflung zog ich ruckartig den Kasten heraus. Die Größe war jetzt egal; ich musste ihn ausleeren und die Karten vernichten! Ich drehte den Kasten um und schüttelte die Karteikarten heraus, um sie zu zertreten. Doch sie gingen einfach nicht kaputt! Außer Atem hob ich eine Karte auf und stellte fest, dass sie stahlhart war – unzerstörbar! Geschlagen und völlig hilflos stellte ich den Kasten wieder an seinen Platz zurück.

Und dann sah ich es: Die Aufschrift eines Kastens lautete: „Personen, denen ich von Gott erzählt habe". Der Griff dieses Kastens war sauberer als die der anderen, neuer, fast unbenutzt. Ich zog, und ein winziges Kästchen kam zum Vorschein und die Karten darin konnte ich an einer Hand abzählen.

Mir kamen die Tränen. Wildes Schluchzen schüttelte mich. Ich fiel auf die Knie und weinte laut, weil ich mich so wahnsinnig schämte. Vor meinen Augen drehten sich jetzt die Regale mit den ganzen Aufzeichnungen. Niemand, wirklich niemand durfte je von diesem Raum erfahren! Ich musste ihn abschließen und den Schlüssel verstecken!

Und dann sah ich ihn. Oh nein, bitte nicht er! Nicht hier! Nein, alles, aber bitte nicht Jesus!

Hilflos nahm ich wahr, dass er die Kästen öffnete und die Karteikarten las. Ich konnte nicht mit ansehen, wie er reagieren würde. Als ich mich überwand und ihm ins Gesicht sah, merkte ich, dass es ihm noch viel mehr wehtat als mir. Intuitiv schien er die peinlichsten Kästen herauszugreifen. Warum musste er auch jede einzelne Karte lesen?

Schließlich drehte er sich zu mir um und sah mich an. Mitleid lag in seinen Augen. Ich senkte den Kopf und schlug mir weinend die Hände vors Gesicht. Er kam zu mir und legte mir einen Arm um die Schultern. Er hätte so viel sagen können – aber er schwieg und weinte mit mir.

Dann stand er auf und ging zurück zu dem Regal. Er begann an der einen Seite des Zimmers, nahm jeden Kasten heraus und fing an, auf jedem einzelnen Kärtchen meinen Namen durchzustreichen und ihn mit seinem eigenen zu überschreiben.

„Nein!", schrie ich und rannte zu ihm hinüber. Das war das Einzige, was ich sagen konnte: „Nein, nein!", als ich ihm die Karte aus der Hand nahm. Sein Name sollte nicht darauf stehen! Aber da war er schon, mit blutroter Farbe geschrieben. Nur sein Name war zu erkennen, Jesus – und nicht mehr meiner. Er hatte mit seinem Blut unterschrieben.

Schweigend nahm er mir die Karte wieder ab. Er lächelte traurig, während er weiter die Karten unterzeichnete. Ich weiß nicht, wie er das so schnell gemacht hat, denn schon im nächsten Augenblick hörte ich den letzten Kasten zuklappen. Er legte seine Hand auf meine Schulter und sagte: „Es ist vollbracht!"

Ich stand auf und er führte mich aus dem Zimmer. Es gab kein Schloss an der Tür. Aber es gab viele weitere leere Karten, die noch darauf warteten, beschrieben zu werden ...

Joshua Harris

Die Spritztour

Als ich noch klein war, verehrte ich meinen Vater regelrecht. Da meine Eltern sich im Zorn getrennt hatten und schon lange geschieden waren, sah ich ihn jedoch nur sehr selten. Immer mal holte er mich übers Wochenende zu sich und manchmal verbrachte ich einen Teil der Sommerferien bei ihm. Doch wenn ich mit ihm zusammen war, tat er etwas für mich, das mich nachhaltig prägte: Er hörte mir aufmerksam zu und gab mir so zu verstehen, dass das, was ich zu sagen hatte, wichtig war.

Wenn er mich sonntagsabends zu meiner Mutter zurückbrachte, redeten wir unterwegs über Politik, das aktuelle Zeitgeschehen und Sport. Er behandelte mich wie eine junge Frau mit ernst zu nehmenden Ansichten.

Ich erinnere mich noch an eine solche Fahrt, als ich 14 Jahre alt war und ihm etwas Unangenehmes mitzuteilen hatte. Würde er wütend auf mich sein? Würde er mich danach nicht mehr so lieb haben? Ich holte tief Luft und legte los:

Anfang der Woche hatte ich bei meiner Freundin Judy übernachtet. Wir hatten zusammen einen Kuchen gebacken, Karten gespielt und ferngesehen. So etwa gegen Mitternacht war es uns dann langweilig geworden und genau im richtigen Moment war Judys 16-jähriger Bruder Steve hereingekommen.

„Hey, Leute, lasst uns eine Spritztour machen!“, schlug Judy vor. „Mama und Papa schlafen schon und wir fahren nur mal eben um den Block!“

„Das können wir nicht machen, Judy“, sagte ich. „Du hast noch keinen Führerschein! Deine Eltern bringen dich um, wenn sie dahinter kommen und außerdem bin ich müde und will lieber ins Bett.“

„Ach, Suzy, du bist aber auch so was von brav!“, beschwerte sich Judy. „Jetzt komm schon, sei nicht so langweilig. Ich geh schon mal vor und warte im Wagen.“

Irgendwie hatte Judy Recht, fand ich. Ich war so überängstlich und machte mir ständig über alles Mögliche Sorgen. Vielleicht sollte ich einfach mal ein bisschen cooler sein so wie sie. Schließlich sollte sie mich mögen und nicht denken, dass ich eine Spielverderberin war. Und wenn Steve mitkam, würde schon alles gut gehen.

Ich setzte mich also auf den Beifahrersitz, Steve nach hinten und Judy ließ den Motor an. Mit dröhnendem Radio schossen wir aus der Einfahrt und fuhren die Straße hinunter. Judys Familie lebte ziemlich in der Pampa und deshalb war es stockdunkel.

Das ist cool, dachte ich. *Gut, dass ich mitgekommen bin und den anderen nicht den Spaß verdorben habe!*

Natürlich hatten wir uns nicht angeschnallt – schließlich waren wir unbesiegbar! Judy fuhr ziemlich schnell und bog plötzlich mit einem wilden Lachen nach links ab.

„Jipppiiiiiieeeeh!“, schrie sie, als der Schotter vom Randstreifen gegen die Seiten des Autos spritzte. Sie lenkte viel zu scharf dagegen und wir schleuderten nach rechts in einen Kieshaufen am Straßenrand.

Krach! Knirsch! Krietsch! Der Kies kratzte hässlich über den Unterboden des Autos; Judy riss das Steuer nach links herum und dann gerieten wir richtig ins Schleudern. Wir drehten uns um die eigene Achse; das Auto war völlig außer Kontrolle geraten. Judy begann zu kreischen und ließ das Lenkrad los, um sich die Augen zuzuhalten. Ich griff nach dem Lenkrad und versuchte es ruhig zu halten.

„Tritt auf die Bremse!“, schrie Steve. Die Zeit schien stillzustehen, als sich das Auto auf die Seite legte und sich dann mehrmals überschlug. Immer und immer wieder rollten wir herum und ich dachte: *So ist das also, wenn man stirbt!*

Irgendwann kamen wir endlich im Straßengraben zum Stillstand.

Ich versuchte mich aus den Armen, Beinen und Glasscherben zu befreien, die überall waren. Steve bekam irgendwie eine Tür auf und wir krochen aus dem Wagen. Niemand hatte auch nur einen Kratzer abbekommen.

Ich schaute das Auto an. Es war total demoliert, das Dach eingedrückt, die Motorhaube zerschmettert.

Plötzlich rannte Judy los und schrie dabei: „Ich bring mich um! Ich bin sowieso geliefert, wenn das mein Vater erfährt!“

Steve und ich rannten hinter ihr her und fingen sie wieder ein. Obwohl wir barfuß waren, beschlossen wir, die drei oder vier Kilometer nach Hause zu laufen. Ich spürte keine Steine oder sonst etwas unter meinen Füßen. Das überwältigende Gefühl, dass Gott uns das Leben gerettet hatte, überlagerte alles.

Jetzt erzählte ich meinem Vater also diese Geschichte und er hörte zu, ohne mich zu unterbrechen. Ich sagte ihm, dass es mir sehr Leid tat und dass ich mich für mein Verhalten schämte. „Mir war es so wichtig, dass Judy mich gut fand“, sagte ich. „Aber ich habe meine Lektion gelernt, Papa. Das nächste Mal stehe ich zu meinen Überzeugungen. Bist du sehr sauer auf mich?“

Er sah mich nur mit feuchten Augen an. Schließlich sagte er: „Suzy, ich bin vor allem froh, dass dir nichts passiert ist. Du bist ein kluges Mädchen, das mal einen Fehler gemacht hat. Und ich weiß, dass du diesen Fehler nicht noch einmal machen wirst.“

Später sagte er mir: „Ich wollte dich nicht ausschimpfen, weil du ja schon selbst eingesehen hattest, was du falsch gemacht hast."

Danach beschloss ich, mich nicht mehr in eine Situation hineinziehen zu lassen, von der ich wusste, dass sie falsch war. Mein Vater erwähnte das Ereignis nie wieder und redete auch weiterhin mit mir, als wäre ich eine ernst zu nehmende Person. Auch, wenn ich mal einen Fehler gemacht hatte.

Suzy Ryan

Sarah zum Weinen bringen

Er gehörte zu einer Clique von Freunden in der Schule, die in den Pausen zusammen Ball spielten und sich damit amüsierten, die arme Sarah zum Weinen zu bringen. Sarah war anders als die anderen; sie war ein bisschen langsam und nicht so intelligent und sie behandelten sie, als hätte sie kein Herz.

Und er machte mit und brachte Sarah genauso zum Weinen. Doch irgendwo tief in seinem Herzen wusste er eigentlich gar nicht, warum er das tat. Er konnte die Stimme seiner Mutter hören, ihre Erklärungen, was gut und was böse war. Sie hallten in seinem Kopf wider wie eine Platte, die man wieder und wieder hört:

„Behandle andere Leute mit Respekt, mein Sohn. So, wie du auch selbst behandelt werden willst. Und denk dran, wenn du anderen wehtust. Eines Tages wird es dir vielleicht genauso gehen."

Er wusste, dass seine Mutter den Sinn ihres Spiels nicht verstehen würde: Sarah aufziehen, über sie lachen, während ihre Tränen wie ein Frühjahrsregen zu Boden fielen. Wie sie so komisch das Gesicht verzog und mit den Füßen aufstampfte, wenn sie ihren seltsamen Gang nachäfften oder ihr Stottern. Irgendwie schien sie es so zu wollen, denn sie versuchte nie, ihnen auszuweichen oder sich zu wehren. Wenn sie wirklich in Ruhe gelassen werden wollte, hätte sie ja einfach zu Hause bleiben können. Doch sie kam jeden Tag wieder heraus, um mit ihnen zu spielen, und jeden Tag stand sie dann wieder da, mit Tränen in den Augen, und war zu aufgebracht, um wegzulaufen. Und sie hatten ihren Spaß, denn sie hatten wieder mal das Ziel ihres Spiels erreicht: Sarah zum Weinen zu bringen.

Es war jetzt zwei Monate her. Er vermutete, dass seine Freunde sich schon fragten, wo er die ganze Zeit gesteckt hatte und was mit ihm passiert war. Er war ein bisschen nervös, als er zu seinem Klassenraum humpelte und hoffte, dass niemand es bemerken würde; dass niemand Fragen stellen würde über diesen schrecklichen Tag. Der Tag, an dem sein Fahrrad in ein Auto gekracht war und ihn mit einem zertrümmerten Bein und einer bösen Narbe im Gesicht zurückgelassen hatte.

Er hielt den Atem an und betrat den Klassenraum. Ein riesiges „Herzlich Willkommen"-Schild und jede Menge rote Luftballons begrüßten ihn und ein Lächeln kroch über sein Gesicht. Seine Freunde lächelten auch und er konnte es kaum erwarten, in der Pause mit ihnen auf den Schulhof zu rennen und zu spielen.

Als er nach draußen ging und seine Freunde dort schon warten sah, erwartete er nichts Böses. Ein paar Hallos vielleicht, ein bisschen Schulterklopfen und ein paar Neckereien – doch sie standen alle da und starrten ihn an. Er spürte, wie sein Gesicht rot anlief, als er zu ihnen hinkte, um eine Runde Ball zu spielen und Sarah zum Weinen zu bringen. Ein unsicheres Lächeln überzog sein Gesicht, als jemand lachte und sagte: „Hey, Monster, wo hast du denn die hässliche Maske her?"

Er drehte sich um und erwartete, Sarah hinter sich stehen zu sehen. Doch da war niemand; der Junge hatte auf die Narbe in seinem Gesicht angespielt. Er stimmte in das Gelächter der anderen ein, um nicht allein dazustehen. Doch eigentlich wollte er weinen und dem Zittern seiner Unterlippe nachgeben. *Sie machen nur Spaß*, sagte er zu sich selbst. *Sie sind immer noch meine Freunde und wollen mich nicht wirklich verletzen.*

Doch die grausamen Scherze und verletzenden Bemerkungen gingen weiter und er wusste genau, sie würden nicht damit aufhören, ehe sie ihn zum Weinen gebracht hatten.

Als sich die erste Träne seine Wange hinunterstahl, hörte er plötzlich eine Stimme hinter sich: „Lasst ihn in Ruhe, ihr Idioten! Er ist mein Freund!"

Er drehte sich herum und sah Sarah, die mit entschlossenem Gesicht für einen ihrer ehemaligen Peiniger einstand und bereit war, sich für ihn zu opfern. Und als seine Freunde genau das taten und nun statt seiner die arme Sarah traktierten, machte er zum ersten Mal nicht mit. Und endlich kapierte er, warum er das nicht tun sollte.

„Behandle andere Leute mit Respekt, mein Sohn. So, wie du auch selbst behandelt werden willst. Und denk dran, wenn du anderen wehtust. Eines Tages wird es dir vielleicht genauso gehen."

Er nahm all seinen Mut zusammen, weil er wusste, dass es jetzt darauf ankam. Denn endlich hatte er den Unterschied zwischen Gut und Böse verstanden. Und plötzlich kam ihm Sarah gar nicht mehr so komisch vor. Er wusste jetzt, dass er bei dem Spielchen „Sarah zum Weinen bringen" nie mehr mitmachen würde.

Es dauerte einige Tage und viele böse Kommentare, doch als seine Freunde merkten, dass er nicht zu erschüttern war, begannen einige von ihnen umzudenken. Und heute kann man eine Gruppe von Kids auf dem Schulhof beobachten, die ihrer neuen Freundin Sarah das Ballspielen beibringen.

Cheryl L. Costello-Forshey

Veränderungen

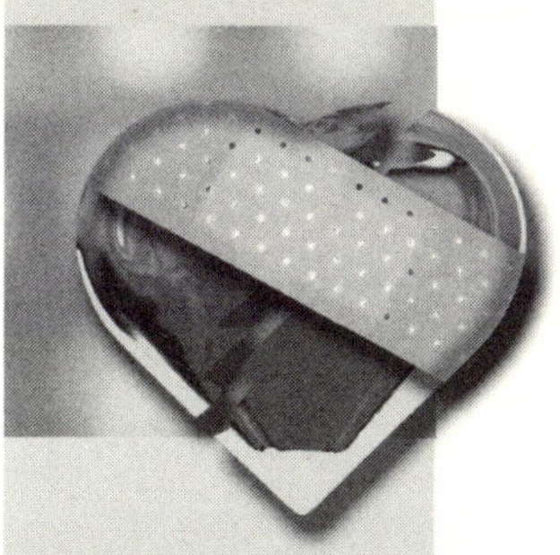

Neue Einsichten

Die Zukunft ist vielleicht nicht so, wie ich sie mir vorstelle;
manchmal muss man Menschen loslassen;
es gibt eine Zeit für alles
und Wachstum ist eine gute Sache,
auch wenn es wehtut.

Anonym

Der Schlägertyp aus der Achten

Eines Tages boxte mir der Schlägertyp aus der Achten voll in den Magen. Es tat nicht nur übel weh und machte mich wirklich wütend – die Peinlichkeit des Ganzen war kaum zu ertragen. Ich hatte nur den einen Wunsch: es ihm so richtig heimzuzahlen!

Aus irgendeinem Grund erzählte ich meiner Großmutter davon. Das war ein dummer Fehler, denn sie ließ eine ihrer endlosen Lektionen ab. Ich weiß nicht mehr genau, was sie alles gesagt hat, aber eine Sache ist doch irgendwie bei mir hängen geblieben: Sie sagte mir, dass ich mir um den Schläger keine Gedanken machen müsste, und dann meinte sie: „Gute Taten ziehen positive Folgen nach sich und böse Taten üble Folgen."

Ich ließ sie wissen (natürlich auf nette Weise), dass sie meiner Meinung nach keine Ahnung vom wahren Leben hatte. Ich behauptete, die ganze Zeit nur gute Taten zu tun und nichts als Müll zurückzukriegen. Doch sie blieb bei ihrer Meinung und sagte: „Jede gute Tat kommt irgendwann zu dir zurück und genauso ist es auch mit jeder bösen Tat."

Ich brauchte dreißig Jahre, um die Weisheit in ihren Worten zu verstehen. Zu dieser Zeit lebte Oma längst in einem Pflegeheim. Jeden Dienstag besuchte ich sie dort und führte sie zum Abendessen aus. Sie erwartete mich dann immer schon hübsch angezogen und zurechtgemacht in einem Sessel nahe der Eingangstür.

Besonders lebhaft erinnere ich mich noch an unseren letzten gemeinsamen Ausflug, bevor es ihr wirklich schlecht zu gehen begann. Wir fuhren zu einem netten Restaurant und ich bestellte ihr zarte Lendchen. Als das Essen kam, haute ich ordentlich rein und bemerkte erst nicht, dass Oma gar nichts aß. Sie saß einfach nur da und starrte das Essen auf ihrem Teller an. Ich schob meinen Teller zur Seite, nahm mir ihren und schnitt ihr das Fleisch in kleine, mundgerechte Stückchen. Dann gab ich ihr den Teller zurück und während sie ganz langsam und mühselig aß, traf mich eine Erinnerung, die mir die Tränen in die Augen trieb:

Vor vierzig Jahren hatte ich als kleiner Junge bei Oma am Tisch gesessen und sie hatte mir das Fleisch in kleine Stückchen geschnitten, damit ich es essen konnte.

Es hatte vierzig Jahre gedauert, aber die gute Tat war zu ihr zurückgekommen. Oma hatte Recht gehabt. Wir ernten, was wir säen!

Was ist eigentlich aus dem Schlägertypen aus der Achten geworden?

Na ja – er ist dem Schlägertypen aus der Neunten in die Quere gekommen ...

Mike Buetelle

Weckruf

Ich saß in der Badewanne, umgeben von Schutt und Kachelteilen, als mein 13-jähriger Sohn hereinkam und fragte: „Papa, kannst du mich mal zum Golfen mitnehmen?"

Ich war gerade dabei, das Bad zu renovieren. Es war Herbst, der Wetterbericht hatte Regen angekündigt und ich hätte am liebsten Nein gesagt.

„Klar", sagte ich. „An wann hattest du denn gedacht?"

„Na ja, ich dachte, vielleicht könntest du Jared und mich am Freitag von der Schule abholen und uns dann nach Oakway rausfahren."

„Klingt gut."

Der Freitag kam und es regnete. Ich schaute aus dem Fenster und wäre eigentlich gern bei meinen glitschigen Fliesen geblieben. Doch zur vereinbarten Stunde wechselte ich die Arbeitsgegen die Regenklamotten und lud die Golfschläger für die

Jungs und mich ins Auto. Jared und Ryan warteten schon vor der Schule und stiegen schnell ins Auto. Ryan sah mich überrascht an.

„Wozu hast du denn ein Golfkäppi an, Paps?", fragte er.

Meiner Meinung nach war das eine dumme Frage. Man fragte ja auch nicht einen Taucher, wozu er Schwimmflossen trug.

„Na, ich dachte, wir wollten eine Runde Golf spielen?"

Eine peinliche Pause entstand.

„Ach, du willst auch mitkommen?"

Plötzlich traf es mich wie ein Faustschlag in den Magen: Ich war nicht erwünscht! Dreizehn Jahre der Elternschaft liefen wie ein Film vor meinem inneren Auge ab. Ryans Geburt. Die Windeln. Das nächtliche Füttern. Hilfe bei den Hausaufgaben. Sandburgen bauen. Fahrräder reparieren. Sportwettkämpfe gemeinsam anschauen. Zelten. Überall zusammen hingehen – mein Sohn und ich.

Und jetzt wollte er mich nicht mehr dabeihaben. Das wars dann. Dies war das Ende unserer Beziehung, wie sie bisher gewesen war. Dies hieß: „Adios, Alter. Danke für die Mühe, aber ich bin jetzt alt genug, um meinen eigenen Schläger zu schwingen. Geh zurück in deinen Schaukelstuhl und nimm einen Schluck Klosterfrau Melissengeist."

Inzwischen waren zwei Sekunden vergangen. Das ließ mir noch drei Sekunden Reaktionszeit, bevor Ryan misstrauisch wurde und annahm, dass ich tatsächlich erwartet hatte, mit ihm und seinem Freund Golf spielen zu dürfen.

Ich musste etwas sagen. Ich wollte brüllen: „Wie kannst du mir das antun? Wie kannst du mich über Bord werfen wie eine leere Hummerfalle? Wir sind doch immer ein gutes Team gewesen! Das ist grausam. Elternmissbrauch!"

Es war wie damals, als John Glenn die Bodenstation anfunkte und sagte: „Danke, ich übernehme jetzt selbst." Oder als Old Shatterhand zu Winnetou sagte: „Von hier aus finde ich den Weg zurück allein!“ Oder als Simon mitten in „Brigde Over Troubled Water“ Garfunkel sitzen ließ.

Warum musste es so kommen?

Genug davon. Ich musste ihm mitteilen, wie verletzt ich war, musste ihm von meinen Gefühlen erzählen. Ich nahm allen Mut zusammen und sagte: „Ich? Mitkommen? Auf keinen Fall. Ich stecke bis zu den Ohren in Arbeit. Das Bad, du weißt doch!“

Wir fuhren eine Weile schweigend weiter. „Habt ihr überhaupt für den Platz genügend Geld mit?“, fragte ich, um meinem verwundeten Ego ein wenig Befriedigung zu schenken.

„Äh, könntest du mir vielleicht sieben Dollar pumpen?“, fragte er.

Ah, ich verstehe. Mich will er nicht, aber mein Geld nimmt er gern.

„Klar, kein Problem“, sagte ich.

Ich ließ die beiden am Golfplatz raus, wünschte ihnen viel Glück und fuhr wieder nach Hause. Mein Sohn war auf sich selbst gestellt. Niemand da, der ihm sagte, wie man diesen kniffligen Abhang spielte oder wo die besten Abschlagstelle im Sandloch war. Was, wenn es ein Gewitter gab? Wenn er vom Blitz getroffen wurde? Oder von einem außer Kontrolle geratenen Golfwagen überrollt wurde? Er war doch noch so klein! Wer würde auf ihn aufpassen?

Da war ich, ganz allein, und fuhr immer weiter von ihm weg. Und diesmal war es für immer. Das Band zwischen uns war durchtrennt. Das Leben würde nie mehr dasselbe sein.

Ich schloss die Haustür auf. „Was machst du denn schon wieder zu Hause?“, fragte meine Frau.

Ich wusste, dass ich klingen würde wie ein Teenager, der als Einziger nicht auf die Party eingeladen worden war, aber genauso fühlte ich mich.

„Ich war nicht erwünscht“, gab ich mit einem Hauch von Verschnupftheit zurück.

Wieder entstand so eine bedeutungsschwere Pause. Dann lachte meine Frau laut los. Zuerst fühlte ich mich unverstanden und verletzt. Doch dann wurde mir die Situation langsam klarer und ich musste auch lachen.

Ich machte mich wieder an meine Renovierungsarbeit und begann zu begreifen, dass es genau darum im Leben geht: Veränderung. Väter und Söhne müssen sich verändern. Ich hatte meinen Sohn von Anfang an genau darauf vorbereitet: ohne mich Golf zu spielen und die Welt ohne meine Hilfe zu erobern. Mit seinen eigenen Schlägern, seiner eigenen Spielstrategie und seinem eigenen Schwung.

Gott renovierte unsere Beziehung. Hier ein bisschen mehr Raum, dort eine neue Ebene. In Kürze erlaubte er meinem Sohn, mehr zu werden, als er werden würde, wenn ich weiter meine Beschützerrolle ausgeübt hätte.

Ich weiß noch genau, wie erwachsen ich mich fühlte, als ich das erste Mal allein mit dem Fahrrad zum Golfplatz fuhr und meine zwei Dollar für die neun Löcher hinlegte. Auf keinen Fall hätte ich meinen Vater an diesem Tag dabeihaben wollen. Ein Mann muss tun, was ein Mann tun muss: erwachsen werden!

Ein paar Stunden später hörte ich Ryan durch die Tür kommen. Er beschwerte sich bei seiner Mutter, dass er keinen einzigen Putt hingekriegt hätte und dass der Golfplatz ein einziges Schlammloch gewesen wäre. Er klang wie jemand, den ich kenne. Seine Turnschuhe quietschten vor Nässe, als er den Flur zum Badezimmer entlangschlich.

„Papa", sagte er und tropfte den Boden voll. „Ich bin total unfähig. Kannst du nicht mal mit mir zusammen zum Golfplatz fahren? Ich brauche mal ein paar gute Tipps!"

Ich wollte ihn am liebsten umarmen. Meine Stichsäge im Triumph schwenken und rufen: „Juchhe! Ich werde doch noch gebraucht!" Ich wollte Gott sagen: „Danke, Herr, dass ich bei dieser zwischenmenschlichen Renovierung mitmachen darf!"

Stattdessen setzte ich diesen ernsthaften, väterlichen Gesichtsausdruck auf und sagte ruhig: „Aber klar, Ryan, das mach ich doch gern."

Bob Welch

Der Geschichtenerzähler

Ein paar Monate bevor ich geboren wurde, begegnete mein Vater einem Fremden, der neu in der Stadt war. Vom ersten Moment an war mein Vater völlig fasziniert von diesem Fremden und brachte ihn mit zu uns nach Hause. Irgendwie ergab es sich so, dass er einfach bei uns blieb. Er wurde schnell von allen Familienmitgliedern akzeptiert und war natürlich auch zur Stelle, um mich neuen Erdenbürger einige Wochen später zu begrüßen.

Während ich aufwuchs, stellte ich seine Anwesenheit in unserem Haus nie in Frage. Für mich hatte jedes Familienmitglied seine eigene Kategorie. Mein Bruder Bill, der fünf Jahre älter war als ich, war mein Vorbild. Meine jüngere Schwester Frannie gab mir Gelegenheit, mich als großer Bruder aufzuführen und jemanden zu ärgern. Meine Eltern waren meine Lehrer und Helden. Aber der Fremde war der Geschichtenerzähler. Er konnte die tollsten Storys auspacken und hatte ein endloses Repertoire an Abenteuern, Geheimnissen und spaßigen Ereignissen. Er konnte unsere ganze Familie stundenlang in seinen Bann ziehen.

Wenn ich etwas über Politik, Geschichte oder Wissenschaft wissen wollte, konnte er es mir sagen. Er kannte die Vergangenheit, begriff die Gegenwart und konnte anscheinend auch in die Zukunft sehen. Die Bilder, die er heraufbeschwor, waren so lebensecht, dass ich manchmal lachte oder weinte, wenn er erzählte.

Er war für unsere Familie wie ein Freund. Er nahm Papa, Bill und mich zu unserem ersten großen Baseballspiel mit. Er ermöglichte es uns, so manchen Kinofilm zu sehen und stellte uns sogar große Filmstars wie John Wayne ganz persönlich vor.

Der Fremde war ein erstklassiger Unterhalter und fesselte die Aufmerksamkeit aller Anwesenden. Meinen Vater schien das nicht zu stören, aber meine Mutter stand manchmal auf und ging hinaus, während wir anderen wie gebannt einer seiner Geschichten aus fernen Welten lauschten. Sie ging dann leise in ihr Zimmer, las in der Bibel und betete. Ich frage mich heute, ob sie manchmal darum gebetet hat, dass der Fremde unser Haus verlässt.

Eigentlich hatte mein Vater recht eindeutige moralische Grundsätze. Aber der Fremde sah offenbar nie einen Anlass, sie zu respektieren. Zum Beispiel waren schmutzige Ausdrücke in unserem Haus nicht erlaubt. Der Fremde aber benutzte immer wieder schlimme Wörter, die meine Ohren zum Brennen brachten und meinen Vater zusammenzucken ließen. Doch meines Wissens wurde er deshalb nie zur Rede gestellt oder des Hauses verwiesen. Mein Vater wollte auch keinen Alkohol im Haus haben – nicht mal etwas Weißwein zum Kochen. Doch der Fremde schien zu denken, dass wir ein bisschen Auflockerung brauchen konnten und zeigte uns andere Lebensweisen. Oft ging es in seinen Geschichten um Bier, Partys und Besäufnisse.

Er ließ auch das Rauchen verlockend erscheinen. Zigarrenraucher waren männlich und Pfeifenraucher distinguiert. Er sprach sehr offen und häufig über Sex. Seine Kommentare waren manchmal ganz platt anzüglich, manchmal suggestiv und im Großen und Ganzen ziemlich unverschämt. Ich weiß heute, dass meine frühen Ansichten zu Beziehungen zwischen Mann und Frau sehr stark von ihm geprägt waren.

Wenn ich zurückblicke, glaube ich, dass es allein Gottes Gnade war, die verhinderte, dass uns der Fremde noch stärker beeinflusste. Immer und immer wieder stellte er die Werte meiner Eltern in Frage und forderte sie heraus. Selten wurde er dafür kritisiert und niemals aus dem Haus geworfen.

Mehr als 30 Jahre sind vergangen, seit der Fremde bei uns eingezogen ist. Mein Vater ist längst nicht mehr so begeistert von ihm wie früher, aber wenn man ins Wohnzimmer meiner Eltern kommt, hockt er immer noch da in der Ecke und wartet darauf, dass ihm jemand Aufmerksamkeit schenkt.

Wie er heißt?

Wir nannten ihn immer Fernseher.

Anonym

Der große Kreislauf

In mein Kissen vergraben hörte ich das Klicken des Lichtschalters und dann die Schritte meines Vaters im Flur. Ich drehte mich stöhnend um, wohl wissend, was jetzt kam.

„Es ist sieben Uhr!“, donnerte seine Stimme fröhlich durch mein Zimmer. „Zeit zum Aufstehen!“

Ich zog mir das Kissen über den Kopf. „Ich will nicht!“, jammerte ich. Schließlich war ich 18 Jahre alt. Da musste doch langsam mal ein bisschen Selbstbestimmung möglich sein!

„Wir haben viel zu tun“, sagte mein Vater ungerührt. „Alle sitzen schon am Frühstückstisch.“

Ich grummelte vor mich hin, während ich mich fertig machte. Warum konnte ich nicht einfach in einer ganz normalen Familie leben?

Als ich nach unten ging, saß meine ganze Sippschaft schon an dem langen Küchentisch. Meine sieben jüngeren Geschwister zwischen 16 und einem Jahr lechzten schon danach, sich auf das Essen zu stürzen, sobald das Segensgebet gesprochen worden war.

Mit acht Kindern, von denen fünf adoptiert waren, konnte man uns wirklich nicht als „durchschnittliche“ Vorortfamilie bezeichnen. Um dem Ganzen die Krone aufzusetzen, wohnten wir auch noch auf einer alten Farm mit allem, was dazugehörte. Meinen Freunden aus der Stadt war die Idee völlig fremd, dass es tatsächlich Leute gab, die Vieh füttern, Ställe ausmisten und Getreide anbauen mussten. Sie konnten am Wochenende lange ausschlafen oder fernsehen, während ich im Dreck wühlte – eine Tatsache, die mir langsam zu stinken begann.

Als sämtliche essbaren Dinge auf dem Tisch vernichtet worden waren, wandte ich mich an meinen Vater: „Was steht denn heute an?“, fragte ich gelangweilt.

„Der Obstgarten“, sagte er. „Da muss dringend Unkraut gejätet und die Bäumchen müssen gegossen werden. Wenn wir alle zusammen anpacken, haben wir das in einer Stunde geschafft.“

„Der Obstgarten“ bestand bisher lediglich aus 20 höchstens kniehohen Schößlingen. Zwei meiner Schwestern rollten den Schlauch ab, während meine Eltern mit dem Unkrautrupfen begannen. Ich nahm mir das Ende des Schlauchs und hielt es halbherzig über die Bäumchen, die in der trockenen Erde um ihr Überleben kämpften.

„Nein, du musst sie richtig einweichen“, sagte mein Vater. „Lass das Wasser richtig einsickern.“

Ich konnte meinen Frust nur schwer verbergen. „Ach, warum sollen wir denn diese blöden Stöcke überhaupt gießen? Die werden doch eh nichts!“

Mein Vater sah mich ruhig an und überlegte sich eine Antwort. „Diese *blöden Stöcke* werden eines Tages wunderschöne Bäume sein. Deine Mutter und ich wollen ein schönes Zuhause für unsere Familie schaffen; das ist schon immer unser Traum gewesen.“ Er hielt inne und ich sah, wie seine Augen über meine Geschwister und das Haus glitten. „Die meisten Träume kosten viel Zeit und Arbeit“, fuhr er dann fort. „Das musst du dir klarmachen.“

Damit ging er wieder an die Arbeit. Ich sah mir meine Familie an. Mama half einem meiner Brüder, das Gras auszurupfen, das rund um die Johannisbeersträucher gewachsen war. Eine meiner Schwestern hatte ein Auge auf die beiden Kleinsten, die auf dem Rasen spielten. Mein Vater hatte sich den schwersten Job ausgesucht, einen weiteren Schößling in die harte Erde zu setzen.

Ich sah den Schweiß auf seiner Stirn, als er den Spaten in den Boden rammte. Warum tat er sich das an? Warum schuftete er so hart für uns?

„Hey, Papa", rief mein Bruder Philip. „Komm, sieh mal, was ich geschafft habe!"

Mein Vater ging zu Philip hinüber, der mit seinen zwölf Jahren versucht hatte, einen morschen Zaun zu flicken. Das Ergebnis sah recht unbeholfen aus; krumm gehauene Nägel standen in allen Richtungen aus den Brettern, die er ziemlich windschief angebracht hatte. Aber er strahlte vor Stolz, als er seine Arbeit präsentierte.

Ich verzog das Gesicht. Sah Philip denn nicht, dass man das noch mal neu machen musste?

Die Reaktion meines Vaters überraschte mich. „Gut gemacht!", rief er. „Du hast dich an die Arbeit gemacht und es geschafft."

Ich war ein bisschen verwirrt. Es wäre für Papa leichter gewesen, es gleich selbst zu machen. Was brachte es, wenn mein Bruder sich abmühte und es nachher doch noch mal gemacht werden musste? Und überhaupt, warum zogen wir nicht einfach in ein Haus, das nicht so viel Arbeit machte? Machte meinen Eltern die Schufterei etwa Spaß oder hatten sie ein anderes Motiv?

Das Haus sah ganz anders aus als damals, als meine Eltern es gekauft hatten. Es war während der Weltwirtschaftskrise erbaut worden, ein weißes Farmhaus, das aus zwei Räumen und einer winzigen Anbauküche bestanden hatte. Doch meine Eltern hatten das Potenzial des Hauses gesehen. In den folgenden Jahren hatten sie immer wieder umgebaut und angebaut und den Garten angelegt, bis die ehemals kleine Hütte ein schönes Zuhause für eine zehnköpfige Familie geworden war. Ich hatte eigentlich noch nie darüber nachgedacht, was meine Eltern alles für uns getan hatten.

Schweigend machte ich mich wieder an die Arbeit und überlegte, was meine Eltern wohl mit uns im Sinn hatten.

Seit diesem Tag im Obstgarten sind Jahre vergangen, aber ich habe oft über die Worte meines Vaters nachgedacht: „Die meisten Träume kosten viel Zeit und Arbeit." Immer wieder hatte ich sie vor Augen, während ich studierte, meinen ersten Job annahm und heiratete. Ich hatte sie so sehr verinnerlicht, dass sie mir manchmal schon rauszurutschen begannen.

Als mein Mann und ich unser erstes eigenes Haus erwarben, war es klar, dass wir einiges an Arbeit hineinstecken mussten. Der kahle Garten drum herum brauchte dringend einen grünen Daumen und ich kaufte Dutzende von Büschen, Blumen und Bäumchen.

Als meine Eltern zu Besuch kamen, zeigte ich ihnen stolz meine Neuerwerbungen.

„Komm, wir pflanzen sie ein", sagte meine Mutter und war schon auf dem Weg zur Garage, um einen Spaten zu holen.

Wir überlegten eifrig, wo was hinkommen sollte, und ich hatte schon den Spaten für das erste Loch angesetzt, als mir etwas einfiel.

Ich rannte ins Haus, fand meine beiden Töchter mit einer Freundin vor dem Fernseher und rief: „Kommt nach draußen und helft uns mal! Wir pflanzen zusammen die Bäumchen und Büsche ein!"

Sie schauten überrascht drein, als ich ihnen erklärte, wie sie die Bäumchen halten sollten, während ich sie einpflanzte.

„Aber die sehen gar nicht wie Bäume aus!", maulte meine Älteste. „Warum müssen wir das denn machen?"

Meine Antwort kam, ohne dass ich nachdenken musste: „Wenn wir es zusammen machen, geht es viel schneller. Außerdem sehen sie vielleicht im Moment noch nicht nach viel aus, aber mit ein bisschen Arbeit und Zeit werden sie wunderschöne Bäume!"

Aus dem Augenwinkel sah ich meinen Vater grinsen.

Janna L. Graber

Mein Regenbogen

Dank meinen Eltern habe ich gelernt, dass man nicht reich sein muss, um wirklich glücklich zu leben.

Mein Vater ist selbstständig und im Rückblick wird mir klar, wie viel ich *nicht* hatte. Aber damals ist mir das nie aufgefallen. Ich kam mir immer vor wie das glücklichste Kind der Welt. Wir lebten in einem Wohnwagen, vor dessen Tür sich ein Windrad und eine kleine, mit grünem Kunstrasen bedeckte Veranda befand. Ich hatte eine ganze Herde Enten und Gänse, die meine Mutter in einem Gehege hinter dem Wohnwagen hielt. Tagsüber ließen wir sie frei herumlaufen und warfen ihnen dann von der Veranda aus altes Brot zu. Sie rannten wie wild hin und her und stahlen sich gegenseitig die besten Bissen.

Und ich hatte meinen Regenbogen. In dem kleinen Kämmerchen, in dem wir drei Kinder schliefen, gab es ein kleines Fenster, auf das ein durchsichtiger Regenbogen aufgeklebt war. Ich schaute stundenlang durch die transparenten roten, orangen, gelben und blauen Streifen auf die windgepeitschte Landschaft vor dem Fenster. Es war faszinierend zu sehen, wie die Wolken ihre Farben veränderten, während sie über das Fenster wanderten.

Schließlich zogen wir in ein richtiges Haus nur hundert Meter vom Standplatz des Wohnwagens entfernt. Ich habe meinen Regenbogen nie wieder gesehen. Mama hat noch ihre Enten und Gänse, aber das Windrad war so morsch, dass wir es sicherheitshalber abmontieren mussten.

Eines Tages wurde der Wohnwagen von einem Laster abgeholt und ich winkte ihm zum Abschied hinterher. Jetzt sieht man nur noch das Viereck aus blauen Blumen, das um ihn herum gewachsen war. Aber ich werde nie vergessen, was ich dort in den vier Jahren mit meinem Regenbogen über wahres Glück gelernt habe.

Randi Curtiss

Worauf es ankommt

Ganz egal, wohin du gehst oder was du tust,
was du anstrebst oder zu meistern versuchst,
was immer du erreichst,
du wirst es nie wirklich zu etwas bringen,
wenn du keine Liebe in dir hast.

Aubrey Leigh Denzer

Fluch oder Segen?

Es war einmal ein alter Mann, der lebte in einem kleinen Dorf. Obwohl er sehr arm war, wurde er von jedermann beneidet, denn er besaß einen wunderschönen weißen Hengst. Selbst der König hätte gern ein solches Pferd gehabt. Einen so stolzen Hengst hatte man noch nie gesehen – so prächtig, so majestätisch, so stark war er.

Die Leute boten die phantastischsten Preise für den Hengst, doch der alte Mann lehnte alle Angebote ab. „Dieser Hengst ist für mich mehr als ein Pferd“, sagte er. „Er ist wie ein Freund. Wie könnte ich einen Freund verkaufen? Er ist doch nicht mein Eigentum!“

Der Mann war sehr arm und die Versuchung groß. Aber er verkaufte das Pferd trotzdem nicht.

Eines Morgens kam er in den Stall und der Hengst war nicht da. Das ganze Dorf kam herbeigeeilt.

„Du dummer alter Mann!", riefen sie. „Wir haben dir immer gesagt, dass dir eines Tages jemand das Pferd stehlen würde. Wie konntest du annehmen, ein so wertvolles Tier schützen zu können? Es wäre besser gewesen, wenn du es verkauft hättest. Du hättest jeden Betrag haben können. Kein Preis wäre zu hoch gewesen. Jetzt ist das Pferd fort und du bist verflucht!"

Der alte Mann antwortete: „Urteilt nicht so schnell. Sagt einfach, dass das Pferd nicht im Stall ist. Das ist alles, was wir wissen; der Rest ist Vermutung. Ob ich verflucht bin oder nicht, wer kann das wissen? Wie könnt ihr darüber urteilen?"

Die Leute protestierten: „Das kannst du nicht schönreden. Das Pferd ist weg und das allein ist schon ein Fluch. Dazu braucht man kein Philosoph zu sein."

Der alte Mann erwiderte: „Alles, was ich weiß, ist, dass der Stall leer und das Pferd weg ist. Sonst weiß ich nichts. Ob das ein Fluch oder ein Segen ist, vermag ich nicht zu sagen. Wir können nur einen Teil des Ganzen sehen. Wer weiß schon, was als Nächstes passiert?"

Die Leute aus dem Dorf lachten. Sie hielten den alten Mann für verrückt. Sonst hätte er doch längst den Hengst verkauft und sich von dem Geld einen schönen Lebensabend gegönnt. Stattdessen schuftete er noch immer als Holzfäller. Er lebte von der Hand in den Mund und nun hatte er bewiesen, dass er ein Dummkopf war.

Nach fünfzehn Tagen kehrte der Hengst zurück. Er war nicht gestohlen worden; er war davongelaufen und nun brachte er ein ganzes Dutzend wilde Stuten mit. Wieder versammelten sich die Leute aus dem Dorf bei dem alten Mann und sagten: „Alter, du hattest Recht und wir Unrecht. Was wir für einen Fluch hielten, war in Wirklichkeit ein Segen. Bitte verzeih uns."

Der Mann sagte: „Wieder geht ihr zu weit. Sagt nur, dass der Hengst wieder da ist. Ein Dutzend Stuten sind mit ihm gekommen, doch urteilt nicht zu schnell darüber. Woher wollt ihr wissen, dass das ein Segen ist? Wir sehen nur ein Fragment des ganzen Bildes. Wie könnt ihr urteilen, ohne die ganze Geschichte zu kennen? Wenn man nur eine Seite eines Buches kennt, wie kann man da das ganze Buch beurteilen? Wenn man nur ein Wort eines Satzes kennt, kann man dann den Satz verstehen? Das Leben ist so vielschichtig und doch wollt ihr ständig darüber urteilen. Dabei habt ihr nur einen Teil des Bildes. Niemand weiß, wie alles ausgeht. Ich will mich zufrieden geben mit dem, was ich weiß."

Vielleicht hat der alte Mann Recht, dachten die Leute. Also sagten sie nichts, doch eigentlich meinten sie, dass er falsch lag. Zwölf Pferde waren mit dem Hengst zurückgekommen. Mit ein wenig Arbeit konnten sie zugeritten und für viel Geld verkauft werden.

Der alte Mann hatte einen Sohn, seinen einzigen. Der junge Mann begann mit den wilden Stuten zu arbeiten. Nach ein paar Tagen wurde er von einem der Pferde abgeworfen und brach sich beide Beine. Wieder versammelten sich die Dorfbewohner um den alten Mann und gaben ihr Urteil ab.

„Du hattest Recht", sagten sie. „Das hat sich erwiesen. Die wilden Pferde waren kein Segen, sondern ein Fluch. Dein einziger Sohn hat sich die Beine gebrochen und nun hast du keinen Helfer mehr für die Arbeit. Jetzt geht es dir schlechter als je zuvor."

Der alte Mann seufzte. „Ihr seid besessen vom Urteilen! Geht doch nicht wieder zu weit! Sagt nur, dass mein Sohn sich die Beine gebrochen hat. Wer weiß denn, ob das ein Segen oder ein Fluch ist? Niemand kann das wissen, denn wir kennen nur einen Teil des Bildes. So ist das im Leben."

Wenige Wochen später brach ein Krieg aus. Alle jungen Männer des Dorfes wurden eingezogen und mussten der Armee beitreten, nur der Sohn des alten Mannes nicht, weil er verletzt war. Wieder kamen die Dorfbewohner zu dem alten Mann und weinten und schrien, weil ihre Söhne fort waren. Der Feind war in der Überzahl und es gab wenig Hoffnung, dass die jungen Männer diesen Krieg überleben würden. Sie würden sie nie wieder sehen.

„Du hattest Recht, alter Mann!“, weinten sie. „Gott weiß, dass du Recht hattest. Der Unfall deines Sohnes war ein Segen. Er mag verletzt sein, aber zumindest lebt er. Unsere Söhne dagegen sind verloren.“

Der alte Mann sagte: „Es ist unmöglich, mit euch zu reden. Ihr zieht immer eure Schlüsse, obwohl niemand das Ende kennt. Sagt nur dies: Eure Söhne mussten in den Krieg ziehen und meiner nicht. Niemand weiß, ob das ein Segen oder ein Fluch ist. Nur Gott allein kann das wissen.“

Max Lucado

Mein Vater

So verändert sich im Laufe unseres Lebens die Sicht von unserem Vater:
Mit 4 Jahren: „Mein Papa kann alles!"
Mit 7 Jahren: „Mein Papa weiß ganz schön viel!"
Mit 8 Jahren: „Mein Papa weiß auch nicht alles!"
Mit 12 Jahren: „Na ja, natürlich weiß mein Vater das nicht!"
Mit 14 Jahren: „Papa? Hoffnungslos spießig!"
Mit 21 Jahren: „Oh, ist der Mann altmodisch! Na, was soll man auch anderes erwarten?"
Mit 25 Jahren: „Er weiß vielleicht ein bisschen darüber, aber nicht viel."
Mit 30 Jahren: „Vielleicht sollten wir Papa fragen, was er darüber denkt."
Mit 35 Jahren: „Lasst uns Papas Rat einholen, bevor wir loslegen."
Mit 50 Jahren: „Ich frage mich, was mein Vater wohl davon gehalten hätte."
Mit 60 Jahren: „Mein Vater wusste einfach alles!"
Mit 65 Jahren: „Ich würde alles darum geben, das mit meinem Vater besprechen zu können!"

Anonym

Das Zeichen

Der junge Mann saß allein im Bus und starrte die meiste Zeit aus dem Fenster. Er war ungefähr Mitte zwanzig und sah gut aus mit seinem sympathischen Gesicht. Sein dunkelblaues Hemd passte zu seinen Augen und sein Haar war kurz geschnitten. Ab und zu sah er sich im Bus um und die Sorge in seinem Blick berührte das Herz einer älteren Dame, die auf der anderen Seite des Ganges saß. Der Bus erreichte gerade die Vororte einer kleinen Stadt und sie fühlte sich so zu dem jungen Mann hingezogen, dass sie ihn fragte, ob sie sich neben ihn setzen dürfe.

Nach einigen Sätzen über das Wetter platzte der junge Mann heraus: „Ich habe zwei Jahre im Gefängnis gesessen. Heute Morgen wurde ich entlassen und jetzt fahre ich nach Hause."

Er erzählte ihr, dass er aus einer armen, aber stolzen Familie stammte und dass seine Eltern sich wegen seines Vergehens sehr schämten. In den ganzen zwei Jahren hatte er nichts von ihnen gehört. Er wusste, dass sie nicht genug Geld hatten, um ihn zu besuchen und wahrscheinlich fühlten sie sich zu ungebildet, um ihm zu schreiben. Er hatte auch aufgehört, ihnen zu schreiben, als er nie eine Antwort erhielt.

Drei Wochen vor seiner Entlassung hatte er ihnen einen letzten verzweifelten Brief geschrieben. Er hatte ihnen gesagt, wie traurig er darüber war, dass er sie enttäuscht hatte, und bat sie um Vergebung. Dann erklärte er, dass er bald entlassen würde und den Bus nach Hause nehmen würde. Die Linie führte genau am Vorgarten seiner Eltern vorbei und in seinem Brief hatte er geschrieben, dass er es verstehen würde, wenn sie ihm nicht vergeben könnten.

Er wollte es ihnen möglichst leicht machen und so hatte er sie gebeten, ihm ein Zeichen zu geben, das er vom Bus aus sehen konnte. Wenn sie ihm vergeben hatten und wollten, dass er nach Hause kam, sollten sie in den Apfelbaum vor dem Haus ein weißes Tuch knoten. Wenn dieses Zeichen nicht da war, würde er einfach im Bus sitzen bleiben und sie nie wieder belästigen.

Als sich nun der Bus seiner Straße näherte, wurde der junge Mann immer nervöser, bis er sich schließlich nicht mehr getraute, aus dem Fenster zu schauen. Er war sich so sicher, dass kein weißes Tuch im Baum hängen würde.

Die alte Frau bot ihm deshalb an, für ihn aus dem Fenster zu schauen. Und dann sah sie den Apfelbaum. Sie berührte den jungen Mann an der Schulter und rief:

„Sehen Sie nur! Oh, sehen Sie doch nur! Der ganze Baum hängt voller weißer Tücher!“

nacherzählt von Alice Gray

Ein Rätsel

Ich bin dein ständiger Begleiter,
deine größte Hilfe oder deine schwerste Last.
Ich kann dich vorwärts bringen oder dich herunterziehen.
Ich stehe ganz unter deinem Befehl.
Die Hälfte der Dinge, die du zu tun hast,
kannst du mir überlassen
und ich bin in der Lage, sie schnell und gut zu erledigen.
Ich bin leicht zu handhaben –
du musst nur konsequent mit mir sein.
Zeig mir genau, wie etwas zu tun ist,
und nach ein paar Wiederholungen tue ich es ganz automatisch.
Ich bin der Diener aller großen Menschen
und auch der aller Versager.
Die, die groß wurden, habe ich groß gemacht.
Die, die versagten, habe ich zu Versagern gemacht.
Ich bin keine Maschine, obwohl ich präzise funktioniere,
denn ich habe dazu noch die Intelligenz einer Person.
Du kannst mich zum Guten oder zum Schlechten verwenden –
für mich macht es keinen Unterschied.
Nutze mich, trainiere mich, sei streng mit mir
und ich lege dir die Welt zu Füßen.
Geh locker mit mir um und ich zerstöre dich.
Wer ich bin?
Die Gewohnheit!

Anonym

Das Leben

Das Leben ist für mich keine kleine Kerze.
Es ist eine Art leuchtende Fackel,
die ich für einen Moment halten darf,
und ich will, dass sie so hell brennt wie möglich,
bevor ich sie an die nächste Generation weitergebe.

George Bernard Shaw

Meine beste Freundin

Als ich Molly kennen lernte, wurden wir sofort die besten Freundinnen. Wir fanden dieselben Sachen gut, lachten über dieselben Witze und liebten beide Sonnenblumen.

Anscheinend hatten wir uns gesucht und gefunden und das genau zur richtigen Zeit. Wir hatten gerade beide irgendwie Ärger mit unseren Freunden oder fühlten uns nicht richtig wohl mit ihnen und wir waren völlig begeistert, als wir uns kennen lernten.

Unsere Freundschaft wurde sehr eng. Auch unsere Familien befreundeten sich miteinander und es war klar, dass man dort, wo Molly war, auch mich finden konnte und umgekehrt. Wir waren in der Fünften nicht in derselben Klasse, aber in jeder Pause trafen wir uns und tauschten die neusten Neuigkeiten aus. Wir hingen ständig zusammen und heckten dabei so manchen Streich aus, sodass uns unsere Lehrer des Öfteren ermahnten, dass sie uns nie in eine Klasse stecken würden, wenn wir so weitermachten.

In diesem Sommer kamen Molly und ihr Bruder ziemlich oft zu uns zu Besuch. Meine Mutter passte auf sie auf, während ihre Mutter arbeiten ging. Wir gingen gemeinsam ins Schwimmbad, spielten zusammen und übten Flöte.

Der Sommer verging wie im Flug und wir kamen in die sechste Klasse. Wie uns die Lehrer gewarnt hatten, waren wir wieder in verschiedenen Klassen. Doch wir telefonierten ständig miteinander, besuchten uns gegenseitig, sangen zusammen im Schulchor und übten gemeinsam Flöte spielen. Unsere Freundschaft war unzerstörbar.

Das siebte Schuljahr begann und wir waren immer noch in unterschiedlichen Klassen. Es schien eine Art Test zu sein. Wir lernten beide neue Freunde kennen und Molly begann mit einer besonders angesagten Clique rumzuhängen. Sie war bald ziemlich beliebt.

So kam es, dass wir immer weniger Zeit miteinander verbrachten und auch nicht mehr stundenlang telefonierten. Wenn ich in der Schule versuchte mit ihr zu reden, ignorierte sie mich einfach. Oder eine ihrer „coolen" Freundinnen kam an und Molly ging einfach mitten im Satz mit ihr weg. Es tat sehr weh.

Ich war völlig verwirrt. Zwar war ich mir sicher, dass sie das nicht absichtlich machte, um mich zu verletzen, aber wie sollte ich mit ihr reden, wenn sie mich gar nicht an sich heranließ? Ich unternahm viel mit meinen neuen Freunden, aber das war nicht dasselbe. Eine meiner neuen Freundinnen hieß Erin und war auch mal gut mit Molly befreundet gewesen. Jetzt behandelte Molly sie auf einmal genauso mies wie mich. Also beschlossen wir, mit Molly zu reden.

Der Anruf fiel mir nicht leicht. Es war schwierig zu formulieren, wie ich mich fühlte, und ich hatte Angst, dass ich sie verletzen und wütend machen würde. Obwohl – als wir wieder so ganz vertraut zu zweit am Telefon waren, fühlte es sich fast so an wie früher. Und Molly war auch wieder ganz die Alte.

Ich erzählte ihr also von meinen Gefühlen und sie mir von ihren. Ich kapierte, dass ich nicht die Einzige war, die Probleme hatte. Mir war es nie so vorgekommen, aber sie fühlte sich von mir und meinen neuen Freunden ausgegrenzt. Sie erinnerte sich an mehrere Gelegenheiten, wo ich nicht mal bemerkt hatte, dass sie mit mir reden wollte. Molly fühlte sich in der Schule ohne mich allein und brauchte jemanden zum Reden. Was sollte sie machen? Also suchte sie sich andere Freunde.

Wir müssen eine ewige Zeit miteinander geredet haben, denn am Ende hatte ich eine ganze Packung Taschentücher voll geschnupft und fühlte mich, als hätte sich ein schweres Gewicht von meiner Seele gehoben. Wir beschlossen, dass wir unsere neuen Freunde jetzt nicht links liegen lassen würden, aber dass wir wieder mehr Zeit in unsere Freundschaft investieren wollten.

Heute sehe ich auf diese Zeit zurück und muss grinsen. Molly und ich sind endlich in einer Klasse und kriegen natürlich dauernd Ärger, weil wir schwätzen und den Unterricht stören. Molly ist für mich heute wie eine Schwester. Wir mögen immer noch dieselben Sachen und lachen über dieselben Witze und lieben Sonnenblumen.

Ich habe aus dieser Geschichte etwas Wichtiges gelernt: Die Dinge verändern sich, Menschen verändern sich, aber das heißt nicht, dass man alles einfach über Bord schmeißen muss, was vorher war. Es bedeutet einfach, dass man sich selbst auch weiterentwickeln muss – und dabei aber seine Erinnerungen wie kostbare Schätze aufbewahrt.

Alicia M. Boxler

Neue Türen

Wenn sich eine Tür schließt, geht eine andere auf.
Aber manchmal sehen wir die verschlossene Tür so traurig an,
dass wir die geöffnete gar nicht wahrnehmen.

Alexander Graham Bell

Glaube

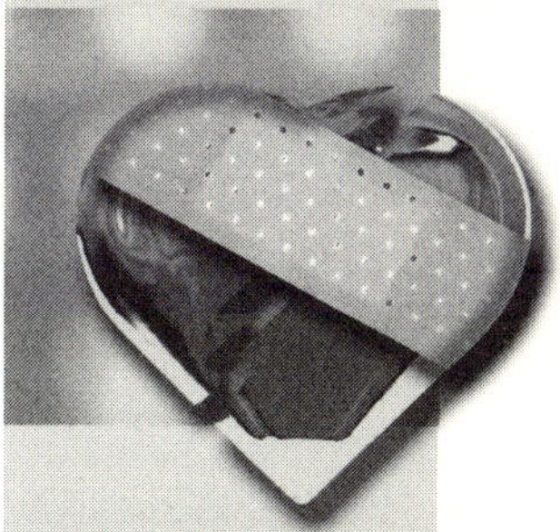

Neue Einsichten

Manche Menschen trauen sich nicht zu weinen;
der Himmel muss ein ganz besonderer Ort sein;
„Zufälle" kommen in Wirklichkeit von Gott
und die Liebe hofft und glaubt alles.

Anonym

Kevins Welt

Mein Bruder Kevin denkt, dass Gott unter seinem Bett wohnt. Zumindest habe ich ihn das eines Abends sagen hören. Er betete laut in seinem Zimmer, in dem schon das Licht ausgeschaltet war, und ich blieb draußen vor der Tür stehen und lauschte.

„Bist du da, Gott?“, fragte er. „Wo steckst du? Ach so, unter dem Bett!“

Ich kicherte leise und schlich mich auf Zehenspitzen in mein Zimmer. Kevins einmalige Ansichten vom Leben sind immer wieder lustig. Aber an diesem Abend blieb außer dem Lachen noch etwas anderes bei mir hängen. Zum ersten Mal wurde mir wirklich klar, dass Kevin in einer ganz anderen Welt lebt.

Er kam vor 30 Jahren auf die Welt und auf Grund von Komplikationen bei der Geburt behielt er eine geistige Behinderung zurück. Abgesehen von seiner Größe (er ist 1,80 Meter groß) ist er in vieler Hinsicht kein Erwachsener. Er hat das Verhalten und die Kommunikationsfähigkeiten eines Siebenjährigen und so wird es auch immer bleiben.

Wahrscheinlich wird er immer daran glauben, dass Gott unter seinem Bett wohnt, dass der Weihnachtsmann die Geschenke bringt und dass Flugzeuge nicht vom Himmel fallen, weil Engel sie tragen.

Ich frage mich manchmal, ob Kevin wohl merkt, dass er anders ist. Ist er mit seinem ziemlich langweiligen Leben zufrieden? Er steht jeden Morgen sehr früh auf, fährt in die Behindertenwerkstatt, arbeitet bis nachmittags dort, dann geht er mit unserem Cockerspaniel spazieren und freut sich auf sein Lieblingsabendessen, Maccaroni mit Käsesauce. Danach geht er ins Bett. Exakt so läuft es jeden Tag, außer an Waschtagen, an denen er verzückt die Waschmaschine anstarrt wie eine junge Mutter ihr neugeborenes Baby.

Er macht keinen unzufriedenen Eindruck. Jeden Morgen um 7:05 Uhr galoppiert er hinaus zum Bus und scheint sich auf seine simple Arbeit in der Werkstatt zu freuen. Er ringt in freudiger Erregung die Hände, wenn das Wasser für das Abendessen kocht. Und zweimal in der Woche bleibt er länger auf, um die Wäsche aller Familienmitglieder einzusammeln und zu sortieren.

Und die Samstage – oh, die sind das Beste! Jeden Samstag fährt mein Vater mit Kevin zum Flughafen. Dort kauft er ihm eine Cola und sie sehen sich zusammen die landenden und startenden Maschinen an und überlegen, welche Passagiere wohl wohin wollen oder woher sie kommen. Kevin freut sich immer so sehr auf diesen Tag, dass er am Freitagabend kaum einschlafen kann.

Ich glaube nicht, dass Kevin bewusst ist, dass außerhalb seiner kleinen Welt der täglichen Rituale und Wochenendausflüge noch etwas anderes existiert. Er weiß nicht, wie es ist, unzufrieden zu sein. Sein Leben ist einfach. Er wird nie die Schwierigkeiten und Verwicklungen kennen lernen, die Reichtum oder Armut mit sich bringen. Ihm ist es egal, welche Marke in seinen Klamotten steht oder was er genau isst. Er kennt keine Standesdünkel, sondern behandelt alle Menschen gleich freundlich. Seine Bedürfnisse sind immer erfüllt worden und er macht sich keine Gedanken darüber, dass das vielleicht eines Tages mal nicht so sein könnte.

Seine Hände lieben Beschäftigung. Kevin ist nie glücklicher, als wenn er arbeiten kann. Wenn er die Spülmaschine ausräumt oder die Teppiche saugt, dann ist er mit ganzem Herzen bei der Sache. Er lässt eine Arbeit nicht halb erledigt liegen, aber wenn er seine Aufgaben erfüllt hat, ist er ein Meister in der Kunst der Entspannung. Er ist nicht süchtig nach seiner Arbeit.

Sein Herz ist absolut rein. Er glaubt immer noch daran, dass alle Menschen grundsätzlich die Wahrheit sagen, dass man Versprechen einhält und dass man sich entschuldigt, wenn man einen Fehler gemacht hat, anstatt sich herausreden zu wollen. Er ist frei von falschem Stolz und macht sich nichts aus seiner Wirkung. Deswegen hat er auch keine Angst davor zu weinen, wenn er verletzt wird, wütend ist oder ihm etwas Leid tut. Er ist immer vollkommen glasklar und ehrlich.

Und er vertraut Gott. Er muss sich nicht mit intellektuellen Fragen herumschlagen; wenn er zu Gott kommt, kommt er als sein Kind. Kevin scheint Gott zu kennen – wirklich mit ihm befreundet zu sein und, das auf eine Art, die ein „gebildeter" Mensch nur schwer begreifen kann. Gott scheint sein engster Gefährte zu sein.

In Momenten, wo ich mein Christsein anzweifle und von Gott frustriert bin, beneide ich Kevin um die Sicherheit, die ihm sein einfacher Glaube gibt. Dann bin ich auch am ehesten bereit zuzugeben, dass Kevin eine Art göttliches Wissen hat, das meine höchst sterblichen Fragen weit übersteigt. In diesen Zeiten wird mir klar, dass vielleicht gar nicht er derjenige von uns ist, der eine Behinderung hat – sondern ich!

Eines Tages, wenn alle Geheimnisse des Himmels offen liegen und wir alle überrascht feststellen werden, wie nahe Gott die ganze Zeit unseren Herzen gewesen ist, wird Kevin sich kein bisschen darüber wundern.

Kelly Adkins

„Amazing Grace"

Ich hätte das Solo singen sollen. Das fanden auch alle meine Freundinnen. Zumindest hätten sie nicht Helen aussuchen dürfen, dieses komische neue Mädchen. Sie sagte nie was und starrte immer nur auf ihre Füße, als ob ihr ihr Kopf zu schwer wäre. Wir haben ihr nie etwas getan; sie war einfach von selbst so. Dabei konnte es ihr gar nicht so schlecht gehen bei den tollen Klamotten, die sie trug. Sie hatte noch kein Outfit zweimal angehabt, seit sie bei uns auf der Schule war.

Doch das Schlimmste passierte, als sie zum Vorsingen kam und sich um *meinen* Part bewarb. Jeder wusste, dass die Hauptrolle für mich bestimmt war! Ich hatte in allen unseren Schulmusicals Solo gesungen und das hier war unser Abschlussjahr!

Meine Freunde warteten auf mich, weshalb ich nicht noch dablieb, um Helens Vorsingen zu hören. Der Schock kam zwei Tage später, als ich zum schwarzen Brett eilte und die Besetzungsliste für das Musical las.

Ich scannte das Blatt nach meinem Namen ab – und als ich ihn fand, brach ich in Tränen aus. Helen hatte die Hauptrolle gekriegt! Ich sollte ihre Mutter spielen. Ihre *Mutter*?!? Das war doch wohl nicht wahr!

Die Proben schienen endlos zu dauern und Helen tat so, als würde sie nicht merken, dass wir anderen sie schnitten. Ich muss schon zugeben, dass Helen eine wunderschöne Stimme hatte, und auf der Bühne wirkte sie auch ganz anders – nicht so verhuscht. Zwar schien sie auch nicht unbedingt glücklich, aber ruhig und selbstbewusst.

Der Premierenabend kam mit all seinen Prüfungen. Alle waren nervös und beschäftigten sich irgendwie, bis der Vorhang aufging. Nur Helen schien sich ganz in ihre eigene stille Welt zurückgezogen zu haben.

Die Aufführung war ein Hit. Alles klappte perfekt und Helen und ich sangen super zusammen. Ich war die schmerzerfüllte Mutter, die sich um ihre Tochter sorgt, die vom Weg abgekommen war. Helen spielte die Tochter einfach hinreißend, die erst beim Tod ihrer Mutter begreift, dass es mehr im Leben gibt als nur Spaß und Action.

Die Schlussszene erreichte ihren dramatischen Höhepunkt. Ich lag nach meinem „Tod" in dem abgedunkelten, unbequemen Bett am Bühnenrand und wartete ungeduldig darauf, dass Helen ihr Schlusslied sang.

Sie stand auf der Bühne, ein einzelner Scheinwerfer beleuchtete sie, die Tochter, die erst jetzt die wahre Bedeutung des Liedes begreift, das sie singt:

„Amazing grace, how sweet the sound (Erstaunliche Gnade, wie süß dein Klang*) ..."

Ihre Stimme erhob sich über den Schmerz des Abschieds. Und während Helen sang, passierte etwas mit mir. Meine Ungeduld war wie weggeblasen und Tränen stiegen mir in die Augen. Mir schien, als würde Gott ganz direkt zu mir reden, und in diesem Moment konnte ich seine Liebe und seine Sehnsucht nach mir richtig spüren.

Helens Stimme verklang und der Vorhang fiel.

Völlige Stille.

Helen stand hinter dem Vorhang und weinte leise. Plötzlich brandete der Applaus auf, das Publikum rief „Bravo", stampfte mit den Füßen und johlte begeistert. Als der Vorhang wieder aufging, sahen wir, dass alle aus ihren Sitzen aufgestanden waren.

Wir machten unsere einstudierten Verbeugungen und diesmal war mein Lächeln echt. Mein Herz war berührt worden.

Dann war alles vorbei. Die Kostüme waren verstaut, das Make-up abgewaschen, die Lichter gelöscht. Alle Beteiligten zogen in Grüppchen davon und freuten sich über den gelungenen Abend.

Alle außer Helen. Und mir.

„Helen, dein Lied am Schluss ... das war so ... so *wirklich*!", sagte ich zögernd, weil mir das, was ich sagen wollte, so pathetisch vorkam. Aber es stimmte: „Du hast mich direkt in den Himmel gesungen!"

Helen keuchte erschrocken und sah mich an.

„Genau das hat meine Mutter zu mir gesagt an dem Abend, an dem sie gestorben ist." Eine Träne rollte ihre Wange hinunter und

---

* Eins der ältesten und bekanntesten amerikanischen Kirchenlieder.

ich hätte sie am liebsten in den Arm genommen. „Sie hatte solche Schmerzen und es half ihr immer, wenn ich dieses Lied gesungen habe. Sie hat gesagt, ich soll immer daran denken, dass Gott unser Bestes will und dass sie jetzt bald zu ihm nach Hause kommen dürfe." Ihr Gesicht schien sich von innen zu erhellen. „Und dann hat sie kurz vor ihrem Tod gesagt: ‚Sing mich direkt in den Himmel, Helen!' Erstaunlich, nicht wahr?"

Cynthia Hamond

Eine verirrte Kugel

Es war ein Nachmittag im März und Anya saß im Auto und lernte Bibelverse auswendig, während ihr kleiner Bruder seine Klavierstunde hatte. Nach ihm war sie dran, aber um sich die Bibelverse zu merken, musste sie sie laut aufsagen und das ging nun mal am besten im Auto. Nächste Woche würden sie ein Bibelquiz machen und sie wollte unbedingt gewinnen.

Als die Klavierstunde des kleinen Zeek begann, wollte er plötzlich unbedingt, dass Anya ihm zuhörte. Seine Mutter erklärte ihm jedoch, dass Anya lernen müsse und dass sie seinen Klavierübungen schließlich schon die ganze Woche gelauscht hätte. Außerdem hatte er noch nie gewollt, dass sie bei der Stunde dabei war. Doch Zeek war fest entschlossen und so ging er hinunter zum Auto und kam auch tatsächlich zur Überraschung seiner Mutter mit seiner großen Schwester zurück

Die Stunde begann, doch fünf Minuten später wurde sie abrupt von einem ohrenbetäubenden Knallen vor dem Haus unterbrochen. Sie eilten zum Fenster, sahen aber nur noch ein ziemlich aufgemotztes Auto davonfahren. Die Klavierlehrerin vermutete, dass der frisierte Wagen wohl eine Fehlzündung gehabt hatte, und sie kehrten zum Unterricht zurück.

Doch Zeek hatte kaum angefangen zu spielen, als der Mann der Klavierlehrerin hereingestürmt kam.

„Eine Schießerei!", stieß er hervor. „Sie haben euer Auto getroffen ... das Fenster am Beifahrersitz ist vollkommen zerschossen ...!"

Die Klavierstunde war vorbei. Alle eilten nach draußen, um sich das Auto anzusehen. Tatsächlich – das Beifahrerfenster war in tausend Scherben zersprungen .... und in der Kopfstütze des Beifahrersitzes steckte eine Kugel, genau da, wo Anya noch vor wenigen Minuten gesessen hatte!

Allen war klar, dass Gott den siebenjährigen Zeek benutzt hatte, um Anya das Leben zu retten. Dies war ein ganz besonderer Moment. Zeek hatte Gottes leise Stimme wahrgenommen und gehorcht, obwohl es weder für ihn noch für die anderen besonders sinnvoll gewesen war, sie bei der Klavierstunde dabeihaben zu wollen. Und Anya war glücklicherweise auf seine Bitte eingegangen.

Die beiden Randalierer, die ziellos durch die Straßen fuhren und auf Briefkästen, Autos und Häuser schossen, wurden gefasst und vor Gericht gestellt. Anya und Zeek wurden gebeten, ebenfalls vor Gericht auszusagen. Und so kam es, dass die beiden jungen Männer verurteilt wurden – aber nicht, ohne zuvor gehört zu haben, wie Gott Anyas Leben gerettet hatte.

Doris Sanford

Ein Hai greift an!

Während die meisten Einwohner von *Kalaheo* auf *Kauai* noch schliefen, war im Sportheim des *Kauai Classic Teams* schon alles auf den Beinen. Hier wohnten die Mitglieder des Surfteams von *Kauai*. Schlanke, braun gebrannte junge Männer schaufelten ihre Frühstücksflocken in sich hinein und füllten Trinkwasser in riesige Flaschen, die sie als transportable Duschen benutzen würden. Dann warfen sie ihre Surfbretter in die Autos und fuhren los.

Das *Kauai Classic Team* bestand aus lauter jungen Christen und sie waren als Surfer und Bodysurfer sehr erfolgreich. Jetzt wollten sie beim ersten Licht des neuen Tages am Strand sein. Der Trainer, Bob Sato, sah zu, dass sich alle rechtzeitig fertig machten. Er war es auch, der vom Strand aus alles filmen würde.

Einer von ihnen war Mike. Er war der Sonnyboy der Truppe und hatte außer dem Surfen noch die Aufgabe, später aus Bobs Filmmaterial die besten Bilder zusammenzuschneiden. Seine eigene Erfahrung mit dem Surfen – er war immerhin neuseeländischer Meister und hatte den fünften Platz in der US-Meisterschaft ergattert – gab ihm ein super Gefühl für den richtigen Moment.

Heute wollten sie zur *Major's Bay* hinausfahren, einer schlanken Bucht, in der es immer die besten Wellen gab. Während Bob sein Kamerastativ aufbaute, luden die anderen ihre Sachen aus und schlüpften in die Neoprenanzüge. Die Brandung hämmerte auf den Strand und alle waren freudig erregt.

Mike und die anderen legten sich auf ihre Bretter und paddelten los. Sie unterschwammen die größten Brecher und arbeiteten sich langsam zu der Stelle vor, wo die Wellen sich zu brechen begannen.

Zehn Minuten waren vergangen, als das Unvorstellbare passierte.

Mike sah eine gute Welle, die sich hinter ihm auftürmte. Er paddelte schneller und schlug mit den Beinen, um mehr Geschwindigkeit zu erlangen.

Es passierte in einem Bruchteil von Sekunden und ohne Vorwarnung. Ein Tigerhai, der über vier Meter lang war, schoss aus der Tiefe empor und verbiss sich in Mikes Beine. Mike fuhr herum und sah das riesige grünlich-graue Vieh vor sich. Ein Riesenhai griff ihn an!

Das Tier versuchte Mike unter Wasser zu ziehen und ein schrecklicher Schmerz schoss durch seinen Körper. Er wurde von seinem Brett gezerrt und dann schüttelte der Hai seinen riesigen Leib mit einer solchen Gewalt hin und her, dass Mike es später so beschrieb: „Es fühlte sich an, als ob ein Hund ein Spielzeug im Maul hat und es wild herumschleudert." Mit diesen Bewegungen wollte der Fisch seinem Opfer das Rückgrat brechen.

„Ich hatte nur ein Ziel: dieses furchtbare Ding loszuwerden!", sagt Mike. Er begann, dem Hai mit den Fäusten auf den Kopf zu hämmern, während er gleichzeitig versuchte, seine Beine aus den Kiefern des Tieres zu befreien. Teilweise gelang ihm das auch; ein Bein konnte er herausziehen und der Hai begann wieder, ihn herumzuschleudern.

Irgendwie kam Mike frei. Er schwamm zu seinem Brett zurück und sah einen anderen Surfer, der nicht zum *Kauai Classic Team* gehörte und nur ein paar Meter entfernt auf seinem Board hockte, von wo aus er die ganze Szene beobachtet hatte. Der Surfer starrte Mike völlig ungläubig an und paddelte dann, so schnell es ging, in die andere Richtung davon.

Der Hai hatte Mikes rechtes Bein direkt unter dem Knie abgebissen.

Zum Glück geriet Mike nicht in Panik. Er erwischte eine Welle und ließ sich von ihr in Richtung Strand tragen. Sein Schrei: „Achtung, Hai!", drang schnell zu den anderen durch und sie brachten sich in Sicherheit.

Mike kam am Strand an und versuchte aufzustehen. „Einen Moment lang hatte ich doch tatsächlich vergessen, dass mir ein Bein fehlte!", erklärte Mike. „Natürlich stürzte ich zu Boden."

Sein Teamkollege Kyle Maligro war als Erster an seiner Seite. Er band das Bein schnell mit einer Schnur ab, um die Blutung zu stoppen. Auch sonst war Mike schwer verletzt. Das andere Bein wies tiefe Bisswunden auf und auch seine eine Hand, mit der er an den Zähnen des Hais gezerrt hatte, war bis auf die Knochen zerbissen.

Das Blut strömte nur so aus ihm heraus und einen Moment lang fühlte Mike, wie er in Panik geriet. *Was geschieht jetzt mit mir?*, dachte er und Angst begann sich in ihm breit zu machen. Dann fing Kyle an, für Mike zu beten.

„Das war der Wendepunkt", berichtet Mike.

Kyle betete immer noch, als ein Allradauto herangeprescht kam. Innerhalb weniger Minuten fand sich Mike im nächsten Krankenhaus wieder.

Der Notfallarzt Ken Pierce hatte Dienst, als man Mike hereinbrachte. Er war selbst ein Surfer und sorgte zunächst für eine Erstversorgung der Wunden, bevor er Mike in ein besser ausgestattetes Krankenhaus überwies. *Ich werde das hier überstehen!*, dachte Mike immer und immer wieder.

Mikes Zusammenstoß mit dem Hai sprach sich wie ein Lauffeuer auf der wenig besiedelten Insel herum. Seine Freunde machten sich solche Sorgen um Mike, dass sie mitten in ihrem Unterricht die Schule verließen. Der Wartesaal des Krankenhauses platzte bald aus allen Nähten und den ganzen Tag über wurden immer wieder Gebetstreffen für Mike abgehalten.

Die Gebete wurden erhört; nicht nur war es so, dass sich Mike erstaunlich schnell von seinen Verletzungen erholte, sondern vor allem stand er die ganze Geschichte mit einer bemerkenswert guten und positiven Einstellung durch.

Als die Presse kam, um von ihm eine dramatische Story zu bekommen, redete Mike hauptsächlich davon, wie glücklich er sich schätzte, noch am Leben zu sein und dass er ganz sicher war, dass Gott für alles, was geschieht, seine Gründe hat, die weit über das hinausgehen, was wir uns vorstellen können. In absolut jeder Nachrichtensendung Amerikas wurde über Mike und seine bescheidene und positive Sicht der Dinge berichtet.

Wenn man ihn fragt, wie er das ganze Drama heute sieht, sagt Mike mit leuchtenden Augen: „Ich habe gelernt, dass man wirklich nicht wissen kann, wie vertrauenswürdig Gott ist, bis etwas Schlimmes passiert. Ich habe diese Frage ‚Warum ich?' nicht beantwortet bekommen, aber ich bin ganz sicher dankbarer für das geworden, was ich habe. Und ich kann mich nun viel besser in andere Menschen hineinversetzen, die Schweres erlebt haben."

Am 1. Januar 1998, zwei Monate nach seiner grausigen Begegnung mit dem Hai, stand Mike wieder auf dem Surfbrett. Fest entschlossen, sich nicht den Spaß an seinem liebsten Sport von der „Angst vor so einem blöden Vieh" verderben zu lassen, ließ er seine Krücken am Strand liegen, klemmte sich das Brett unter den Arm und hüpfte auf einem Bein ins Wasser. Ab diesem Moment war er so gut und beweglich wie eh und je.

Auch heute noch surft Mike, sobald sich nur die kleinste Welle zeigt. Er bekommt bald eine Beinprothese und schneidet wieder die Videos des *Kauai Classic Teams* zusammen. Von dem Haiangriff redet er ganz offen als „Teil von etwas, das Gott aus Gründen zugelassen hat, die viel zu hoch für mich sind – aber es sind auf jeden Fall gute Gründe!"

Und das sagt er mit einem so ansteckenden Grinsen, dass kein Zweifel daran besteht, dass er es wirklich so meint.

Rick Bundschuh

Der Heilige von Auschwitz

Unter all den grausigen Erinnerungen an das KZ Auschwitz gibt es auch eine voller Schönheit: Die Erinnerung eines Mannes namens Gajowniczek an seinen Mitgefangenen Maximilian Kolbe.

Im Februar 1941 wurde Kolbe nach Auschwitz deportiert. Er war ein Franziskanerpriester und bewahrte sich inmitten dieser mörderischen Umgebung die Güte Jesu. Er teilte sein Essen mit den Mitgefangenen, gab seine Decke her und betete für seine Peiniger.

Im Juli desselben Jahres floh ein Insasse aus dem Lager und es war üblich, dass an seiner Stelle zehn andere Häftlinge getötet wurden. Alle Gefangenen mussten sich deshalb im Hof des Lagers aufstellen und der Kommandant wählte willkürlich zehn von ihnen aus. Diese Häftlinge wurden dann in eine Zelle gesperrt, in der sie ohne Essen und Wasser zurückgelassen wurden, bis sie starben.

Der Kommandant begann also mit der Auswahl. Bei jedem seiner gebellten Befehle trat ein weiterer Gefangener vor, um die unmenschliche Quote zu erfüllen. Und der zehnte Name, der aufgerufen wurde, war Gajowniczek.

Während die SS-Offiziere überprüften, ob die Opfer vollständig waren, begann einer der Verurteilten zu schluchzen.

„Ich habe Frau und Kinder!", weinte er.

Die Offiziere fuhren herum, als daraufhin unter den restlichen Gefangenen eine Unruhe entstand. Die Wachen legten die Gewehre an; die Hunde verharrten angespannt und warteten auf das Kommando zum Angriff. Ein Häftling hatte seine Reihe verlassen und drängte sich durch die anderen nach vorn.

Es war Maximilian Kolbe. Er zeigte keine Angst, sondern seine Schritte waren fest und bestimmt.

Als ihn ein Offizier anschrie, dass er stehen bleiben solle, sagte Kolbe ganz ruhig: „Ich möchte mit dem Kommandanten sprechen."

Und aus irgendeinem Grund ließ ihn der Offizier gewähren. Kolbe blieb vor dem Kommandanten stehen, nahm seine Kopfbedeckung ab und sah dem Mann in die Augen.

„Herr Kommandant, ich habe eine Bitte."

Dass ihn niemand daraufhin erschoss, war schon ein Wunder.

„Ich möchte den Platz dieses Mannes einnehmen." Damit deutete er auf den noch immer schluchzenden Gajowniczek. „Ich habe keine Familie und außerdem bin ich schon alt und tauge nicht mehr zu harter Arbeit. Er dagegen ist jünger und stärker." Kolbe kannte die Mentalität der Nazis nur zu gut.

„Wer sind Sie?", fragte der Kommandant.

„Ein katholischer Priester."

Alle schwiegen verblüfft. Selbst der Kommandant war ungewöhnlich still. Nach einem Moment bellte er: „Die Bitte wird gewährt."

Den Gefangenen in Auschwitz war es nicht gestattet, unaufgefordert zu sprechen. Gajowniczek erzählte später: „Ich konnte ihm nur mit meinen Augen danken. Ich war so überrascht und konnte kaum fassen, was da geschehen war. Es war unglaublich: Ich, der Verurteilte, sollte leben und ein anderer opfert freiwillig sein Leben für mich – ein völlig Fremder. War das ein Traum?"

Der „Heilige von Auschwitz" überlebte die anderen Gefangenen in der Todeszelle. Tatsächlich starb er nicht an Hunger oder Durst, sondern erst, nachdem man ihm eine Spritze mit Gift injiziert hatte. Das war am 14. August 1941.

Gajowniczek überlebte den Holocaust und schaffte es zurück in seine Heimatstadt. Jedes Jahr reist er am 14. August nach Auschwitz, um dem Mann zu danken, der an seiner Stelle gestorben ist.

Patricia Treece

Die Farbe spielt keine Rolle

„Hört mal, Kinder, ich hab da so einiges Gerede unter euch gehört, das ich gern mal klarstellen würde: Ich möchte, dass ihr kapiert, dass nicht alle Weißen schlecht sind. Es gibt auch jede Menge gute und lasst euch bloß nichts anderes erzählen!"

Opa Obadiah hatte seine Enkelkinder im Wohnzimmer um sich versammelt. Sie waren nicht gerade begeistert gewesen, aber er hatte darauf bestanden.

„Ich war 35, als ich zur Armee ging. Da gab's einen Soldaten, der hieß Mike Button und kam aus Texas. Eines Tages hatten wir ein Manöver und es war fast 40 Grad heiß. Ich stand im Schatten unter einem Baum und der gute alte Mike kam auf mich zu und sagte: ‚Ich hab meine Feldflasche vergessen. Kann ich mal was von dir zu trinken haben, Obadiah?' Ich suchte nach meiner Tasse, um ihm was einzugießen, aber er schnappte sich einfach meine Feldflasche und trank direkt daraus. Wisst ihr, in diesen Tagen hat ein Weißer nie aus derselben Flasche getrunken wie ein Schwarzer, aber das war kein Zufall. Mike hatte es absichtlich gemacht. Und von da an waren wir gute Freunde und haben immer Kontakt gehalten, bis er vor fünf Jahren gestorben ist. Und eines Tages werde ich ihn wieder sehen, weil er Jesus geliebt hat und ich auch. Meine schwarze Hand wird seine weiße ergreifen und Junge, wird das ein Händedruck sein! Den könnte nicht mal die Hölle selbst wieder lösen!" Seine Augen wurden feucht und eine große Träne stahl sich seine Wange hinunter.

„Erzähl uns von der Weltwirtschaftskrise, Opa", sagte Jonah.

„Na, das waren üble Zeiten, sag ich euch! Mein Bruder Eliah und ich, wir sind zusammen rumgereist. In Mississippi gab's keine Arbeit, deshalb sind wir mit dem Zug rumgefahren. Wir fuhren von Stadt zu Stadt und suchten einen Job. Meistens mussten wir im Freien übernachten. Dazu suchten wir uns ein paar Zeitungen, legten sie über uns und nahmen uns dann ganz fest in die Arme, damit wir nicht so froren. Ich hatte alle meine Geschwister lieb, aber keinen so sehr wie Eliah. Und er hätte sicher dasselbe über mich gesagt. Einmal waren wir in Detroit. Als wir dort ankamen, haben wir uns über uns selbst geärgert, dass wir da raufgefahren waren, denn es war dort bitterkalt. Um vor der Kälte etwas geschützt zu sein, verkrochen wir uns für die Nacht in einer Seitenstraße und da hörte ich jemanden im Dunkeln jammern. Eliah und ich, wir gingen hin zu dem armen Mann, der so steif gefroren war wie ein Brett. Ich hab mich auf seine eine Seite gelegt und Eliah auf die andere und dann haben wir unsere Arme um ihn geschlungen.

Erst hatte er Angst; kann man ihm ja nicht verdenken. Wir fragten ihn also, wie er hieß, und er sagte: ‚Frrrrrrrredddy!' Ihm war so kalt. Aber nach einer halben Stunde taute er ein bisschen auf und wir gaben ihm unser letztes Stückchen Brot. Er brauchte es dringender als wir. Eliah sang alte Spirituals und nach noch einer Stunde oder so gings dem alten Knaben besser und er schlief ein. Niemand konnte so gut singen wie Eliah. Im Morgengrauen haben wir dann den alten Freddy geweckt. Natürlich wussten wir inzwischen, dass er ein Weißer war. Aber ihr hättet mal sein Gesicht sehen sollen, als er kapierte, dass er die Nacht als Bulette zwischen zwei schwarzen Brötchenhälften verbracht hatte!"

„Was hat er dann gemacht, Opa?", fragte Jonah.

„Na, er ist genau da geblieben, wo er war, und wir haben uns unterhalten. Als dann das Wetter besser wurde, sind wir alle zusammen auf Arbeitssuche gegangen. Wir wurden richtig gute Freunde und eine ganze Woche lang hat Freddy jede Nacht Bulette gespielt."

„Frrrrrrrreddddy!", wiederholte Obadiah und lachte so sehr, dass er kaum noch Luft bekam. „Den besten Teil hab ich euch aber noch gar nicht erzählt, Kinder. Freddy fragte uns, warum wir uns die Mühe gemacht hätten, ihn zu wärmen. Und Eliah und ich, wir sagten ihm warum: Wegen Jesus."

„Was ist denn aus Freddy geworden?", wollte Keisha wissen.

„Weiß ich nicht. Wir sind dann getrennte Wege gegangen. Er wollte in Detroit bleiben, aber da wir ja immer draußen schlafen mussten, war uns das warme Mississippi dann doch lieber. Ich hab ihn nie wieder gesehen. Aber eins haben wir damals gelernt: Es gibt zwei Gelegenheiten, bei denen die Hautfarbe keine Rolle spielt. Die eine ist, wenn du frierst und Hunger hast. Die andere, wenn du Jesus kennst."

Randy Alcorn

Ein blöder, guter Tag

Ich habe ein Comicheft von *Calvin & Hobbes* und in einem Cartoon darin heißt es: „An manchen Tagen stehst du auf und weißt schon gleich, dass alles schief gehen wird. An solchen Tagen sollte man gleich aufgeben, den Schlafanzug wieder anziehen, sich einen heißen Kakao machen und mit hochgezogenen Decken im Bett bleiben, bis die Welt ein wenig einladender aussieht."

Als ich an einem Montagmorgen von einem heftigen Gewitter geweckt wurde, fühlte ich mich ganz genau so. Und die Schule machte meine schlechte Laune nur noch mieser. Ich hatte vergessen, eine Hausaufgabe zu machen, und bekam prompt einen Anschiss. Im Geometrie-Test musste ich die letzte Seite auslassen, weil mir die Schlüsselformel nicht einfiel. Und in Geschichte bekam ich eine Arbeit mit einer schlechten Note zurück.

Am Ende dieses blöden Tages fand ich an meinem Schließfach einen Zettel, auf dem stand:

„Rachel,
bitte komm nach der Schule in die Cafeteria.
Ich muss mit dir reden!
Danke, Leslie."

Was hatte denn das jetzt zu bedeuten? Leslie und ich kannten uns kaum. Was konnte sie nur von mir wollen?

Als ich die Cafeteria betrat, rief Leslie schon von weitem. „Hallo, Rachel! Ich weiß, mein Zettel kam dir bestimmt reichlich komisch vor, aber ich wollte dir etwas sagen ... mein Vater hat uns letzte Woche einfach verlassen!“ Sie brach in Tränen aus. „Ich weiß wirklich nicht, warum ich ausgerechnet dir das erzähle, aber du scheinst jemand zu sein, dem andere Leute nicht egal sind“, schluchzte sie.

Nach einer Weile sagte ich langsam: „Ich weiß auch nicht, warum solche schrecklichen Dinge passieren. Aber du sollst wissen, dass ich immer für dich da bin, wenn du mit jemandem reden willst.“

Danach erzählte ich ihr ein bisschen von meinen Erfahrungen mit Gott und dass er auch an ihrem Leben sehr interessiert sei und ihr helfen wolle. Am Ende des Gesprächs sah sie dann nicht mehr ganz so verzweifelt aus.

Als ich ihr hinterhersah, als sie nach Hause ging, wurde mir klar, dass mein angeblich so „blöder“ Tag im Vergleich zu Leslies überhaupt nicht schlimm war. Und noch etwas merkte ich: Selbst wenn ich ganz schlecht drauf bin, kann es sein, dass Gott sagt: „Jetzt hör mal kurz auf, dich selbst zu bemitleiden! Ich habe da eine Aufgabe für dich ...“

Übrigens, als ich nach draußen ging, schien die Sonne. Es war ein bisschen so, als würde Gott mir am Ende eines ... na ja, ziemlich unglaublichen, blöden, guten Montags zuzwinkern!

Rachel Schlabach

Zufall?

Wenn ich bete, geschehen merkwürdige Zufälle.
Wenn ich aufhöre zu beten, hören zufällig auch die Zufälle auf.

William Temple

Es gibt immer einen Grund weiterzumachen

Der 1. Dezember 1997 fing ganz normal an – keine ungewöhnlichen Vorkommnisse. Meine Zwillingsschwester Mandy und ich wollten wie immer nach der Schule unsere Hausaufgaben machen. Anschließend wollte ich für die theoretische Führerscheinprüfung lernen, die ich am 24. Dezember ablegen sollte, unserem 16. Geburtstag.

Mandy und ich waren in der elften Klasse der *Heath High School* und hatten gerade angefangen, eine Schülergebetsgruppe zu besuchen, die sich jeden Morgen vor Unterrichtsbeginn traf.

Als wir um 7:45 Uhr an diesem Morgen mit dem Beten fertig waren und die 35 Schüler in ihre unterschiedlichen Klassenräume gehen wollten, zog ein Mitschüler, Michael Carneal, eine Waffe und begann wild um sich zu schießen. Zuerst dachten wir, es wären nur Platzpatronen, weil das Knallgeräusch total unecht klang wie im Fernsehen. Doch als eine Kugel knapp über Mandys Schädel durch ihre Haare pfiff, wusste sie, dass es ernst war. Sie warf sich schützend über mich.

Ich war angeschossen worden, aber das merkte ich zuerst nicht so richtig. Denn ich hatte keine Schmerzen, sondern spürte nur so einen komischen Druck. Es fühlte sich an, als hätte mich jemand niedergeschlagen. Ich war völlig überrascht, verwirrt und stand unter Schock. Eigentlich kann ich immer noch nicht glauben, was da geschehen ist.

Ein Rettungswagen brachte mich in ein Krankenhaus in der Nähe der Schule. Die Ärzte sagten mir, dass die Kugel mein Rückenmark beschädigt hätte. Deshalb sei ich von der Taille abwärts gelähmt. Sie sagten, ich würde nie wieder laufen können.

In den ersten Wochen ging es mir sehr schlecht. Mir war ständig schwindelig, ich hatte Wasser in der Lunge und eine große Schwellung am Rückgrat.

Als sich das alles gebessert hatte, begann meine Rehabilitationstherapie. Zuerst kam ich in ein Bett, das man am Kopfende hochstellen konnte, damit ich mich langsam wieder ans aufrechte Sitzen gewöhnte. Dann begann ich mit Hanteln zu trainieren, um meine Arme und meinen Oberkörper zu stärken. Auch wie man einen Rollstuhl bedient, wurde mir gezeigt.

Zuerst brauchte ich noch fast eine Stunde, um mich allein anzuziehen. Alles wieder ganz von vorn zu lernen, was mir vorher selbstverständlich vorkam, war unheimlich hart und schaffte mich total.

Im Februar kam ich in das *Cardinal-Hill-Rehabilitationszentrum* in *Lexington*. Das war 500 Kilometer von zu Hause entfernt und ich sollte dort eine spezielle Reha machen. Meine ganze Familie zog mit mir dorthin um – meine Eltern, meine ältere Schwester Christie und natürlich Mandy. Sie mieteten sich dort eine Wohnung, um in meiner Nähe sein zu können. Ich begann mit einer echt harten Reha, bei der ich zum Beispiel Aerobic machen musste, um meine Herzfrequenz zu steigern. Ein Gerät dafür ist das Armfahrrad, bei dem man mit den Armen das tun muss, was normalerweise beim Fahrradfahren die Beine machen.

Außerdem musste ich jeden Tag praktische Übungen in Alltagsdingen machen, zum Beispiel lernen, aus dem Rollstuhl in die Badewanne zu kommen und wieder zurück oder mir selbst die Schuhe anzuziehen.

Das Beste war die Sporttherapie. Da konnte ich Basketball spielen, Frisbee werfen und schwimmen. Jeden Tag musste ich außerdem eine halbe Stunde stehend verbringen und Mandy und ich spielten dabei immer an einem Bistrotisch Karten, um uns die Zeit zu vertreiben.

Zum Glück wurde ich rechtzeitig aus der Reha-Klinik entlassen, um mein Schuljahr zu Ende zu bringen. Doch die Reha ging auch zu Hause jeden Tag weiter. Mein Therapeut kam um 11 Uhr in die Schule und half mir dort, meine Dehnübungen zu machen.

Denn wenn man zu lange nur im Rollstuhl sitzt, werden die Beine steif.

In der Schule fühlte ich mich ziemlich wohl, weil alle mich ganz normal behandelten, als wäre der Rollstuhl gar nicht da. Aber im Rollstuhl herumzufahren war viel frustrierender, als ich gedacht hatte. In der Klinik war natürlich alles behindertengerecht eingerichtet, aber im normalen Leben stößt man als Rollstuhlfahrer ständig auf irgendwelche unüberwindlichen Hindernisse. Dinge, die mir vorher ganz leicht fielen, waren plötzlich unendlich schwierig. Über die meisten hatte ich früher nicht mal nachgedacht.

Ich habe mir viele Gedanken über Michael gemacht und mich gefragt, warum er sich zu dieser Tat entschlossen hat. Mandy und ich kannten ihn ganz gut. Wir fuhren immer mit demselben Bus zur Schule, machten zusammen Witze und hatten einige gemeinsame Freunde. Niemand fand, dass Michael irgendwie auffällig, komisch oder gefährlich gewirkt hat.

Michael hat an diesem Tag vielen Menschen sehr viel gestohlen. Aber ich glaube trotzdem, dass es Verschwendung von Gefühlen ist, ihn zu hassen. Es steht mir nicht zu, über ihn zu urteilen oder zu entscheiden, was für eine Strafe er verdient hat. Das ist Gottes Aufgabe. Außerdem könnte ich auch nicht wieder laufen, wenn ich Michael hassen würde. Es würde auch meine Freundinnen Kayce, Jessica und Nicole nicht wieder zum Leben erwecken, die an diesem 1. Dezember gestorben sind. Ihr Tod kommt mir immer noch völlig unwirklich vor.

Von den dreien kannte ich Kayce am besten. Jeden Tag denke ich an sie und die schönen Zeiten, die wir zusammen erlebt haben: Partys, Musik, Freunde. Ich weiß, dass sie alle drei jetzt im Himmel sind, aber deshalb vermisse ich sie trotzdem. Nichts geschieht ohne Grund, sogar dies, und irgendwie wird Gott etwas Gutes daraus entstehen lassen. Das glaube ich ganz fest.

Michael tut mir Leid. Anders als er kann ich mit meinem Leben weitermachen. Ich habe viele wirklich gute Freunde, die mich lieben und unterstützen. Ich bin nicht mehr böse auf ihn und ich konnte ihm wirklich vergeben. Es würde mir nicht gefallen, ewig einen riesigen Hass auf ihn mit mir herumzuschleppen.

Viele Leute haben mir schon erzählt, dass meine positive Ausstrahlung ihnen neuen Mut gegeben hat. Vielleicht ist das ja meine Aufgabe.

Missy Jenkins

Ein schwaches Beispiel

In der High School nervte mich am meisten die Politik-Stunde. Der Lehrer war ein Langweiler, keiner meiner Freunde war in diesem Kurs und der Typ, der vor mir saß, war ein totaler Spinner. Er war riesig groß, trug langes Haar und Hippiesandalen und sein Lachen war genauso laut, wie er groß war. Mike störte mich nicht nur durch seine bloße Anwesenheit, sondern er zog mich auch noch liebend gern auf, was ich natürlich hasste.

Ich war ein absolut braves, frommes Mädchen, das nicht mal auf Schulpartys ging, und er war das genaue Gegenteil: ein richtiges Party-Tier, das jeden Montag lautstark von seinen wüsten Wochenendeskapaden berichtete und laut lachte, wenn ich rot anlief oder wegschaute. Wie ich sein Lachen hasste!

Es verging kein Tag, an dem ich nicht meine Bibel mit in die Schule nahm. Es war eine Taschenbuchausgabe und ich hatte sie in Blümchenpapier eingebunden, damit sie unauffälliger aussah. Eine kleine Gruppe von Christen traf sich täglich in der großen Pause und ich brachte zu diesem Treffen stets meine getarnte Bibel mit. Wir waren als die „Jesus-Spinner" bekannt. Eigentlich war es erstaunlich, dass andere Schüler überhaupt etwas von unserem winzigen Grüppchen wussten. Aber sie wussten es – besonders Mike.

„Na, habt ihr frommen Spinner heute schön für mein Seelenheil gebetet?", zog er mich eines Tages auf, als ich den Klassenraum betrat.

Ich antwortete nicht, aber das machte ihm nichts aus, weil er sowieso schon das gewünschte Gelächter von seinen Freunden bekommen hatte. Ich rutschte auf meinen Platz und wünschte, der Lehrer würde sich beeilen und mit dem Unterricht anfangen.

„Was ist denn das?", fragte Mike in diesem Augenblick und schnappte sich meine verkleidete Bibel.

Ich versuchte sie ihm abzunehmen, aber er hielt sie sich mit seinen langen Armen über den Kopf und blätterte darin herum. Plötzlich rief er begeistert:

„Ach, so eine hübsche Blümchenbibel! Und seht nur, da sind ja sogar ganz niedliche Bildchen drin!" Er zeigte sie herum und seine Kumpels reagierten mit den üblichen Sprüchen und blöden Kommentaren.

Während ich an meiner Demütigung fast erstickte, fischte ich nach meiner Bibel und sagte dann das Dümmste, was mir je im Leben über die Lippen gekommen ist: „Warum bekehrst du dich nicht einfach und lässt mich in Ruhe?"

Natürlich rief das einen allgemeinen Lachanfall hervor und endlich merkte der Lehrer, dass wir nicht aufpassten und rief uns zur Ordnung.

Ich hielt die Bibel wieder in meinen zitternden Händen und musste noch den ganzen Rest der Stunde mit den Tränen kämpfen.

Am nächsten Tag rang ich schwer mit mir. Sollte ich die Bibel wieder in die Schule mitnehmen? Mike würde sie bestimmt wieder benutzen, um mich aufzuziehen. Ich weiß nicht, warum ich es tat, aber ich nahm sie mit. Bei unserem Gebetstreffen bat ich meine Freunde, für Mike zu beten. Sie sprachen mir Mut zu und gaben mir alle möglichen Tipps, was ich auf Mikes Hänseleien antworten könnte, um ihm den Wind aus den Segeln zu nehmen.

Ich betrat den Klassenraum in dem Bewusstsein und der Bereitschaft, Mike gegenüber als Sprachrohr Gottes zu fungieren. Und wie erwartet, griff sich Mike meine Bibel schon, bevor ich mich überhaupt hingesetzt hatte.

„Sehen wir doch mal nach, was uns die Heilige Schrift heute zu sagen hat", ätzte er und öffnete die Bibel willkürlich an irgendeiner Stelle. Dann las er einen Vers vor, der aus dem Zusammenhang gerissen überhaupt keinen Sinn ergab. Sein dankbares Publikum lachte gehorsam und er las noch eine andere Stelle vor, wobei er sich bemühte, einen pastoralen Tonfall nachzuäffen.

All die schönen Kommentare und passenden Antworten, die mir meine Freunde mit auf den Weg gegeben hatten, entfielen mir völlig. Ich saß da wie angefroren und verabscheute mich dafür, dass ich Gott so hängen ließ. Innerlich wand ich mich, als Mike einen weiteren Bibelvers vorlas und einen Witz darüber riss, über den dann wieder alle lachten.

Ungebetene Tränen liefen mir über das Gesicht. Wie konnte das nur passieren? Mir fiel absolut nichts ein, was ich hätte sagen können. Ich saß stocksteif da und war mir sehr bewusst, wie ich wirken musste: eine stumme, heulende Transuse.

Als Mike sich einen weiteren Vers heraussuchen wollte, fiel sein Blick auf mich und plötzlich veränderte sich sein Gesichtsausdruck. Statt weiterzumachen, klappte er die Bibel zu und sagte etwas Scherzhaftes darüber, dass das wohl genug Inspiration für heute gewesen sei. Dann legte er die Bibel auf meinen Tisch. Ich senkte verschämt den Kopf und wischte mir die Augen.

Als vor einiger Zeit unser zehnjähriges Klassentreffen bevorstand, sagte ich meinem Mann, dass ich kein besonderes Interesse daran hätte hinzugehen. Ich hatte nur wenige Freunde auf der Schule gehabt, war dort mit niemandem liiert gewesen und hatte auch nicht groß dazugehört. Doch er wollte gern hingehen, weil er sein eigenes Klassentreffen verpasst hatte und auch viele Leute aus meinem Jahrgang kannte. Also fuhren wir hin.

Widerstrebend stand ich neben ihm im Aufzug des Hotels, wo das Klassentreffen stattfand. Die Türen glitten auseinander und genau vor dem Fahrstuhl stand ein großer, extrem gut aussehender Mann in einem teuren Anzug. Eine bildschöne Blondine hing an seinem Arm.

„Robin!", sagte der Mann und umarmte mich stürmisch, als ich aus dem Aufzug trat. „Ich hatte so gehofft, dass du kommen würdest!" Er ließ mich los und sagte zu seiner Begleiterin: „Das ist das Mädchen, von dem ich dir erzählt habe."

Mein Mann flüsterte mir ins Ohr: „Sagtest du nicht, du hättest auf der High School keinen Freund gehabt?"

„Das stimmt auch!", zischte ich zurück. „Ich habe keine Ahnung, wer der Kerl ist!"

„Du erkennst mich wohl nicht, was?", sagte der geheimnisvolle Schöne lächelnd. „Also, ich erinnere mich noch gut an dich. Und weißt du was? Ich habe deinen Rat ernst genommen!"

Ich sah von ihm zu meinem Mann und wieder zurück. Plötzlich sagte die Blondine: „Ach so, jetzt verstehe ich! Das ist das Mädchen, das zu dir gesagt hat, du sollst dich einfach bekehren und sie in Ruhe lassen!"

Er antwortete mit einem lauten Lachen und da begriff ich endlich, dass er Mike war. Nach einer schnellen Vorstellungsrunde erzählte Mike, wie er im College zum Glauben an Gott gefunden hatte. „Als ich so richtig am Ende war", sagte er, „fielen mir komischerweise du und die anderen Jesus-Spinner von der Schule wieder ein. Ich sah mich auf dem Campus um, fand auch dort ein paar von dieser Sorte und durch sie habe ich dann Jesus kennen gelernt."

Ich wand mich bei der Erinnerung an meine Unfähigkeit im Zeugnisgeben und murmelte etwas davon, dass ich viel dummes Zeug geredet hätte. Mir war klar, dass ich ziemlich abschreckend gewirkt haben musste.

Mike lachte und auf einmal klang es richtig nett und freundlich. Er schüttelte den Kopf. „Es war gar nicht das, was du gesagt hast. Beeindruckt hat mich vor allem, als du geweint hast. An diesem Tag habe ich etwas gesehen, was mir noch nie untergekommen war: ein Mädchen, das Gott wirklich liebte. Deine Tränen sind mir nicht mehr aus dem Kopf gegangen, denn nur jemand, der liebt, kann so weinen."

Robin Jones Gunn

Nimm mich zurück

Ich befinde mich auf einer Reise – auf einer aufregenden, abenteuerlichen Reise. Es ist die Reise auf dem Weg des Lebens. Unterwegs erlebe ich Schönes und Schlimmes und stoße auf riesige Berge und weite Täler.

Ich habe viele Umwege gemacht und falsche Abzweigungen genommen und unzählige Male habe ich in der Wildnis völlig die Orientierung verloren. Doch irgendwie finde ich immer wieder zum Weg zurück, zu diesem schmalen Pfad. Gott sorgt immer für ausreichende Beleuchtung, sodass ich ihn sehen kann.

Du weißt ja, wie weit man in einer klaren Sommernacht die Scheinwerfer vom Sportplatz sehen kann. Auch wenn es ein weiter Weg ist, wenn man das Licht im Auge behält und sich von ihm leiten lässt, kann man den Weg finden. Gottes Licht ist auch so. Sein Licht durchdringt die Dunkelheit und scheint zuverlässig, und wenn du es immer in Sichtweite hast und darauf zugehst, wirst du schließlich genau am richtigen Ort ankommen.

Manchmal scheint die Freiheit der Wildnis mehr Spaß zu versprechen als der kleine Trampelpfad und ich merke, wie ich vom Weg abkomme und mich von Gott entferne. Hier kann ich meinen eigenen Regeln folgen und meinen eigenen Weg gehen. Und das gefällt mir ... eine Weile. Doch bald wird die Luft schal und die anderen Menschen drängen mich ab und ich schwitze und huste von dem Staub, den sie aufwirbeln. Ich fühle mich, als würde ich ersticken. Außerdem ist es furchtbar dunkel und ich fühle mich so allein, obwohl Tausende von anderen Menschen um mich sind. In meiner Verzweiflung beginne ich, wie wild nach dem Licht zu suchen. Schließlich kann ich es sehen, aber es ist so weit weg und ich bin müde und erschöpft. Am liebsten würde ich aufgeben und einfach bleiben, wo ich bin. Aber ich weiß, dass ich hier in Schwierigkeiten geraten werde. Es ist so, als würde man mitten in einer Einöde in seinem Auto einschlafen. Alles kann passieren.

Ich habe so viel Gepäck angesammelt, dass ich es unmöglich allein so weit schleppen kann. Ich bin so lange vom Licht entfernt gewesen, dass ich vergessen habe, dass es Menschen gibt, die mir gern beim Tragen helfen, und dass es den Einen gibt, der stark und liebevoll ist und mich mitsamt meiner Last in die Arme nehmen will. Er vermisst mich und möchte, dass ich nach Hause komme.

Aber ich schäme mich so. Ich habe ihm den Rücken zugekehrt; ich kann ihn doch jetzt nicht um Hilfe bitten! Ich kann nicht nach Hause. Sieh mich doch nur mal an: Mein Gesicht ist schmutzverschmiert, meine Klamotten sind dreckig und abgetragen, mein Haar ist völlig verfilzt ... genau wie mein Leben! Ich habe überall Wunden und Prellungen und ich weiß, dass ich sie meinen eigenen dummen Entscheidungen zu verdanken habe.

Ich kann nicht nach Hause gehen ... nicht so. Wieder schaue ich mich in meiner traurigen Umgebung um; dann hebe ich meinen Blick zu dem vertrauten Weg, der in einiger Entfernung einladend beleuchtet auf mich zu warten scheint. Ich weiß, dass ich dort hingehen möchte. Ich möchte wieder die Wärme des Lichts spüren.

In diesem Moment höre ich einen schwachen Lärm aus der Richtung des Weges. Das Geräusch wird lauter und lauter und es klingt einfach wunderbar – als würden viele Leute fröhlich rufen und applaudieren. Dann höre ich meinen Namen. Ich kann es nicht fassen: Jemand ruft meinen Namen! Ich beginne auf den

Weg zuzugehen, damit ich besser hören kann, und bald renne ich derart schnell, dass ich nicht mehr anhalten kann. Die Stimme ist so vertraut. Endlich sehe ich, von wo sie kommt: Es ist der herrlichste Anblick, den ich je gesehen habe. Eine große Menschenmenge ruft meinen Namen und feuert mich an – manche Leute kenne ich, andere nicht – und sie rufen und klatschen alle nur für mich. Sobald sie mich sehen können, werden die Anfeuerungsrufe noch lauter, so als ob ich dabei wäre, einen Rekord aufzustellen.

Und dann sehe ich ihn. Sein Gesicht strahlt und seine Augen halten meinen Blick ganz fest. Ich erkenne ihn sofort. Er ist mein Schöpfer, mein Retter. Er wartet nicht, bis ich ihn erreicht habe, sondern er läuft mir entgegen und nimmt mich mit tränenüberströmtem Gesicht in die Arme.

Ich bin zu Hause! Ich bin zu Hause! Und ich bin umgeben von den Menschen, die ich am meisten liebe ... kostbare Menschen, die für mich vor unserem Herrn eingetreten sind und die mit ihren Gebeten einen Schutzwall um mich errichtet haben, den nichts durchdringen konnte ...

Auch deine Geschichte kann so ausgehen wie meine. Ganz egal, wie weit du dich von ihm entfernt hast und wie schrecklich auch das sein mag, was du getan hast: Der Weg zu deinem Vater ist immer hell erleuchtet und du bist jederzeit bei ihm willkommen. Es gibt Menschen, die dich unterwegs anfeuern und begleiten, sogar jetzt, in diesem Moment. Und es gibt einen Retter, der dich sehnlichst erwartet. Wenn du deine Schritte heimwärts lenkst, kommt er dir entgegengelaufen.

Heather Floyd

Alles hat seine Zeit

Alles, was auf der Erde geschieht,
hat seine von Gott bestimmte Zeit:
geboren werden und sterben,
einpflanzen und ausreißen,
niederreißen und aufbauen,
weinen und lachen.

Prediger 3,1–4

Bibliographie

Soweit nicht anders vermerkt, sind die Geschichten bisher unveröffentlicht und wurden mit Genehmigung des Autors verwendet, mit Ausnahme folgender Beiträge:

Familie

Großmutters Geschenk: „Grandma's Gift" von Wayne Rice, aus: „More Hot Illustrations for Youth Talks", Zondervan Publishers 1995.

Der Unterschied zwischen Gas und Bremse: „Stick Shift" von Clark Cothren, aus: „At The Heart for Every Great Father", Multnomah Publishers 1998.

Ein Vater und ein Sohn: „A Father, A Son And An Answer" von Bob Greene, Nachdruck aus *Reader's Digest*, Mai 1995, © Tribune Media Services.

Komm nach Hause: „Come Home" von Max Lucado, aus: „No Wonder They Call Him Savior", Multnomah 1986.

Vaters Segen: „A Father's Blessing" von Morgan Cryar, *Decision Magazine*, Juni 1998, © Billy Graham Evangelistic Association.

Inspiration

Triumph nach der Tragödie: „Triumph over Tragedy" von Valeen Schnurr, nacherzählt von Janna L. Graber.

Die Liebe einer Mutter: „A Mother's Love" von David Gianelli, aus: „Chicken Soup For The Pet Lover's Soul".

„Schau her, Papa!": „Watch me, Dad!" von Robert Harold Schuller, aus: „Power Ideas for a Happy Family", Fleming H. Revell, a division of Baker Book House, 1972.

Der wahre Sieg: „The Real Winner" von Amanda Cornwall, aus: „Treasures 3: Storys & Art By Students in Japan & Oregon", The Oregon Students Writing & Art Foundation 1994.

Unglaublich!: „Unbelievable" von Norman Vincent Peale, aus: „You Can If You Think You Can", Simon & Schuster 1974.

Zwölf Fünf-Dollar-Scheine: „Twelve Five-Dollar Bills", aus: „One Small Sparrow", The Sparrow Foundation at www.sparrow-fdn.org.

Für meine Schwester: „For My Sister" von David C. Needham, aus: „Close To His Majesty", Multnomah 1987.

Mehr vom Leben: „More Out Of Life" von Joe White, aus: „Over The Edge And Back", 1992.

Ein unvergessliches Weihnachtsgeschenk: „A Christmas Gift I'll Never Forget" von Linda DeMers Hummel aus: *Reader's Digest*, Dezember 1994.

Freunde

Sonnenstrahl: „Sunshine" von Sarah Wood, aus Carl Koch: „Friends", Saint Mary's Press.

Annie von Samantha Ecker, aus: „Friends" (s.o.)

Das grünäugige Neid-Monster: „The Green-eyed Monster" von Teresa Cleary, aus Karen DeSollar: „WWJD Storys For Teens", Honor Books 1998.

Abfahrtslauf: „Downhill Race" von Shaun Schwartz, aus: „Treasures 2: Storys & Art By Students in Oregon", The Oregon Students Writing & Art Foundation 1988.

Ich heiße Ike: „My Name Is Ike" von Gary Paulsen, aus: „My Life in Dog Years", Dell Publishing 1998.

Rohdiamanten: „Diamonds" von Irene Sola'nge McCalphin, aus: „Friends" (s.o.).

Geliebter Rivale: „The Friendly Rival" von Bruce Nash & Allan Zullo, aus: „The Greatest Sports Storys Ever Told" (s.o.).

Was ist denn schon dabei?: „What's The Big Deal" von Julie Berens, aus: „WWJD Storys For Teens" (s.o.).

Die Stimmungskanone: „Happy Camper" von Elesha Hodge, aus: Campus Life Magazine, Christianity Today Inc. 1999.

„Cincinnati" von Holly Melzer, aus: „Friends" (s.o.).

Ermutigung

T.J. von Susan Cunningham Euker, aus Jack Canfield & Jacqueline Miller: „Heart At Work", The McGraw-Hill Companies 1996.

„Vermittlung bitte!": „Information Please!" von Paul Villiard, aus: *Reader's Digest*, Juni 1966.

Traumdeuter: „Molder Of Dreams" von Guy Rice Doud, aus: „Molder Of Dreams", a Focus On The Family Book by Tyndale House 1990.

Regenbogenjagd: „Chasing Rainbows" von De'Lara Khalili, aus: *Campus Life Magazine.*

Weihnachtsgrüße aus Chicago: „From Chicago, With Love" von Marvin J. Wolf, aus: *Chicago Tribune Magazine*, 19.12.1993.

Pflaster fürs Herz: „Picking Up The Pieces" von Jennifer Leigh Youngs, aus: „Taste Berries For Teens", 1999.

Der rote Chevy: „The Red Chevy" von Bob Carlisle, aus: „Sons, A Father's Love!", Word Publishing 1999.

Ein Korb voller Liebe: „A Basket Of Love" von Chris A. Wolff, aus: Christian Reader, März/April 1999.

Gute Zeiten

„Tanz mit mir in den Morgen hinein": „We Could Have Danced All Night" von Guy Rice Doud, aus: „Molder Of Dreams" (s.o.).

Die Liebe einer Fremden: „For The Love Of Strangers" von Robin Jones Gunn, aus: *Virtue Magazine*, September/Oktober 1989.

Fahrstunden: „Driving Lessons" von Charles Swindoll, aus: „Zeit der Gnade", Projektion J, 1996.

Ein toller Abend: „Dream Date" von Larry Anderson, aus: „Taking The Trauma Out Of Teen Transitions", 1991.

Die Neue: „The New Kid", aus: „More Random Acts Of Kindness", Conari Press 1998.

„Lebe!": „Live!" von Emily Campagna, aus ihrer High-School-Abschiedsrede auf der Mountain View High School 1999.

In einem anderen Licht: „Seeing Each Other In A Different Light" von Susan Manegold, aus: *Women's World Magazine*.

Etwas verändern

Altkleiderspende: „Goodwill" von Cynthia Hamond aus: „Chicken Soup For Kids".

Kleine Lügen: „Little Lies" von Meredith Proost, aus: „Treasures: Storys & Art By Students In Oregon", The Oregon Students Writing & Art Foundation 1985.

Ich hätte den Mund aufmachen sollen: „I Should Have Said Something" von Christy Simon, aus: *Campus Life Magazine*, März/April 1998.

Der Junge von der Müllkippe: „Dump Boy" von Philip Gulley, aus: „Home Town Tales", Multnomah 1998.

„Haben Sie sich schon gefragt, wo Ihr Sohn steckt?": „Are You Wondering Where Your Son is?" von Tim Hansel, aus: „What Kids Need Most In A Dad", Fleming H. Revell, a division of Baker Book House Company 1984.

Das Preisgeld: „The Winning Check", aus: „God's Little Devotional Book", Honor Books 1995.

Idiotensicher: „Fool Proof" von Alan Cliburn, aus: „WWJD Storys For Teens" (s.o.).

Ein Traum: „The Room" von Joshua Harris, aus: „Ungeküsst und doch kein Frosch", Schulte & Gerth 1998.

Veränderungen

Weckruf: „Wake-up Call" von Bob Welch, aus: „A Father For All Seasons", Harvest House Publishers 1998

Der Geschichtenerzähler: „The Story Teller", Autor und Quelle unbekannt.

Mein Regenbogen: „My Own Rainbow" von Randi Curtiss, aus Chick Moorman: „Where The Heart Is", Personal Power Press 1996.

Fluch oder Segen?: „Curse Or Blessing" von Max Lucado, aus: „In The Eye Of The Storm", Word Publishing 1991.

Mein Vater: „Dad", Autor und Quelle unbekannt.

Das Zeichen: „The Signal", nacherzählt von Alice Gray.

Ein Rätsel: „The Riddle", zitiert nach: „More Of The Best Of Bits And Pieces", Economics Press 1997.

Glaube

Kevins Welt: „Kevin's Different World" von Kelly Adkins, aus: Campus Life Magazine, Januar/Februar 1999.

Ein Hai greift an!: „Shark Attack!" von Rick Bundschuh, aus: *Breakaway Magazine*, Juli 1998.

Der Heilige von Auschwitz: „The Saint Of Auschwitz" von Patricia Treece, aus: „A Man For Others", Harper San Francisco 1982.

Die Farbe spielt keine Rolle: „Color Don't Matter" von Randy Alcorn, aus: „Dominion", Multnomah Books 1996.

Ein blöder, guter Tag: „One Rotten Day" von Rachel Schlabach, aus: *Campus Life Magazine,* Januar/Februar 1999.

Es gibt immer einen Grund weiterzumachen: „There's Always A Reason" von Missy Jenkins, aus: *Today's Christian Woman Magazine*, September/ Oktober 1998.

Ein schwaches Beispiel: „Fifth-Period Fears" von Robin Jones Gunn, aus: *Worldwide Challenge Magazine.*

Nimm mich zurück: „Take Me Back" von Heather Floyd, aus: „Steady On ... Secured By Love" von Point of Grace, Howard Publishing 1998.